Début d'une série de documents
en couleur

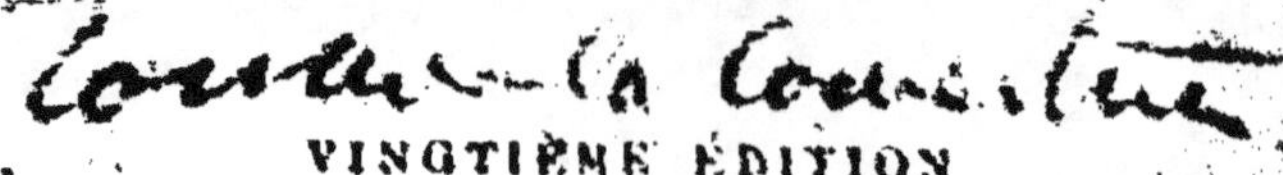

VINGTIÈME ÉDITION

JULES VERNE

Auteur des *Voyages extraordinaires*

Couronnés par l'Académie française.

MICHEL STROGOFF

MOSCOU — IRKOUTSK

SUIVI DE

UN DRAME AU MEXIQUE

DEUXIÈME PARTIE

BIBLIOTHÈQUE

D'ÉDUCATION ET DE RÉCRÉATION

J. HETZEL ET Cie, 18, RUE JACOB

PARIS

LIBRAIRIE J. HETZEL ET Cie, 18, RUE JACOB

BIBLIOTHÈQUE D'ÉDUCATION ET DE RÉCRÉATION

VOLUMES IN-18

Brochés, 3 fr. — Cartonnés toile, tranches dorées, 4 fr.

vol.

- Aubigné (A.-M.) Journal et Carr. 1
- Andersen. Nouv. Contes suéd. 1
- Aston (G.). L'Ami Kips..... 1
- Bertrand (J.). Les Fondateurs de l'astronomie.......... 1
- Biart (L.). Jeune naturaliste. 1
- — Entre frères et sœurs..... 1
- — Monsieur Pinson.......... 1
- Blandy. Le Petit Roi......... 1
- Boissonnas (Mme B.). Une Famil. pendant la guerre 1870-71 1
- Brachet (A.). Grammaire historique (ouvr. couronné).. 1
- Bréhat (de). Petit Parisien. 1
- — Aventures de Charlot..... 1
- Candèze. Avent. d'un grillon. 1
- — La Gileppe.. 1
- Carlen (E.). Un Brill. mariage. 1
- Chazel (P.). Chalet des sapins. 1
- Cherville (de). Histoire d'un trop bon chien.......... 1
- Clément (Ch.). Michel-Ange, Raphaël, etc 1
- Desnoyers (L.). J.-P. Choppart 1
- Durand (Hip.). Grands Poëtes. 1
- — Les Grands Prosateurs... 1
- Egger. Histoire du Livre... 1
- Erckm.-Chatrian. L'Invasion. 1
- — Madame Thérèse.......... 1
- — Hist. d'un paysan (compl.). 4
- Fath (G.). Un drôle de voyage. 1
- Foucou. Histoire du travail.. 1
- Génin (M.). La Famille Martin. 1
- Gramont (Cte de). Les Vers français et leur Prosodie. 1
- Gratiolet (P.). Physionomie. 1
- Grimard. Hist. goutte de sève. 1
- — Jardin d'acclimatation.... 1
- Hippeau (Mme). Économ. domest 1

vol.

- Hugo (V.). Les Enfants...... 1
- Immermann. La blonde Lisbeth. 1
- Laprade (de). Livre d'un père. 1
- Lavallée (Th.). Hist. Turquie 2
- Legouvé (E.). Pères et Enfants 2
- — Conférences parisiennes.. 1
- — Nos Filles et nos Fils.... 1
- — L'Art de la lecture...... 1
- Lockroy. Contes à mes nièces. 1
- Macaulay. Histoire et Critique 1
- Macé (Jean). Bouchée de pain. 1
- — Les Serviteurs de l'estomac 1
- — Contes du petit château.. 1
- — Arithmétique du grand-papa 1
- Maury (comm.). Géogr. phys. 1
- — Le Monde où nous vivons. 1
- Muller (E.). La Jeunesse des hommes célèbres........ 1
- — Morale en action par l'hist. 1
- Ordinaire. Dict. de myth.... 1
- — Rhétorique nouvelle...... 1
- Ratisbonne (L.). Comédie enfantine (ouvr. couronné). 1
- Reclus (E.). Hist. d'un ruisseau 1
- Renard. Le Fond de la mer 1
- Roulin (F.) Histoire naturelle 1
- Sandeau. Roche aux mouettes 1
- Savous. Conseils à une mère. 1
- — Principes de littérature... 1
- Simonin. Histoire de la terre.. 1
- Stahl (P.-J.). Contes et Récits de morale familière (ouvrage couronné)......... 1
- — Hist. d'un âne et de deux jeunes filles (ouvr. cour.). 1
- — Famille Chester.......... 1
- — Les Patins d'argent...... 1
- — Mon 1er Voyage en mer... 1
- — Histoires de mon parrain. 1

vol.

- Stahl (P.-J.) Maroussia.....
- Stahl (P.-J.) et de Wailly Riquet et Madeleine.....
- — Mary Bell, William et Lafaine.......................
- Stahl et Muller. Le nouveau Robinson suisse.........
- Susane. Hist. de la cavalerie.
- Thiers. Histoire de Law.....
- Vallery Radot (René) Journal d'un volontaire d'un an.
- Verne (J.). Capitaine Hatteras
- — Enfants du capitaine Grant.
- — Autour de la lune........
- — 3 Russes et 3 Anglais......
- — Cinq Semaines en ballon..
- — De la Terre à la Lune ....
- — Découverte de la terre...
- — Grands navigateurs.......
- — Voyageurs du XIXe siècle
- — Le Pays des fourrures. ..
- — Tour du monde en 80 jours.
- — 20,000 lieues sous les mers.
- — Voyage au centre de la terre
- — Une Ville flottante.......
- — Le docteur Ox..... ......
- — Le Chancellor...........
- — L'Ile mystérieuse.......
- — Michel Strogoff..........
- — Les Indes-Noires........
- — Hector Servadac . ...
- — Un Capitaine de 15 ans...
- — 500 millions de la Begum.
- — Tribulations d'un Chinois.
- — La Maison à Vapeur.....
- Zurcher et Margollé. Les Tempêtes...............
- — Histoire de la navigation.
- — Le Monde sous-marin....

SÉRIE DES VOLUMES IN-18, AVEC GRAVURES

Brochés, 3 fr. 50. — Cartonnés, tr. dorées, 4 fr. 50

vol.

- Anquez. Histoire de France. 1
- Argoynaud. Cosmographie.. 1
- Bertrand (Alex.). Lettres sur les révolutions du globe.. 1
- Boissonnas (B.). Un vaincu.. 1
- Faraday. Hre d'une chandelle 1
- Franklin (J.). Vie des animaux 6
- Hirtz (Mlle). Méthode de coupe et de confection... 1
- Lavallée (Th.). Les Frontières de la France...... 1
- Mayne-Reid. William le Mousse 1

vol.

- Mayne-Reid. Le Désert d'eau. 1
- — Le Petit Loup de Mer.... 1
- — Les Jeunes Esclaves..... 1
- — Les Chasseurs de girafes... 1
- — Naufragés de l'île de Bornéo 1
- — La Sœur perdue......... 1
- — Planteurs de la Jamaïque.. 1
- — Les deux Filles du squatter. 1
- — Les Jeunes voyageurs..... 1
- — Robinsons de terre ferme. 1
- — Chasseurs de chevelures.. 1
- Nodier (Ch.). Contes choisis. 2

vol.

- Mickiewicz (Adam). Histoire populaire de la Pologne.
- Mortimer d'Ocagne. Les Grandes Écoles civiles et militaires ....
- Marville (de). Un habitant de la planète Mars........
- Silva (de). Livre de Maurice.
- Susane. Histoire de l'artillerie
- Tyndall. Dans les montagnes.
- Wentworth. Histoire des États-Unis.........

SÉRIE IN-18. — PRIX DIVERS

fr.

- A. Brachet. Dictionnaire étymologique (ouvrage couronné).................. 8
- Chennevières (de). Aventures du petit roi saint Louis.. 5
- Dubail. Géographie de l'Alsace Lorraine.......... 1

fr.

- Clavé (J.). Économie politique 2
- Grimard (Ed.). La Botanique à la campagne.......... 5
- Legouvé (E.). Petit Traité de lecture 1
- Macé (Jean). Théâtre du petit château......... 2

fr.

- Macé (Jean). Arithmétique du grand-papa (éd. pop.).
- — Morale en action.......
- Petit (Arsène). Grammaire de la ponctuation........ 3
- Souviron. Dict. des termes techniques ....

Paris. — Imp. Gauthier-Villars.

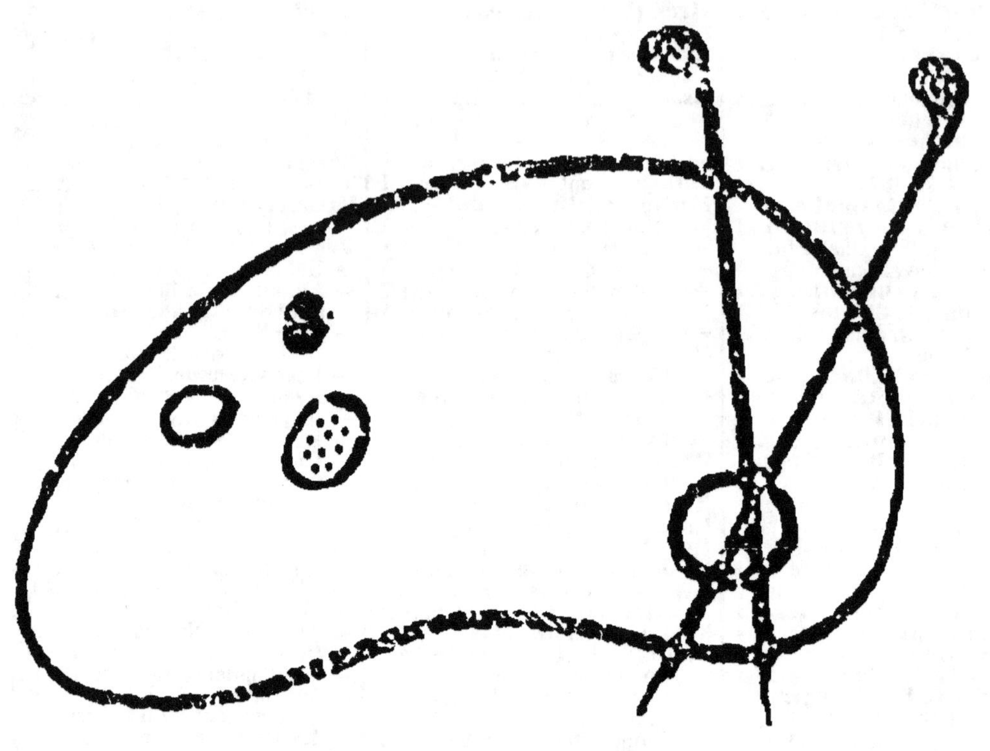

Fin d'une série de documents en couleur

MICHEL STROGOFF

OUVRAGES DU MÊME AUTEUR

VOLUMES IN-18 A 3 FR.

Aventures du Capitaine Hatteras, 23e édition	2 vol.
Les Enfants du Capitaine Grant, 21e édition	3 vol.
Aventures de 3 Russes et de 3 Anglais, 21e édition	1 vol.
De la Terre a la Lune, 24e édition	1 vol.
Autour de la Lune, 20e édition	1 vol.
Cinq Semaines en ballon, 48e édition	1 vol.
Découverte de la terre, 15e édit.	2 vol.
Les Grands Navigateurs du xviiie siècle, 6e édit.	2 vol.
Les Voyageurs du xixe siècle, 4e édition	2 vol.
Une Ville flottante, suivie des Forceurs de Blocus, 19e édit.	1 vol.
Vingt mille lieues sous les mers, 24e édition	2 vol.
Voyage au centre de la Terre, 28e édition	1 vol.
Le Pays des fourrures, 20e édition	2 vol.
Le Tour du monde en 80 jours, 55e édition	1 vol.
Le docteur Ox, 22e édition	1 vol.
L'Ile mystérieuse, 28e édition	3 vol.
Le Chancellor, 18e édition	1 vol.
Michel Strogoff 20e édition	2 vol.
Les Indes-Noires, 19e édition	1 vol.
Hector Servadac, 17e édition	2 vol.
Un Capitaine de quinze ans, 17e édition	2 vol.
Les 500 millions de la Bégum, 16e édition	1 vol.
Les tribulations d'un Chinois en Chine, 16e édition	1 vol.
La Maison a Vapeur, 13e édition	2 vol.
La Jangada, 1re partie, 11e édition	1 vol.
Un Neveu d'Amérique, comédie. Prix	1 fr. 50

VOLUMES IN-8 ILLUSTRÉS.

Aventures du capitaine Hatteras. Prix : broché	9 fr.
Cinq Semaines en ballon	5 »
Voyage au centre de la terre	5 »
Ces deux ouvrages réunis en un seul volume	9 »
De la Terre a la Lune	5 »
Autour de la Lune	5 »
Ces deux ouvrages réunis en un seul volume	9 »
Une Ville flottante, suivie des Forceurs de blocus	5 »
Aventures de 3 Russes et de 3 Anglais	5 »
Ces deux ouvrages réunis en un seul volume	9 »
Vingt mille lieues sous les mers	9 »
Le Pays des fourrures	9 »
Le Tour du monde en 80 jours	5 »
Le Docteur Ox	5 »
Ces deux ouvrages réunis en un seul volume	9 »
Les Enfants du capitaine Grant	10 »
L'Ile mystérieuse	10 »
Le Chancellor	5 »
Les Indes-Noires	5 »
Ces deux ouvrages réunis en un seul volume	9 »
Michel Strogoff	9 »
Hector Servadac	9 »
Un Capitaine de quinze ans	9 »
Découverte de la terre	7 »
Les 500 millions de la Bégum	5 »
Les tribulations d'un Chinois en Chine	5 »
Ces deux ouvrages réunis en un seul volume	9 »
Les Grands Navigateurs du xviiie siècle	7 »
Les Voyageurs du xixe siècle	7 »
La Maison a Vapeur	9 »
Géographie illustrée de la France, par Jules Verne et Théophile Lavallée	10 »

LES VOYAGES EXTRAORDINAIRES

MICHEL STROGOFF

—MOSCOU—IRKOUTSK—

PAR

JULES VERNE

SUIVI DE

UN DRAME AU MEXIQUE

DEUXIÈME PARTIE

VINGTIÈME ÉDITION

BIBLIOTHÈQUE
D'ÉDUCATION ET DE RÉCRÉATION
J. HETZEL ET Cie, 18, RUE JACOB
PARIS

MICHEL STROGOFF

DE MOSCOU A IRKOUTSK

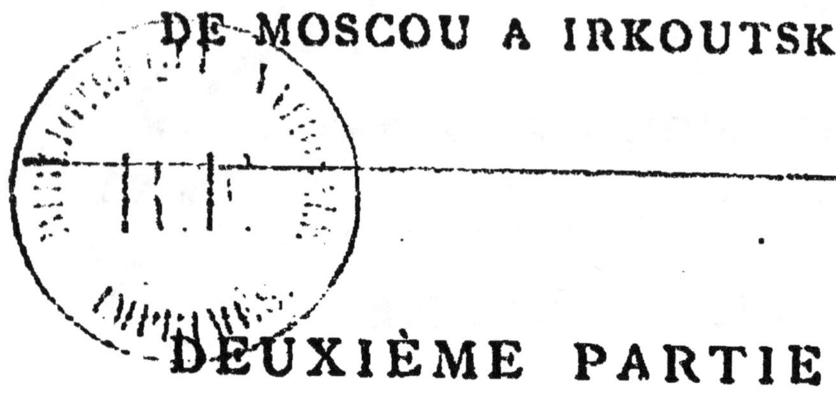

DEUXIÈME PARTIE

CHAPITRE PREMIER

UN CAMP TARTARE.

A une journée de marche de Kolyvan, quelques verstes en avant du bourg de Diachinsk, s'étend une vaste plaine que dominent quelques grands arbres, principalement des pins et des cèdres.

Cette portion de la steppe est ordinairement occupée, pendant la saison chaude, par des Sibériens pasteurs, et elle suffit à la nourriture de leurs nombreux troupeaux. Mais, à cette époque, on y eût vainement cherché un seul de ces nomades habitants. Non pas que cette plaine fût déserte. Elle présentait, au contraire, une extraordinaire animation.

Là, en effet, se dressaient les tentes tartares, là campait Féofar-Khan, le farouche émir de Boukhara, et c'est là que le lendemain, 7 août, furent amenés les prisonniers faits à Kolyvan, après l'anéantissement du petit corps russe. De ces deux mille hommes, qui s'étaient engagés entre les deux colonnes ennemies, appuyées à la fois sur Omsk et sur Tomsk, il ne restait plus que quelques centaines de soldats. Les événements tournaient donc mal, et le gouvernement impérial semblait être compromis au delà des frontières de l'Oural, — au moins momentanément, car les Russes ne pouvaient manquer de repousser tôt ou tard ces hordes d'envahisseurs. Mais enfin l'invasion avait atteint le centre de la Sibérie, et elle allait, à travers le pays soulevé, se propager soit sur les provinces de l'ouest, soit sur les provinces de l'est. Irkoutsk était maintenant coupée de toute communication avec l'Europe. Si les troupes de l'Amour et de la province d'Iakoutsk n'arrivaient pas à temps pour l'occuper, cette capitale de la Russie asiatique, réduite à des forces insuffisantes, tomberait aux mains des Tartares, et, avant qu'elle eût pu être reprise, le grand-duc, frère de l'empereur, aurait été livré à la vengeance d'Ivan Ogareff.

Que devenait Michel Strogoff? Fléchissait-il enfin sous le poids de tant d'épreuves? Se regardait-il comme vaincu par cette série de mauvaises chances, qui, depuis l'aventure d'Ichim, avait toujours été en empirant? Considérait-il la partie comme perdue, sa mission manquée, son mandat impossible à accomplir?

Michel Strogoff était un de ces hommes qui ne s'arrêtent que le jour où ils tombent morts. Or, il vivait, il n'avait pas même été blessé, la lettre impériale était toujours sur lui, son incognito avait été respecté. Sans doute, il comptait au nombre de ces prisonniers que les Tartares entraînaient comme un vil bétail; mais, en se rapprochant de Tomsk, il se rapprochait aussi d'Irkoutsk. Enfin, il devançait toujours Ivan Ogareff.

« J'arriverai ! » se répétait-il.

Et, depuis l'affaire de Kolyvan, toute sa vie se concentra dans cette pensée unique : redevenir libre ! Comment échapperait-il aux soldats de l'émir? Le moment venu, il verrait.

Le camp de Féofar présentait un spectacle superbe. De nombreuses tentes, faites de peaux, de feutre ou d'étoffes de soie, chatoyaient aux rayons du soleil Les hautes houppes, qui empanachaient leur pointe conique, se balançaient au milieu de fanions, de guidons et d'étendards multicolores. De ces tentes, les plus riches appartenaient aux seides et aux khodjas, qui sont les premiers personnages du khanat. Un pavillon spécial, orné d'une queue de cheval, dont la hampe s'élançait d'une gerbe de bâtons rouges et blancs, artistement entrelacés, indiquait le haut rang de ces chefs tartares. Puis, à l'infini s'élevaient dans la plaine quelques milliers de ces tentes turcomanes que l'on appelle « karaoy » et qui avaient été transportées à dos de chameaux.

Le camp contenait au moins cent cinquante mille soldats, tant fantassins que cavaliers, rassemblés sous le nom d'alamanes. Parmi eux, et comme types principaux du Turkestan, on remarquait tout d'abord ces Tadjiks aux traits réguliers, à la peau blanche, à la taille élevée, aux yeux et aux cheveux noirs, qui formaient le gros de l'armée tartare, et dont les khanats de Khokhand et de Koundouze avaient fourni un contingent presque égal à celui de Boukhara. Puis, à ces Tadjiks se mêlaient d'autres échantillons de ces races diverses qui résident au Turkestan ou dont le pays originaire y confine. C'étaient des Usbecks, petits de taille, roux de barbe, semblables à ceux qui s'étaient jetés à la poursuite de Michel Strogoff. C'étaient des Kirghis, au visage plat comme celui des Kalmouks, revêtus de cottes de mailles, les uns portant la lance, l'arc et les flèches de fabrication asiatique, les autres maniant le sabre, le fusil à mèche et le « tschakane », petite hache à manche court qui ne fait que des blessures mortelles. C'étaient des Mongols, taille moyenne, cheveux noirs et réunis en une natte qui leur pendait sur le dos, figure ronde, teint basané, yeux enfoncés et vifs, barbe rare, habillés de robes de nankin bleu garnies de peluche noire, cerclés de ceinturons de cuir à boucles d'argent, chaussés de bottes à soutaches voyantes, et coiffés de bonnets de soie bordés de fourrure avec trois rubans qui voltigeaient en arrière. Enfin on y voyait aussi des Afghans, à peau bistrée, des Arabes, ayant le type primitif des belles races sémitiques, et des Turcomans, avec ces yeux bridés auxquels semble manquer la paupière, — tous enrôlés sous le drapeau de l'émir, drapeau des incendiaires et des dévastateurs.

Auprès de ces soldats libres, on comptait encore un certain nombre de soldats esclaves, principalement des Persans, que commandaient des officiers de même origine, et ce n'étaient certainement pas les moins estimés de l'armée de Féofar-Khan.

Que l'on ajoute à cette nomenclature des Juifs servant comme domestiques, la robe ceinte d'une corde, la tête coiffée, au lieu du turban, qu'il leur est interdit de porter, de petits bonnets de drap sombre; que l'on mêle à ces groupes des centaines de « kalenders », sortes de religieux mendiants aux vêtements en lambeaux que recouvre une peau de léopard, et on aura une idée à peu près complète de ces énormes agglomérations de tribus diverses, comprises sous la dénomination générale d'armées tartares.

Cinquante mille de ces soldats étaient montés, et les chevaux n'étaient pas moins variés que les hommes. Parmi ces animaux, attachés par dix à deux cordes fixées parallèlement l'une à l'autre, la queue nouée, la croupe recouverte d'un réseau de soie noire, on distinguait les turcomans, fins de jambes, longs de corps, brillants de poil, nobles d'encolure; les usbecks, qui sont des bêtes de fond; les khokhandiens, qui portent avec leur cavalier deux tentes et toute une batterie de cuisine; les kirghis, à robe claire, venus des bords du fleuve Emba, où on les prend avec l'« arcane », ce lasso des Tartares, et bien d'autres produits de races croisées, qui sont de qualité inférieure.

Les bêtes de somme se comptaient par milliers. C'étaient des chameaux de petite taille, mais bien faits, poil long, épaisse crinière leur retombant sur le cou, animaux dociles et plus faciles à atteler que le dromadaire; des « nars » à une bosse, de pelage rouge-feu, dont les poils se roulent en boucles; puis des ânes, rudes au travail et dont la chair, très-estimée, forme en partie la nourriture des Tartares.

Sur tout cet ensemble d'hommes et d'animaux, sur cette immense agglomération de tentes, les cèdres et les pins, disposés par larges bouquets, jetaient une ombre fraîche, brisée çà et là par quelque trouée des rayons solaires. Rien de plus pittoresque que ce tableau, pour lequel le plus violent des coloristes eût épuisé toutes les couleurs de sa palette.

Lorsque les prisonniers faits à Kolyvan arrivèrent devant les tentes de Féofar et des grands dignitaires du khanat, les tambours battirent au champ, les trompettes sonnèrent. A ces bruits déjà formidables se mêlèrent de stridentes mousquetades et la détonation plus grave des canons de quatre et de six qui formaient l'artillerie de l'émir.

L'installation de Féofar était purement militaire. Ce qu'on pourrait appeler sa maison civile, son harem et ceux de ses alliés, étaient à Tomsk, maintenant aux mains des Tartares.

Le camp levé, Tomsk allait devenir la résidence de l'émir, jusqu'au moment où il l'échangerait enfin contre la capitale de la Sibérie orientale.

La tente de Féofar dominait les tentes voisines. Drapée de larges pans d'une brillante étoffe de soie relevée par des cordelières à crépines d'or, surmontée de houppes épaisses que le vent agitait comme des éventails, elle occupait le centre d'une vaste clairière, fermée par un rideau de magnifiques bouleaux et de pins gigantesques. Devant cette tente, sur une table laquée et incrustée de pierres précieuses, s'ouvrait le livre sacré du Koran, dont les pages étaient de minces feuilles d'or, finement gravées. Au-dessus, battait le pavillon tartare, écartelé des armes de l'émir.

Autour de la clairière, s'élevaient en demi-cercle les tentes des grands fonctionnaires de Boukhara. Là résidaient le chef d'écurie, qui a le droit de suivre à cheval l'émir jusque dans la cour de son palais, le grand fauconnier, le « housch-bégui », porteur du sceau royal, le « toptschi-baschi », grand maître de l'artillerie, le « khodja », chef du conseil qui reçoit le baiser du prince et peut se présenter devant lui ceinture dénouée, le « scheikh-oul-islam », chef des ulémas, représentant des prêtres, le « cazi-askev », qui, en l'absence de l'émir, juge toutes contestations soulevées entre militaires, et enfin le chef des astrologues, dont la grande affaire est de consulter les étoiles, toutes les fois que le khan songe à se déplacer.

L'émir, au moment où les prisonniers furent amenés au camp, était dans sa tente. Il ne se montra pas. Et ce fut heureux, sans doute. Un geste, un mot de lui n'auraient pu être que le signal de quelque sanglante exécution. Mais il se retrancha dans cet isolement, qui constitue en partie la majesté des rois orientaux. On admire qui ne se montre pas, et surtout on le craint.

Quant aux prisonniers, ils allaient être parqués dans quelque enclos, où, maltraités, à peine nourris, exposés à toutes les intempéries du climat, ils attendraient le bon plaisir de Féofar.

De tous, le plus docile, sinon le plus patient, était certainement Michel Strogoff. Il se laissait conduire, car on le conduisait là où il voulait aller, et dans des conditions de sécurité que, libre, il n'eût pu trouver sur cette route de Kolyvan à Tomsk. S'échapper avant d'être arrivé dans cette ville, c'était s'exposer à retomber entre les mains des éclaireurs qui battaient la steppe. La ligne la plus orientale, occupée alors par les colonnes tartares, ne se trouvait pas située au delà du quatre-vingt-deuxième méridien qui traverse Tomsk. Donc, ce méridien franchi, Michel Strogoff devait compter qu'il serait en dehors des zones ennemies, qu'il pourrait traverser l'Yeniseï sans danger, et gagner Krasnoiarsk, avant que Féofar-Khan eût envahi la province.

« Une fois à Tomsk, se répétait-il pour réprimer quelques mouvements d'impatience dont il n'était pas toujours maître, en quelques minutes, je serai au delà des avant-postes, et douze heures gagnées sur Féofar, douze heures sur Ogareff, cela me suffira pour les devancer à Irkoutsk !

Ce que Michel Strogoff, en effet, redoutait par-dessus tout, c'était et ce devait être la présence d'Ivan Ogareff au camp tartare. Outre le danger d'être reconnu, il sentait, par une sorte d'instinct, que c'était ce traître sur lequel il lui importait surtout de prendre l'avance. Il comprenait aussi que la réunion des troupes d'Ivan Ogareff à celles de Féofar porterait au complet l'effectif de l'armée envahissante, et que, la jonction opérée, cette armée marcherait en masse sur la capitale de la Sibérie orientale. Aussi, toutes ses appréhensions venaient-elles de ce côté, et, à chaque instant, écoutait-il si quelque fanfare n'annonçait pas l'arrivée du lieutenant de l'émir.

A cette pensée se joignait le souvenir de sa mère, celui de Nadia, l'une retenue à Omsk, l'autre enlevée sur les barques de l'Irtyche et sans doute captive comme l'était Marfa Strogoff ! Il ne pouvait rien pour elles ! Les reverrait-il jamais ? A cette question qu'il n'osait résoudre, son cœur se serrait affreusement.

En même temps que Michel Strogoff et tant d'autres prisonniers, Harry Blount et Alcide Jolivet avaient été conduits au camp tartare. Leur ancien compagnon de voyage, pris avec eux au poste télégraphique, savait qu'ils étaient parqués comme lui dans cet enclos que surveillaient de nombreuses sentinelles, mais il n'avait point cherché à se rapprocher d'eux. Peu lui importait, en ce moment du moins, ce qu'ils pouvaient penser de lui depuis l'affaire du relais d'Ichim. D'ailleurs, il voulait être seul pour agir seul, le cas échéant. Il s'était donc tenu à l'écart.

Alcide Jolivet, depuis le moment où son confrère était tombé près de lui, ne lui avait pas ménagé ses soins. Pendant le trajet de Kolyvan au camp, c'est-à-dire pendant plusieurs heures de marche, Harry Blount, appuyé au bras de son rival, avait pu suivre le convoi des prisonniers. Sa qualité de sujet anglais, il voulut d'abord la faire valoir, mais elle ne le servit en aucune façon vis-à-vis de barbares qui ne répondaient qu'à coups de lance ou de sabre. Le correspondant du *Daily-Telegraph* dut donc subir le sort commun, quitte à réclamer plus tard et à obtenir satisfaction d'un pareil traitement. Mais ce trajet n'en fut pas moins très-pénible pour lui, car sa blessure le faisait souffrir, et, sans l'assistance d'Alcide Jolivet, peut-être n'eût-il pu atteindre le camp.

Alcide Jolivet, que sa philosophie pratique n'abandonnait jamais, avait physiquement et moralement réconforté son confrère par tous les moyens en son pouvoir. Son premier soin, lorsqu'il se vit définitivement enfermé dans l'enclos, fut de visiter la blessure d'Harry Blount. Il parvint à lui retirer très-adroitement son habit et reconnut que son épaule avait été seulement frôlée par un éclat de mitraille.

« Ce n'est rien, dit-il. Une simple éraflure ! Après deux ou trois pansements, cher confrère, il n'y paraîtra plus !

— Mais ces pansements ?... demanda Harry Blount.

— Je vous les ferai moi-même !

— Vous êtes donc un peu médecin ?

— Tous les Français sont un peu médecins ! »

Et sur cette affirmation, Alcide Jolivet, déchirant son mouchoir, fit de la charpie de l'un des morceaux, des tampons de l'autre, prit de l'eau à un puits creusé au milieu de l'enclos, lava la blessure, qui, fort heureusement, n'était pas grave, et disposa avec beaucoup d'adresse les linges mouillés sur l'épaule d'Harry Blount.

« Je vous traite par l'eau, dit-il. Ce liquide est encore le sédatif le plus efficace que l'on connaisse pour le traitement des blessures, et il est le plus employé maintenant. Les médecins ont mis six mille ans à découvrir cela ! Oui ! six mille ans en chiffres ronds !

— Je vous remercie, monsieur Jolivet, répondit Harry Blount, en s'étendant sur une couche de feuilles mortes, que son compagnon lui arrangea à l'ombre d'un bouleau.

— Bah ! il n'y a pas de quoi ! Vous en feriez autant à ma place !

— Je n'en sais rien... répondit un peu naïvement Harry Blount.

— Farceur, va ! Tous les Anglais sont généreux !

— Sans doute, mais les Français... ?

— Eh bien, les Français sont bons, ils sont même bêtes, si vous voulez ! Mais ce qui les rachète, c'est qu'ils sont Français ! Ne parlons plus de cela, et même, si vous m'en croyez, ne parlons plus du tout. Le repos vous est absolument nécessaire. »

Mais Harry Blount n'avait aucune envie de se taire. Si le blessé devait, par prudence, songer au repos, le correspondant du *Daily-Telegraph* n'était pas homme à s'écouter.

« Monsieur Jolivet, demanda-t-il, croyez-vous que nos dernières dépêches aient pu passer la frontière russe ?

— Et pourquoi pas ? répondit Alcide Jolivet. A l'heure qu'il est, je vous assure que ma bienheureuse cousine sait à quoi s'en tenir sur l'affaire de Kolyvan !

— A combien d'exemplaires tire-t-elle ses dépêches, votre cousine ? demanda Harry Blount, qui, pour la première fois, posa cette question directe à son confrère.

— Bon ! répondit en riant Alcide Jolivet. Ma cousine est une personne fort discrète, qui n'aime pas qu'on parle d'elle et qui serait désespérée si elle troublait le sommeil dont vous avez besoin.

— Je ne veux pas dormir, répondit l'Anglais. — Que doit penser votre cousine des affaires de la Russie ?

— Qu'elles semblent en mauvais chemin pour le moment. Mais bah ! le gouvernement moscovite est puissant, il ne peut vraiment s'inquiéter d'une invasion de barbares, et la Sibérie ne lui échappera pas.

— Trop d'ambition a perdu les plus grands empires ! répondit Harry Blount, qui n'était pas exempt d'une certaine jalousie « anglaise » à l'endroit des prétentions russes dans l'Asie centrale.

— Oh ! ne parlons pas politique ! s'écria Alcide Jolivet. C'est défendu par la Faculté ! Rien de plus mauvais pour les blessures à l'épaule !... à moins que ce ne soit pour vous endormir !

— Parlons alors de ce qu'il nous reste à faire, répondit Harry Blount. Monsieur Jolivet, je n'ai pas du tout l'intention de rester indéfiniment prisonnier de ces Tartares.

— Ni moi, pardieu !

— Nous sauverons-nous à la première occasion ?

— Oui, s'il n'y a pas d'autre moyen de recouvrer notre liberté.

— En connaissez-vous un autre? demanda Harry Blount, en regardant son compagnon.

— Certainement ! Nous ne sommes pas des belligérants, nous sommes des neutres, et nous réclamerons !

— Près de cette brute de Féofar-Khan?

— Non, il ne comprendrait pas, répondit Alcide Jolivet, mais près de son lieutenant Ivan Ogareff.

— C'est un coquin !

— Sans doute, mais ce coquin est Russe. Il sait qu'il ne faut pas badiner avec le droit des gens, et il n'a aucun intérêt à nous retenir, au contraire. Seulement, demander quelque chose à ce monsieur-là, ça ne me va pas beaucoup !

— Mais ce monsieur-là n'est pas au camp, ou du moins je ne l'y ai pas vu, fit observer Harry Blount.

— Il y viendra. Cela ne peut manquer. Il faut qu'il rejoigne l'émir. La Sibérie est coupée en deux maintenant, et très-certainement l'armée de Féofar n'attend plus que lui pour se porter sur Irkoutsk.

— Et une fois libres, que ferons-nous?

— Une fois libres, nous continuerons notre campagne, et nous suivrons les Tartares, jusqu'au moment où les événements nous permettront de passer dans le camp opposé. Il ne faut pas abandonner la partie, que diable ! Nous ne faisons que commencer. Vous, confrère, vous avez déjà eu la chance d'être blessé au service du *Daily-Telegraph*, tandis que moi, je n'ai encore rien reçu au service de ma cousine. Allons, allons! — Bon, murmura Alcide Jolivet, le voilà qui s'endort! Quelques heures de sommeil et quelques compresses d'eau fraîche, il n'en faut pas plus pour remettre un Anglais sur pied. Ces gens-là sont fabriqués en tôle! »

Et pendant qu'Harry Blount reposait, Alcide Jolivet veilla près de lui, après avoir tiré son carnet, qu'il chargea de notes, très-décidé, d'ailleurs, à les partager avec son confrère, pour la plus grande satisfaction des lecteurs du *Daily-Telegraph*. Les événements les avaient réunis l'un à l'autre. Ils n'en étaient plus à se jalouser.

Ainsi donc, ce que redoutait au-dessus de tout Michel Strogoff était précisément l'objet des plus vifs désirs des deux journalistes. L'arrivée d'Ivan Ogareff pouvait évidemment servir ceux-ci, car, leur qualité de correspondants anglais et français une fois reconnue, rien de plus probable qu'ils fussent mis en liberté. Le lieutenant de l'émir saurait faire entendre raison à Féofar, qui n'eût pas manqué de traiter des journalistes comme de simples espions. L'intérêt d'Alcide Jolivet et d'Harry Blount était donc contraire à l'intérêt de Michel Strogoff. Celui-ci avait bien compris cette situation, et ce fut une nouvelle raison, ajoutée à plusieurs autres, qui le porta à éviter tout rapprochement avec ses anciens compagnons de voyage. Il s'arrangea donc de manière à ne pas être aperçu d'eux.

Quatre jours se passèrent, pendant lesquels l'état de choses ne fut aucunement modifié. Les prisonniers n'entendirent point parler de la levée du camp tartare. Ils étaient surveillés sévèrement. Il leur eût été impossible de traverser le cordon de fantassins et de cavaliers qui les gardaient nuit et jour. Quant à la nourriture qui leur était attribuée, elle leur suffisait à peine. Deux fois par vingt-quatre heures, on leur jetait un morceau d'intestins de chèvres, grillés sur les charbons, ou quelques portions de ce fromage appelé « kroute », fabriqué avec du lait aigre de brebis, et qui, trempé de lait de jument, forme le mets kirghis le plus communément nommé « koumyss ». Et c'était tout. Il faut ajouter aussi que le temps devint détestable. Il se produisit de grandes perturbations atmosphériques, qui amenèrent des bourrasques mêlées de pluie. Les malheureux, sans aucun abri, durent supporter ces intempéries malsaines, et aucun adoucissement ne fut apporté à leurs misères. Quelques blessés, des femmes, des enfants moururent, et les prisonniers eux-mêmes durent enterrer ces cadavres, auxquels leurs gardiens ne voulaient même pas donner la sépulture.

Pendant ces dures épreuves, Alcide Jolivet et Michel

Strogoff se multiplièrent, chacun de son côté. Ils rendirent tous les services qu'ils pouvaient rendre. Moins éprouvés que tant d'autres, valides, vigoureux, ils devaient mieux résister, et par leurs conseils, par leurs soins, ils purent se rendre utiles à ceux qui souffraient et se désespéraient.

Cet état de choses allait-il durer? Féofar-Khan, satisfait de ses premiers succès, voulait-il donc attendre quelque temps avant de marcher sur Irkoutsk? On pouvait le craindre, mais il n'en fut rien. L'événement tant souhaité d'Alcide Jolivet et d'Harry Blount, tant redouté de Michel Strogoff, se produisit dans la matinée du 12 août.

Ce jour-là, les trompettes sonnèrent, les tambours battirent, la mousquetade éclata. Un énorme nuage de poussière se déroulait au-dessus de la route de Kolyvan.

Ivan Ogareff, suivi de plusieurs milliers d'hommes, faisait son entrée au camp tartare.

CHAPITRE II

UNE ATTITUDE D'ALCIDE JOLIVET.

C'était tout un corps d'armée qu'Ivan Ogareff amenait à l'émir. Ces cavaliers et ces fantassins faisaient partie de la colonne qui s'était emparée d'Omsk. Ivan Ogareff, n'ayant pu réduire la ville haute, dans laquelle — on ne l'a point oublié — le gouverneur et la garnison avaient cherché refuge, s'était décidé à passer outre, ne voulant pas retarder les opérations qui devaient amener la conquête de la Sibérie orientale. Il avait donc laissé une garnison suffisante à Omsk. Puis, entraînant ses hordes, se renforçant en route des vainqueurs de Kolyvan, il venait faire sa jonction avec l'armée de Féofar.

Les soldats d'Ivan Ogareff s'arrêtèrent aux avant-postes du camp. Ils ne reçurent point ordre de bivouaquer. Le projet de leur chef était, sans doute, de ne pas s'arrêter, mais de se porter en avant et de gagner, dans le plus bref délai, Tomsk, ville importante, naturellement destinée à devenir le centre des opérations futures.

En même temps que ses soldats, Ivan Ogareff amenait un convoi de prisonniers russes et sibériens, capturés soit à Omsk, soit à Kolyvan. Ces malheureux ne furent pas conduits à l'enclos, déjà trop petit pour ceux qu'il contenait, et ils durent rester aux avant-postes, sans abri, presque sans nourriture. Quel sort Féofar-Khan réservait-il à ces infortunés? Les internerait-il à Tomsk, ou quelque sanglante exécution, familière aux chefs tartares, les décimerait-elle ? C'était le secret du capricieux émir.

Ce corps d'armée n'était pas venu d'Omsk et de Kolyvan sans entraîner à sa suite la foule de mendiants, de maraudeurs, de marchands, de bohémiens qui forment habituellement l'arrière-garde d'une armée en marche. Tout ce monde vivait sur les pays traversés et laissait peu de chose à piller après lui. Donc, nécessité de se porter en avant, ne fût-ce que pour assurer le ravitaillement des colonnes expéditionnaires. Toute la région comprise entre les cours de l'Ichim et de l'Obi, radicalement dévasté, n'offrait plus aucune ressource. C'était un désert que les Tartares faisaient derrière eux, et les Russes ne l'auraient pas franchi sans peine.

Au nombre de ces bohémiens, accourus des provinces de l'ouest, figurait la troupe tsigane qui avait accompagné Michel Strogoff jusqu'à Perm. Sangarre était là. Cette sauvage espionne, âme damnée d'Ivan Ogareff, ne quittait pas son maître. On les a vus, tous deux, préparant leurs machinations, en Russie même, dans le gouvernement de Nijni-Novgorod. Après la traversée de l'Oural, ils s'étaient séparés pour quelques jours seulement. Ivan Ogareff avait rapidement gagné Ichim, tandis que Sangarre et sa troupe se dirigeaient sur Omsk par le sud de la province.

On comprendra facilement quelle aide cette femme apportait à Ivan Ogareff. Par ses bohémiennes, elle pénétrait en tout lieu, entendant et rapportant tout. Ivan Ogareff était tenu au courant de ce qui se faisait jusque dans le cœur des provinces envahies. C'étaient cent yeux, cent oreilles, toujours ouverts pour sa cause. D'ailleurs, il payait largement cet espionnage, dont il retirait grand profit.

Sangarre, autrefois compromise dans une très-grave affaire, avait été sauvée par l'officier russe. Elle n'avait point oublié ce qu'elle lui devait et s'était donnée à lui, corps et âme. Ivan Ogareff, entré dans la voie de la trahison, avait compris quel parti il pouvait tirer de cette femme. Quelque ordre qu'il lui donnât, Sangarre l'exécutait. Un instinct inexplicable, plus impérieux encore que celui de la reconnaissance, l'avait poussée à se faire l'esclave du traître, auquel elle était attachée depuis les premiers temps de son exil en Sibérie. Confidente et complice, Sangarre, sans patrie, sans famille, s'était plu à mettre sa vie vagabonde au service des envahisseurs qu'Ivan Ogareff allait jeter sur la Sibérie. A la prodigieuse astuce naturelle à sa race, elle joignait une énergie farouche, qui ne connaissait ni le pardon ni la pitié. C'était une sauvage, digne de partager le wigwam d'un Apache ou la hutte d'un Andamien.

Depuis son arrivée à Omsk, où elle l'avait rejoint avec ses tsiganes, Sangarre n'avait plus quitté Ivan Ogareff. La circonstance qui avait mis en présence Michel et Marfa Strogoff lui était connue. Les craintes d'Ivan Ogareff, relatives au passage d'un courrier du czar, elle les savait et les partageait. Marfa Strogoff prisonnière, elle eût été femme à la torturer avec tout le raffinement d'une Peau-Rouge, afin de lui arracher son secret. Mais l'heure n'était pas venue à laquelle Ivan Ogareff voulait faire parler la vieille Sibérienne. Sangarre devait attendre, et elle attendait, sans perdre des yeux celle qu'elle espionnait à son insu, guettant ses moindres gestes, ses moindres paroles, l'observant jour et nuit, cherchant à entendre ce mot de « fils » s'échapper de sa bouche, mais déjouée jusqu'alors par l'inaltérable impassibilité de Marfa Strogoff.

Cependant, au premier éclat des fanfares, le grand maître de l'artillerie tartare et le chef des écuries de l'émir, suivis d'une brillante escorte de cavaliers usbecks, s'étaient portés au front du camp afin de recevoir Ivan Ogareff.

Lorsqu'ils furent arrivés en sa présence, ils lui rendirent les plus grands honneurs et l'invitèrent à les accompagner à la tente de Féofar-Khan.

Ivan Ogareff, imperturbable comme toujours, répondit froidement aux déférences des hauts fonctionnaires envoyés à sa rencontre. Il était très-simplement vêtu, mais, par une sorte de bravade impudente, il portait encore un uniforme d'officier russe.

Au moment où il rendait la main à son cheval pour franchir l'enceinte du camp, Sangarre, passant entre les cavaliers de l'escorte, s'approcha de lui et demeura immobile.

« Rien ? demanda Ivan Ogareff.

— Rien.

— Sois patiente.

— L'heure approche-t-elle où tu forceras la vieille femme à parler?

— Elle approche, Sangarre.

— Quand la vieille femme parlera-t-elle?

— Lorsque nous serons à Tomsk.

— Et nous y serons?...

— Dans trois jours. »

Les grands yeux noirs de Sangarre jetèrent un éclat extraordinaire, et elle se retira d'un pas tranquille.

Ivan Ogareff pressa les flancs de son cheval, et, suivi de son état-major d'officiers tartares, il se dirigea vers la tente de l'émir.

Féofar-Khan attendait son lieutenant. Le conseil, composé du porteur du sceau royal, du khodja et de quelques hauts fonctionnaires, avait pris place sous la tente.

Ivan Ogareff descendit de cheval, entra, et se trouva devant l'émir.

Féofar-Khan était un homme de quarante ans, haut de stature, le visage assez pâle, les yeux méchants, la physionomie farouche. Une barbe noire, étagée par petits rouleaux, descendait sur sa poitrine. Avec son costume de guerre, cotte à mailles d'or et d'argent, baudrier étincelant de pierres précieuses, fourreau de sabre courbé comme un yatagan et serti de gemmes éblouissantes, bottes ergotées d'un éperon d'or, casque orné d'une aigrette de diamants jetant mille feux, Féofar offrait au regard l'aspect plutôt étrange qu'imposant d'un Sardanapale tartare, souverain indiscuté qui dispose à son gré de la vie et de la fortune de ses sujets, dont la puissance est sans limites, et auquel, par privilége spécial, on donne, à Boukhara, la qualification d'émir.

Au moment où Ivan Ogareff parut, les grands dignitaires demeurèrent assis sur leurs coussins festonnés d'or ; mais Féofar se leva d'un riche divan qui occupait le fond de la tente, dont le sol disparaissait sous l'épaisse moquette d'un tapis boukharien.

L'émir s'approcha d'Ivan Ogareff et lui donna un baiser, à la signification duquel il n'y avait pas à se méprendre. Ce baiser faisait du lieutenant le chef du conseil et le plaçait temporairement au-dessus du khodja.

Puis, Féofar, s'adressant à Ivan Ogareff :

« Je n'ai point à t'interroger, dit-il, parle, Ivan. Tu ne trouveras ici que des oreilles bien disposées à t'entendre.

— Takhsir (1), répondit Ivan Ogareff, voici ce que j'ai à te faire connaître »

(1) C'est l'équivalent du nom de « Sire », qui est donné aux sultans de Boukhara.

Ivan Ogareff s'exprimait en tartare, et donnait à ses phrases la tournure emphatique qui distingue le langage des Orientaux.

« Takhsir, le temps n'est pas aux inutiles paroles. Ce que j'ai fait, à la tête de tes troupes, tu le sais. Les lignes de l'Ichim et de l'Irtyche sont maintenant en notre pouvoir, et les cavaliers turcomans peuvent baigner leurs chevaux dans leurs eaux devenues tartares. Les hordes kirghises se sont soulevées à la voix de Féofar-Khan, et la principale route sibérienne t'ap partient depuis Ichim jusqu'à Tomsk. Tu peux donc pousser tes colonnes aussi bien vers l'orient où le soleil se lève, que vers l'occident où il se couche.

— Et si je marche avec le soleil? demanda l'émir, qui écoutait sans que son visage trahît aucune de ses pensées.

— Marcher avec le soleil, répondit Ivan Ogareff, c'est te jeter vers l'Europe, c'est conquérir rapidement les provinces sibériennes de Tobolsk jusqu'aux montagnes de l'Oural.

— Et si je vais au-devant de ce flambeau du ciel?

— C'est soumettre à la domination tartare, avec Irkoutsk, les plus riches contrées de l'Asie centrale.

— Mais, les armées du sultan de Pétersbourg? dit Féofar-Khan, en désignant par ce titre bizarre l'empereur de Russie.

— Tu n'as rien à en craindre, ni au levant ni au couchant, répondit Ivan Ogareff. L'invasion a été soudaine, et, avant que l'armée russe ait pu les secourir, Irkoutsk ou Tobolsk seront tombées en ton pouvoir. Les troupes du czar ont été écrasées à Kolyvan, comme elles le seront partout où les tiens lutteront contre ces soldats insensés de l'Occident.

— Et quel avis t'inspire ton dévouement à la cause tartare ? demanda l'émir, après quelques instants de silence.

— Mon avis, répondit vivement Ivan Ogareff, c'est de marcher au devant du soleil ! C'est de donner l'herbe des steppes orientales à dévorer aux chevaux turcomans ! C'est de prendre Irkoutsk, la capitale des provinces de l'est, et, avec elle, l'otage dont la possession vaut toute une contrée. Il faut que, à défaut du czar, le grand-duc son frère tombe entre tes mains. »

C'était là le suprême résultat que poursuivait Ivan Ogareff. On l'eût pris, à l'entendre, pour l'un de ces cruels descendants de Stepan-Razine, le célèbre pirate qui ravagea la Russie méridionale au XVIIIe siècle. S'emparer du grand-duc, le frapper sans pitié, c'était pleine satisfaction donnée à sa haine ! En outre, la prise d'Irkoutsk faisait passer immédiatement sous la domination tartare toute la Sibérie orientale.

« Il sera fait ainsi, Ivan, répondit Féofar.

— Quels sont tes ordres, Takhsir?

— Aujourd'hui même, notre quartier général sera transporté à Tomsk. »

Ivan Ogareff s'inclina, et, suivi du housch-bégui, il se retira pour faire exécuter les ordres de l'émir.

Au moment où il allait monter à cheval, afin de regagner les avant-postes, un certain tumulte se produisit à quelque distance, dans la partie du camp affectée aux prisonniers. Des cris se firent entendre, et deux ou trois coups de fusil éclatèrent. Etait-ce une tentative de révolte ou d'évasion qui allait être sommairement réprimée?

Ivan Ogareff et le housch-bégui firent quelques pas en avant, et, presque aussitôt, deux hommes, que des soldats ne pouvaient retenir, parurent devant eux.

Le housch-bégui, sans plus d'information, fit un geste qui était un ordre de mort, et la tête de ces deux prisonniers allait rouler à terre, lorsqu'Ivan Ogareff dit quelques mots qui arrêtèrent le sabre déjà levé sur eux.

Le Russe avait reconnu que ces prisonniers étaient étrangers, et il donna l'ordre qu'on les lui amenât.

C'étaient Harry Blount et Alcide Jolivet.

Dès l'arrivée d'Ivan Ogareff au camp, ils avaient demandé à être conduits en sa présence. Les soldats avaient refusé. De là, lutte, tentative de fuite, coups de fusil qui n'atteignirent heureusement point les deux journalistes, mais leur exécution ne se fût point fait attendre, n'eût été l'intervention du lieutenant de l'émir.

Celui-ci examina pendant quelques moments ces prisonniers, qui lui étaient absolument inconnus. Ils étaient présents, cependant, à cette scène du relais de poste d'Ichim, dans laquelle Michel Strogoff fut frappé par Ivan Ogareff; mais le brutal voyageur n'avait point fait attention aux personnes réunies alors dans la salle commune.

Harry Blount et Alcide Jolivet, au contraire, le reconnurent parfaitement, et celui-ci dit à mi-voix :

« Tiens ! Il paraît que le colonel Ogareff et le grossier personnage d'Ichim ne font qu'un ! »

Puis, il ajouta à l'oreille de son compagnon :

« Exposez notre affaire, Blount. Vous me rendrez service. Ce colonel russe au milieu d'un camp tartare me dégoûte, et bien que, grâce à lui, ma tête soit encore sur mes épaules, mes yeux se détourneraient avec mépris plutôt que de le regarder en face ! »

Et cela dit, Alcide Jolivet affecta la plus complète et la plus hautaine indifférence.

Ivan Ogareff comprit-il ce que l'attitude du prisonnier avait d'insultant pour lui ? En tout cas, il n'en laissa rien paraître.

« Qui êtes-vous, messieurs? demanda-t-il en russe d'un ton très-froid, mais exempt de sa rudesse habituelle.

— Deux correspondants de journaux anglais et français, répondit laconiquement Harry Blount.

— Vous avez sans doute des papiers qui vous permettent d'établir votre identité?

— Voici des lettres qui nous accréditent en Russie près des chancelleries anglaise et française. »

Ivan Ogareff prit les lettres que lui tendait Harry Blount, et il les lut avec attention. Puis :

« Vous demandez, dit-il, l'autorisation de suivre nos opérations militaires en Sibérie?

— Nous demandons à être libres, voilà tout, répondit sèchement le correspondant anglais.

— Vous l'êtes, messieurs, répondit Ivan Ogareff, et je serai curieux de lire vos chroniques dans le *Daily-Telegraph*.

— Monsieur, répliqua Harry Blount avec le flegme le plus imperturbable, c'est six pence le numéro, les frais de poste en sus. »

Et, là-dessus, Harry Blount se retourna vers son compagnon, qui parut approuver complétement sa réponse

Ivan Ogareff ne sourcilla pas, et, enfourchant son cheval, il prit la tête de son escorte et disparut bientôt dans un nuage de poussière.

« Eh bien, monsieur Jolivet, que pensez-vous du colonel Ivan Ogareff, général en chef des troupes tartares ? demanda Harry Blount.

— Je pense, mon cher confrère, répondit en souriant Alcide Jolivet, que cet housch-bégui a eu un bien beau geste, quand il a donné l'ordre de nous couper la tête ! »

Quoi qu'il en soit et quel que fût le motif qui eût porté Ivan Ogareff à agir ainsi à l'égard des deux journalistes, ceux-ci étaient libres et ils pouvaient parcourir à leur gré le théâtre de la guerre. Aussi, leur intention était-elle bien de ne point abandonner la partie. L'espèce d'antipathie qu'ils ressentaient autrefois l'un pour l'autre avait fait place à une amitié sincère. Rapprochés par les circonstances, ils ne songeaient plus à se séparer. Les mesquines questions de rivalité étaient à jamais éteintes. Harry Blount ne pouvait plus oublier ce qu'il devait à son compagnon, lequel ne cherchait aucunement à s'en souvenir, et en somme, ce rapprochement, facilitant les opérations de reportage, devait tourner à l'avantage de leurs lecteurs.

« Et maintenant, demanda Harry Blount, qu'est-ce que nous allons faire de notre liberté ?

— En abuser, parbleu ! répondit Alcide Jolivet, et aller tranquillement à Tomsk voir ce qui s'y passe.

— Jusqu'au moment, très-prochain, je l'espère, où nous pourrons rejoindre quelque corps russe?...

— Comme vous dites, mon cher Blount! Il ne faut pas trop se tartariser! Le beau rôle est encore à ceux dont les armes civilisent, et il est évident que les peuples de l'Asie centrale auraient tout à perdre et absolument rien à gagner à cette invasion, mais les Russes sauront bien la repousser. Ce n'est qu'une affaire de temps! »

Cependant, l'arrivée d'Ivan Ogareff, qui venait de rendre à la liberté Alcide Jolivet et Harry Blount, était au contraire un grave péril pour Michel Strogoff. Que le hasard vînt à mettre le courrier du czar en présence d'Ivan Ogareff, celui-ci ne pourrait manquer de le reconnaître pour le voyageur qu'il avait si brutalement traité au relais d'Ichim, et bien que Michel Strogoff n'eût pas répondu à l'insulte comme il l'eût fait en toute autre circonstance, l'attention aurait été attirée sur lui, — ce qui eût rendu difficile l'exécution de ses projets.

Là était le côté fâcheux de la présence d'Ivan Ogareff. Toutefois, une conséquence heureuse de son arrivée, ce fut l'ordre qui fut donné de lever le camp le jour même et de transporter à Tomsk le quartier général.

C'était l'accomplissement du plus vif désir de Michel

Strogoff. Son intention, on le sait, était d'atteindre Tomsk, confondu avec les autres prisonniers, c'est-à-dire sans risquer de tomber entre les mains des éclaireurs qui fourmillaient aux approches de cette importante ville. Cependant, par suite de l'arrivée d'Ivan Ogareff, et dans la crainte d'être reconnu de lui, il dut se demander s'il ne conviendrait pas de renoncer à ce premier projet et de tenter de s'échapper pendant le voyage.

Michel Strogoff allait sans doute s'arrêter à ce dernier parti, lorsqu'il apprit que Féofar-Khan et Ivan Ogareff étaient déjà partis pour la ville à la tête de quelques milliers de cavaliers.

« J'attendrai donc, se dit-il, à moins qu'il ne se présente quelque occasion exceptionnelle de fuir. Les mauvaises chances sont nombreuses en deçà de Tomsk, tandis qu'au delà les bonnes s'accroîtront, puisque j'aurai, en quelques heures, dépassé les postes tartares les plus avancés dans l'est. Encore trois jours de patience, et que Dieu me vienne en aide ! »

C'était, en effet, un voyage de trois jours que les prisonniers, sous la surveillance d'un nombreux détachement de Tartares, devaient faire à travers la steppe. En effet, cent cinquante verstes séparaient le camp de la ville. Voyage facile pour les soldats de l'émir, qui ne manquaient de rien, mais pénible pour des malheureux, affaiblis par les privations. Plus d'un cadavre devait jalonner cette portion de la route sibérienne !

Ce fut à deux heures de l'après-midi, ce 12 août, par une température fort élevée et sous un ciel sans nuages, que le toptschi-baschi donna l'ordre de départ.

Alcide Jolivet et Harry Blount, ayant acheté des chevaux, avaient déjà pris la route de Tomsk, où la logique des événements allait réunir les principaux personnages de cette histoire.

Au nombre des prisonniers amenés par Ivan Ogareff au camp tartare, était une vieille femme que sa taciturnité même semblait mettre à part au milieu de toutes celles qui partageaient son sort. Pas une plainte ne sortait de ses lèvres. On eût dit une statue de la douleur. Cette femme, presque toujours immobile, plus étroitement gardée qu'aucune autre, était, sans qu'elle parût s'en douter ou s'en soucier, observée par la tsigane Sangarre. Malgré son âge, elle avait dû suivre à pied le convoi des prisonniers, sans qu'aucun adoucissement eût été apporté à ses misères.

Toutefois, quelque providentiel dessein avait placé à ses côtés un être courageux, charitable, fait pour la comprendre et l'assister. Parmi ses compagnes d'infortune, une jeune fille, remarquable par sa beauté et par une impassibilité qui ne le cédait en rien à celle de la Sibérienne, semblait s'être donné la tâche de veiller sur elle. Aucune parole n'avait été échangée entre les deux captives, mais la jeune fille se trouvait toujours à point nommé auprès de la vieille femme, quand son secours pouvait lui être utile. Celle-ci n'avait pas tout d'abord accepté sans méfiance les soins muets de cette inconnue. Peu à peu, cependant, l'évidente droiture du regard de cette jeune fille, sa réserve et la mystérieuse sympathie qu'une communauté de douleurs établit entre d'égales infortunes, avaient eu raison de la froideur hautaine de Marfa Strogoff. Nadia — car c'était elle — avait pu ainsi, sans la connaître, rendre à la mère les soins qu'elle-même avait reçus de son fils. Son instinctive bonté l'avait doublement bien inspirée. En se vouant à la servir, Nadia assurait à sa jeunesse et à sa beauté la protection de l'âge de la vieille prisonnière. Au milieu de cette foule d'infortunés, aigris par les souffrances, ce groupe silencieux de deux femmes, dont l'une semblait être l'aïeule, l'autre la petite-fille, imposait à tous une sorte de respect.

Nadia, après avoir été enlevée par les éclaireurs tartares sur les barques de l'Irtyche, avait été conduite à Omsk. Retenue prisonnière dans la ville, elle partagea le sort de tous ceux que la colonne d'Ivan Ogareff avait capturés jusqu'alors, et, par conséquent, celui de Marfa Strogoff.

Nadia, si elle eût été moins énergique, aurait succombé à ce double coup qui venait de la frapper. L'interruption de son voyage, la mort de Michel Strogoff l'avaient à la fois désespérée et révoltée. Éloignée à jamais peut-être de son père, après tant d'efforts déjà heureux qui l'en avaient rapprochée, et, pour comble de douleur, séparée de l'intrépide compagnon que Dieu même semblait avoir mis sur sa route pour la conduire au but, elle avait à la fois et du même coup tout perdu. L'image de Michel Strogoff, atteint sous ses yeux d'un coup de lance et disparaissant dans les eaux de l'Irtyche, ne quittait plus sa pensée. Un tel homme avait-il bien pu mourir ainsi? Pour qui Dieu réservait-il ses miracles, si ce juste, qu'un noble dessein poussait à coup sûr, avait pu être si misérablement arrêté dans sa marche? Quelquefois la colère l'emportait sur la douleur. La scène de l'affront si étrangement subi par son compagnon au relais d'Ichim lui revenait à la mémoire. Son sang bouillait à ce souvenir.

« Qui vengera ce mort qui ne peut plus se venger lui-même? » se disait-elle.

Et dans son cœur, la jeune fille, s'adressant à Dieu même, s'écriait :

« Seigneur, faites que ce soit moi! »

Si encore, avant de mourir, Michel Strogoff lui avait confié son secret, si, toute femme, tout enfant qu'elle était, elle eût pu mener à bonne fin la tâche interrompue de ce frère que Dieu n'aurait pas dû lui donner, puisqu'il devait sitôt le lui reprendre!...

Absorbée dans ces pensées, on comprend que Nadia fût demeurée comme insensible aux misères mêmes de sa captivité.

C'était alors que le hasard l'avait, sans qu'elle pût en avoir le moindre soupçon, réunie à Marfa Strogoff. Comment aurait-elle pu imaginer que cette vieille femme, prisonnière comme elle, fût la mère de son compagnon, qui n'avait jamais été pour elle que le marchand Nicolas Korpanoff? Et, de son côté, comment Marfa aurait-elle pu deviner qu'un lien de reconnaissance rattachait cette jeune inconnue à son fils?

Ce qui frappa d'abord Nadia dans Marfa Strogoff, ce fut une sorte de conformité secrète dans la façon dont chacune, de son côté, subissait sa dure condition. Cette indifférence stoïque de la vieille femme aux douleurs matérielles de leur vie quotidienne, ce mépris des souffrances du corps, Marfa ne pouvait les puiser que dans une douleur morale égale à la sienne. Voilà ce que pensait Nadia, et elle ne se trompait pas. Ce fut donc une sympathie instinctive pour cette part de ses misères que Marfa Strogoff ne montrait pas, qui poussa tout d'abord Nadia vers elle. Cette façon de supporter son mal allait à l'âme fière de la jeune fille. Elle ne lui offrit pas ses services, elle les lui donna. Marfa n'eut ni à refuser ni à accepter. Dans les passages difficiles de la route, la jeune fille était là et l'aidait de son bras. Aux heures des distributions de vivres, la vieille femme n'eût pas bougé, mais Nadia partageait avec elle son insuffisante nourriture, et c'est ainsi que ce pénible voyage s'était opéré pour l'une en même temps que pour l'autre. Grâce à sa jeune compagne, Marfa Strogoff put suivre les soldats qui convoyaient la troupe des prisonniers sans être attachée à l'arçon d'une selle, comme tant d'autres malheureuses, ainsi traînées sur ce chemin de douleur.

« Que Dieu te récompense, ma fille, de ce que tu fais pour mes vieux ans ! » lui dit une fois Marfa Strogoff, et cela avait été, pendant quelque temps, la seule parole prononcée entre les deux infortunées.

Durant ces quelques jours, qui leur parurent longs comme des siècles, la vieille femme et la jeune fille — il le semblait du moins — auraient dû être amenées à causer de leur situation réciproque. Mais Marfa Strogoff, par une circonspection facile à comprendre, n'avait parlé, et encore avec une grande brièveté, que d'elle-même. Elle n'avait fait aucune allusion ni à son fils ni à la funeste rencontre qui les avait mis face à face.

Nadia, elle aussi, fut longtemps, sinon muette, du moins sobre de toute parole inutile. Cependant, un jour, sentant qu'elle avait devant elle une âme simple et haute, son cœur avait débordé, et elle avait raconté, sans en rien cacher, tous les événements qui s'étaient accomplis depuis son départ de Wladimir jusqu'à la mort de Nicolas Korpanoff. Ce qu'elle dit de son jeune compagnon intéressa vivement la vieille Sibérienne.

« Nicolas Korpanoff ! dit-elle. Parle-moi encore de ce Nicolas ! Je ne sais qu'un homme, un seul parmi la jeunesse de ce temps, dont une telle conduite ne m'eût pas étonnée ! Nicolas Korpanoff, était-ce bien son nom ? En es-tu sûre, ma fille ?

— Pourquoi m'aurait-il trompée sur ce point, répondit Nadia, lui qui ne m'a trompée sur aucun autre ? »

Cependant, mue par une sorte de pressentiment, Marfa Strogoff faisait à Nadia questions sur questions.

« Tu m'as dit qu'il était intrépide, ma fille ! Tu m'as prouvé qu'il l'avait été ! dit-elle.

— Oui, intrépide ! répondit Nadia.

— C'est bien ainsi qu'eût été mon fils, » se répétait Marfa Strogoff à part elle.

Puis elle reprenait :

« Tu m'as dit encore que rien ne l'arrêtait, que rien ne l'étonnait, qu'il était si doux dans sa force même, que tu avais une sœur aussi bien qu'un frère en lui, et qu'il a veillé sur toi comme une mère ?

— Oui, oui ! dit Nadia. Frère, sœur, mère, il a été tout pour moi !

— Et aussi un lion pour te défendre ?

— Un lion, en vérité ! répondit Nadia. Oui, un lion, un héros !

— Mon fils, mon fils ! pensait la vieille Sibérienne. — Mais tu dis, cependant, qu'il a supporté un terrible affront dans cette maison de poste d'Ichim ?

— Il l'a supporté ! répondit Nadia en baissant la tête.

— Il l'a supporté ? murmura Marfa Strogoff, frémissante.

— Mère ! mère ! s'écria Nadia, ne le condamnez pas. Il y avait là un secret, un secret dont Dieu seul, à l'heure qu'il est, est le juge !

— Et, dit Marfa, relevant la tête et regardant Nadia comme si elle eût voulu lire jusqu'au plus profond de son âme, dans cette heure d'humiliation, ce Nicolas Korpanoff, est-ce que tu l'as méprisé ?

— Je l'ai admiré sans le comprendre ! répondit la jeune fille. Je ne l'ai jamais senti plus digne de respect ! »

La vieille femme se tut un instant.

« Il était grand ? demanda-t-elle.

— Très-grand.

— Et très-beau, n'est-ce pas? Allons, parle, ma fille.

— Il était très beau, répondit Nadia toute rougissante.

— C'était mon fils ! Je te dis que c'était mon fils! s'écria la vieille femme en embrassant Nadia.

— Ton fils! répondit Nadia tout interdite, ton fils!

— Allons ! dit Marfa, va jusqu'au bout, mon enfant! Ton compagnon, ton ami, ton protecteur, il avait une mère! Est-ce qu'il ne t'aurait jamais parlé de sa mère?

— De sa mère? dit Nadia. Il m'a parlé de sa mère comme je lui ai parlé de mon père, souvent, toujours! Cette mère, il l'adorait !

— Nadia, Nadia ! Tu viens de me raconter l'histoire même de mon fils, » dit la vieille femme.

Et elle ajouta impétueusement :

« Ne devait-il donc pas la voir en passant à Omsk, cette mère que tu dis qu'il aimait?

— Non, répondit Nadia, non, il ne le devait pas.

— Non? s'écria Marfa. Tu as osé me dire non?

— Je te l'ai dit, mais il me reste à t'apprendre que, pour des motifs qui devaient l'emporter sur tout, des motifs que je ne connais pas, j'ai cru comprendre que Nicolas Korpanoff devait traverser le pays dans le plus absolu secret. C'était pour lui une question de vie et de mort, et, mieux encore, une question de devoir et d'honneur.

— De devoir, en effet, de devoir impérieux, dit la vieille Sibérienne, de ceux auxquels on sacrifie tout, pour l'accomplissement desquels on refuse tout, même la joie de venir donner un baiser, le dernier peut-être, à sa vieille mère ! Tout ce que tu ne sais pas, Nadia, tout ce que je ne savais pas moi-même, je le sais à l'heure qu'il est ! Tu m'as tout fait comprendre ! Mais la lumière que tu as jetée au plus profond des ténèbres de mon cœur, cette lumière, je ne puis la faire entrer dans le tien. Le secret de mon fils, Nadia, puisqu'il ne te l'a pas dit, il faut que je le lui garde ! Pardonne-moi, Nadia ! Le bien que tu m'as fait, je ne puis te le rendre !

— Mère, je ne vous demande rien, » répondit Nadia.

Tout s'était expliqué ainsi pour la vieille Sibérienne, tout, jusqu'à l'inexplicable conduite de son fils à son égard, dans l'auberge d'Omsk, en présence des témoins de leur rencontre. Il n'y avait plus à douter que le compagnon de la jeune fille n'eût été Michel Strogoff, et qu'une mission secrète, quelque importante dépêche à porter à travers la contrée envahie, ne l'obligeât à cacher sa qualité de courrier du czar.

« Ah ! mon brave enfant, pensa Marfa Strogoff. Non ! Je ne te trahirai pas, et les tortures ne m'arracheront jamais l'aveu que c'est bien toi que j'ai vu à Omsk ! »

Marfa Strogoff aurait pu, d'un mot, payer Nadia de tout son dévouement pour elle. Elle aurait pu lui apprendre que son compagnon, Nicolas Korpanoff, ou plutôt Michel Strogoff, n'avait pas péri dans les eaux de l'Irtyche, puisque c'était quelques jours après cet incident qu'elle l'avait rencontré, qu'elle lui avait parlé !...

Mais elle se contint, elle se tut, et se borna à dire :

« Espère, mon enfant ! Le malheur ne s'acharnera pas toujours sur toi ! Tu reverras ton père, j'en ai le pressentiment, et, peut-être, celui qui te donnait le nom de sœur n'est-il pas mort ! Dieu ne peut pas permettre que ton brave compagnon ait péri !... Espère, ma fille ! espère ! Fais comme moi ! Le deuil que je porte n'cst pas encore celui de mon fils ! »

CHAPITRE III

COUP POUR COUP.

Telle était maintenant la situation de Marfa Strogoff et de Nadia l'une vis-à-vis de l'autre. La vieille Sibérienne avait tout compris, et si la jeune fille ignorait que son compagnon tant regretté vécût encore, elle savait, du moins, ce qu'il était à celle dont elle avait fait sa mère, et elle remerciait Dieu de lui avoir donné cette joie de pouvoir remplacer auprès de la prisonnière le fils qu'elle avait perdu.

Mais ce que ni l'une ni l'autre ne pouvaient savoir, c'est que Michel Strogoff, pris à Kolyvan, faisait partie du même convoi et qu'il était dirigé sur Tomsk avec elles.

Les prisonniers amenés par Ivan Ogareff avaient été réunis à ceux que l'émir gardait déjà au camp tartare. Ces malheureux, Russes ou Sibériens, militaires ou civils, étaient au nombre de quelques milliers, et ils formaient une colonne qui s'étendait sur une longueur de plusieurs verstes. Parmi eux, il en était qui, considérés comme plus dangereux, avaient été attachés par des menottes à une longue chaîne. Il y avait aussi des femmes, des enfants, liés ou suspendus aux pommeaux des selles, et impitoyablement traînés sur les routes ! On les poussait tous comme un bétail humain. Les cavaliers qui les escortaient les obligeaient à garder un certain ordre, et il n'y avait de retardataires que ceux qui tombaient pour ne plus se relever.

De cette disposition, il était résulté ceci : c'est que Michel Strogoff, rangé dans les premiers rangs de ceux qui avaient quitté le camp tartare, c'est-à-dire parmi les prisonniers de Kolyvan, ne devait pas être mêlé aux prisonniers venus d'Omsk en dernier lieu. Il ne pouvait donc soupçonner dans ce convoi la présence de sa mère et de Nadia, pas plus que celles-ci ne pouvaient soupçonner la sienne.

Ce voyage, du camp à Tomsk, fait dans ces conditions, sous le fouet des soldats, fut mortel pour un grand nombre, terrible pour tous. On allait à travers la steppe, sur une route rendue plus poussiéreuse encore par le passage de l'émir et de son avant-garde. Ordre avait été donné de marcher vite. Les haltes, très-courtes, étaient rares. Ces cent cinquante verstes à franchir sous un soleil ardent, si rapidement qu'elles fussent parcourues, devaient sembler interminables!

C'est une contrée stérile que celle qui s'étend sur la droite de l'Obi jusqu'à la base de ce contrefort, détaché des monts Sayansk, dont l'orientation est nord et sud. A peine quelques buissons maigres et brûlés rompent-ils çà et là la monotonie de l'immense plaine. Il n'y a pas de culture, parce qu'il n'y a pas d'eau, et c'est l'eau qui manqua le plus aux prisonniers, altérés par une marche pénible. Pour trouver un affluent, il eût fallu se porter d'une cinquantaine de verstes dans l'est, jusqu'au pied même du contrefort qui détermine le partage des eaux entre les bassins de l'Obi et de l'Yeniseï. Là, coule le Tom, petit affluent de l'Obi, qui passe à Tomsk avant de se perdre dans une des grandes artères du nord. Là, l'eau eût été abondante, la steppe moins aride, la température moins ardente. Mais les plus étroites prescriptions avaient été données aux chefs du convoi de gagner Tomsk par le plus court, car l'émir pouvait toujours craindre d'être pris de flanc et coupé par quelque colonne russe qui fût descendue des provinces du nord. Or, la grande route sibérienne ne côtoyait pas les rives du Tom, du moins dans sa partie comprise entre Kolyvan et une petite bourgade nommée Zabédiero, et il fallait suivre la grande route sibérienne.

Il est inutile de s'appesantir sur les souffrances de tant de malheureux prisonniers. Plusieurs centaines tombèrent sur la steppe, et leurs cadavres y devaient rester jusqu'au moment où les loups, ramenés par l'hiver, en dévoreraient les derniers ossements.

De même que Nadia était toujours là, prête à secourir la vieille Sibérienne, de même Michel Strogoff, libre de ses mouvements, rendait à des compagnons d'infortune plus faibles que lui tous les services que sa situation lui permettait. Il encourageait les uns, il soutenait les autres, il se prodiguait, il allait et venait, jusqu'à ce que la lance d'un cavalier l'obligeât à reprendre sa place au rang qui lui était assigné.

Pourquoi ne cherchait-il pas à fuir? C'est que son projet était bien arrêté, maintenant, de ne se lancer à travers la steppe que lorsqu'elle serait sûre pour lui. Il s'était entêté dans cette idée d'aller jusqu'à Tomsk « aux frais de l'émir », et, en somme, il avait raison. A voir les nombreux détachements qui battaient la plaine sur les flancs du convoi, tantôt au sud, tantôt au nord, il était évident qu'il n'eût pas fait deux verstes sans avoir été repris. Les cavaliers tartares pullulaient, et, parfois, il semblait qu'ils sortissent de terre, comme ces insectes nuisibles qu'une pluie d'orage fait fourmiller à la surface du sol. En outre, la fuite dans ces conditions eût été extrêmement difficile, sinon impossible. Les soldats de l'escorte déployaient une extrême vigilance, car il y allait pour eux de la tête, si leur surveillance eût été mise en défaut.

Enfin, le 15 août, à la tombée du jour, le convoi atteignit la petite bourgade de Zabédiero, à une trentaine de verstes de Tomsk. En cet endroit, la route rejoignait le cours du Tom.

Le premier mouvement des prisonniers eût été de se précipiter dans les eaux de cette rivière ; mais leurs gardiens ne leur permirent pas de rompre les rangs avant que la halte fût organisée. Bien que le courant du Tom fût presque torrentiel à cette époque, il pouvait favoriser la fuite de quelque audacieux ou de quelque désespéré, et les plus sévères mesures de vigilance allaient être prises. Des barques, réquisitionnées à Zabédiero, furent embossées sur le Tom et formèrent un chapelet d'obstacles impossible à franchir. Quant à la ligne du campement, appuyée aux premières maisons de la bourgade, elle fut gardée par un cordon de sentinelles impossible à briser.

Michel Strogoff, qui aurait pu songer dès ce moment à se jeter dans la steppe, comprit, après avoir soigneusement observé la situation, que ses projets de fuite étaient presque inexécutables dans ces conditions, et, ne voulant rien compromettre, il attendit.

Cette nuit là tout entière, les prisonniers devaient camper sur les bords du Tom. L'émir, en effet, avait remis au lendemain l'installation de ses troupes à Tomsk. Il avait été décidé qu'une fête militaire marquerait l'inauguration du quartier général tartare dans cette importante cité. Féofar-Khan en occupait déjà la forteresse, mais le gros de son armée bivouaquait sous les murs, attendant le moment d'y faire une entrée solennelle.

Ivan Ogareff avait laissé l'émir à Tomsk, où tous deux étaient arrivés la veille, et il était revenu au campement de Zabédiero. C'est de ce point qu'il devait partir le lendemain avec l'arrière-garde de l'armée tartare. Une maison avait été disposée pour qu'il pût y passer la nuit. Au soleil levant, sous son commandement, cavaliers et fantassins se dirigeraient sur Tomsk, où l'émir voulait les recevoir avec la pompe habituelle aux souverains asiatiques.

Dès que la halte eut été organisée, les prisonniers, brisés par ces trois jours de voyage, en proie à une soif ardente, purent se désaltérer enfin et prendre un peu de repos.

Le soleil était déjà couché, mais l'horizon s'éclairait encore des lueurs crépusculaires, lorsque Nadia, soutenant Marfa Strogoff, arriva sur les bords du Tom. Toutes deux n'avaient pu, jusqu'alors, percer les rangs de ceux qui encombraient la berge, et elles venaient boire à leur tour.

La vieille Sibérienne se pencha sur ce courant frais, et Nadia, y plongeant sa main, la porta aux lèvres de Marfa. Puis elle se rafraîchit à son tour. Ce fut la vie que la vieille femme et la jeune fille retrouvèrent dans ces eaux bienfaisantes.

Soudain, Nadia, au moment de quitter la rive, se redressa. Un cri involontaire venait de lui échapper.

Michel Strogoff était là, à quelques pas d'elle !..

C'était lui !... Les dernières lueurs du jour l'éclairaient encore !

Au cri de Nadia, Michel Strogoff avait tressailli... Mais il eut assez d'empire sur lui-même pour ne pas prononcer un mot qui pût le compromettre.

Et cependant, en même temps que Nadia, il avait reconnu sa mère !...

Michel Strogoff, à cette rencontre inattendue, ne se sentant plus maître de lui, porta la main à ses yeux et s'éloigna aussitôt.

Nadia s'était élancée instinctivement pour le rejoindre, mais la vieille Sibérienne lui murmura ces mots à l'oreille :

« Reste, ma fille !

— C'est lui! répondit Nadia d'une voix coupée par l'émotion. Il vit, mère! c'est lui!

— C'est mon fils, répondit Marfa Strogoff, c'est Michel Strogoff, et tu vois que je ne fais pas un pas vers lui! Imite-moi, ma fille! »

Michel Strogoff venait d'éprouver l'une des plus violentes émotions qu'il soit donné à un homme de ressentir. Sa mère et Nadia étaient là. Ces deux prisonnières, qui se confondaient presque dans son cœur, Dieu les avait poussées l'une vers l'autre en cette commune infortune! Nadia savait-elle donc qui il était? Non, car il avait vu le geste de Marfa Strogoff, la retenant au moment où elle allait s'élancer vers lui! Marfa Strogoff avait donc tout compris et gardé son secret.

Pendant cette nuit, Michel Strogoff fut vingt fois sur le point de chercher à rejoindre sa mère, mais il comprit qu'il devait résister à cet immense désir de la serrer dans ses bras, de presser encore une fois la main de sa jeune compagne! La moindre imprudence pouvait le perdre. Il avait juré, d'ailleurs, de ne pas voir sa mère... il ne la verrait pas, volontairement! Une fois arrivé à Tomsk, puisqu'il ne pouvait fuir cette nuit même, il se jetterait à travers la steppe sans même avoir embrassé les deux êtres en qui se résumait toute sa vie et qu'il laissait exposés à tant de périls!

Michel Strogoff pouvait donc espérer que cette nouvelle rencontre au campement de Zabédiero n'aurait de conséquence fâcheuse, ni pour sa mère, ni pour lui. Mais il ne savait pas que certains détails de cette scène, si rapidement qu'elle se fût passée, venaient d'être surpris par Sangarre, l'espionne d'Ivan Ogareff.

La tsigane était là, à quelques pas, sur la berge, épiant comme toujours la vieille Sibérienne, et sans que celle-ci s'en doutât. Elle n'avait pu apercevoir Michel Strogoff, qui avait déjà disparu lorsqu'elle se retourna; mais le geste de la mère, retenant Nadia, ne lui avait pas échappé, et un éclair des yeux de Marfa venait de tout lui apprendre.

Il était désormais hors de doute que le fils de Marfa Strogoff, le courrier du czar, se trouvait en ce moment, à Zabédiero, au nombre des prisonniers d'Ivan Ogareff!

Sangarre ne le connaissait pas, mais elle savait qu'il était là! Elle ne chercha donc pas à le découvrir, ce qui eût été impossible dans l'ombre et au milieu de cette nombreuse foule.

Quant à espionner de nouveau Nadia et Marfa Strogoff, c'était également inutile. Il était évident que ces deux femmes se tiendraient sur leurs gardes, et il serait impossible de rien surprendre qui fût de nature à compromettre le courrier du czar.

La tsigane n'eut donc plus qu'une pensée : prévenir Ivan Ogareff. Elle quitta donc aussitôt le campement.

Un quart d'heure après, elle arrivait à Zabédiero et était introduite dans la maison qu'occupait le lieutenant de l'émir.

Ivan Ogareff reçut immédiatement la tsigane.

« Que me veux-tu, Sangarre ? lui demanda-t-il.

— Le fils de Marfa Strogoff est au campement, répondit Sangarre.

— Prisonnier ?

— Prisonnier !

— Ah ! s'écria Ivan Ogareff, je saurai...

— Tu ne sauras rien, Ivan, répondit la tsigane, car tu ne le connais même pas !

— Mais tu le connais, toi ! Tu l'as vu, Sangarre !

— Je ne l'ai pas vu, mais j'ai vu sa mère se trahir par un mouvement qui m'a tout appris.

— Ne te trompes-tu pas ?

— Je ne me trompe pas.

— Tu sais l'importance que j'attache à l'arrestation de ce courrier, dit Ivan Ogareff. Si la lettre qui lui a été remise à Moscou parvient à Irkoutsk, si elle est remise au grand-duc, le grand-duc sera sur ses gardes, et je ne pourrai arriver à lui ! Cette lettre, il me la faut donc à tout prix ! Or, tu viens me dire que le porteur de cette lettre est en mon pouvoir! Je te le répète, Sangarre, ne te trompes-tu pas? »

Ivan Ogareff avait parlé avec une grande animation. Son émotion témoignait de l'extrême importance qu'il attachait à la possession de cette lettre. Sangarre ne fut aucunement troublée de l'insistance avec laquelle Ivan Ogareff précisa de nouveau sa demande.

« Je ne me trompe pas, Ivan, répondit-elle.

— Mais, Sangarre, il y a au campement plusieurs milliers de prisonniers, et tu dis que tu ne connais pas Michel Strogoff!

— Non, répondit la tsigane, dont le regard s'imprégna d'une joie sauvage, je ne le connais pas, moi, mais sa mère le connaît! Ivan, il faudra faire parler sa mère!

— Demain, elle parlera! » s'écria Ivan Ogareff.

Puis, il tendit sa main à la tsigane, et celle-ci la baisa, sans que dans cet acte de respect, habituel aux races du Nord, il y eût rien de servile.

Sangarre rentra au campement. Elle retrouva la place occupée par Nadia et Marfa Strogoff, et passa la nuit à les observer toutes deux. La vieille femme et la jeune fille ne dormirent pas, bien que la fatigue les accablât. Trop d'inquiétudes devaient les tenir éveillées. Michel Strogoff était vivant, mais prisonnier comme elles! Ivan Ogareff le savait-il, et, s'il ne le savait pas, ne viendrait-il pas à l'apprendre? Nadia était tout à cette pensée, que son compagnon vivait, lui qu'elle avait cru mort! Mais Marfa Strogoff voyait plus loin dans l'avenir, et si elle faisait bon marché d'elle-même, elle avait raison de tout craindre pour son fils.

Sangarre, qui s'était glissée dans l'ombre jusqu'auprès de ces deux femmes, resta à cette place pendant plusieurs heures, prêtant l'oreille... Elle ne put rien entendre. Par un sentiment instinctif de prudence, pas un mot ne fut échangé entre Nadia et Marfa Strogoff.

Le lendemain 16 août, vers dix heures du matin, d'éclatantes fanfares retentirent à la lisière du campement. Les soldats tartares se mirent immédiatement sous les armes.

Ivan Ogareff, après avoir quitté Zabédiero, arrivait au milieu d'un nombreux état-major d'officiers tartares. Son visage était plus sombre que d'habitude, et ses traits contractés indiquaient en lui une sourde colère, qui ne cherchait qu'une occasion d'éclater.

Michel Strogoff, perdu dans un groupe de prisonniers, vit passer cet homme. Il eut le pressentiment que quelque catastrophe allait se produire, car Ivan Ogareff savait maintenant que Marfa Strogoff était la mère de Michel Strogoff, capitaine au corps des courriers du czar.

Ivan Ogareff, arrivé au centre du campement, descendit de cheval, et les cavaliers de son escorte firent faire un large cercle autour de lui.

En ce moment, Sangarre s'approcha et dit :

« Je n'ai rien de nouveau à t'apprendre, Ivan ! »

Ivan Ogareff ne répondit qu'en donnant brièvement un ordre à l'un de ses officiers.

Aussitôt, les rangs des prisonniers furent brutalement parcourus par des soldats. Ces malheureux, stimulés à coups de fouet ou poussés du bois des lances, durent se relever en hâte et se ranger sur la circonférence du campement. Un quadruple cordon de fantassins et de cavaliers, disposé en arrière, rendait toute évasion impossible.

Le silence se fit aussitôt, et, sur un signe d'Ivan Ogareff, Sangarre se dirigea vers le groupe au milieu duquel se tenait Marfa Strogoff.

La vieille Sibérienne la vit venir. Elle comprit ce qui allait se passer. Un sourire dédaigneux apparut sur ses lèvres. Puis, se penchant vers Nadia, elle lui dit à voix basse :

« Tu ne me connais plus, ma fille ! Quoi qu'il arrive, et si dure que puisse être cette épreuve, pas un mot, pas un geste ! C'est de lui et non de moi qu'il s'agit ! »

A ce moment, Sangarre, après l'avoir regardée un

instant, mit sa main sur l'épaule de la vieille Sibérienne.

« Que me veux-tu? dit Marfa Strogoff.

— Viens! » répondit Sangarre.

Et, la poussant de la main, elle la conduisit, au milieu de l'espace réservé devant Ivan Ogareff.

Michel Strogoff tenait ses paupières à demi fermées, pour n'être pas trahi par l'éclair de ses yeux.

Marfa Strogoff, arrivée en face d'Ivan Ogareff, redressa sa taille, croisa ses bras et attendit.

« Tu es bien Marfa Strogoff? lui demanda Ivan Ogareff.

— Oui, répondit la vieille Sibérienne avec calme.

— Reviens-tu sur ce que tu m'as répondu lorsque, il y a trois jours, je t'ai interrogée à Omsk?

— Non.

— Ainsi, tu ignores que ton fils, Michel Strogoff, courrier du czar, a passé à Omsk?

— Je l'ignore.

— Et l'homme que tu avais cru reconnaître pour ton fils au relais de poste, ce n'était pas lui, ce n'était pas ton fils?

— Ce n'était pas mon fils.

— Et depuis, tu ne l'as pas vu au milieu de ces prisonniers?

— Non.

— Et si l'on te le montrait, le reconnaîtrais-tu ?

— Non. »

A cette réponse, qui dénotait une inébranlable résolution de ne rien avouer, un murmure se fit entendre dans la foule.

Ivan Ogareff ne put retenir un geste menaçant.

« Écoute, dit-il à Marfa Strogoff, ton fils est ici, et tu vas immédiatement le désigner.

— Non.

— Tous ces hommes, pris à Omsk et à Kolyvan, vont défiler sous tes yeux, et si tu ne désignes pas Michel Strogoff, tu recevras autant de coups de knout qu'il sera passé d'hommes devant toi ! »

Ivan Ogareff avait compris que, quelles que fussent ses menaces, quelles que fussent les tortures auxquelles on la soumettrait, l'indomptable Sibérienne ne parlerait pas. Pour découvrir le courrier du czar, il comptait donc, non sur elle, mais sur Michel Strogoff lui-même. Il ne croyait pas possible que, lorsque la mère et le fils seraient en présence l'un de l'autre, un mouvement irrésistible ne les trahît pas. Certainement, s'il n'avait voulu que saisir la lettre impériale, il aurait simplement donné l'ordre de fouiller tous ces prisonniers ; mais Michel Strogoff pouvait avoir détruit cette lettre, après en avoir pris connaissance, et s'il n'était pas reconnu, s'il parvenait à gagner Irkoutsk, les plans d'Ivan Ogareff seraient déjoués. Ce n'était donc pas seulement la lettre qu'il fallait au traître, c'était le porteur lui-même.

Nadia avait tout entendu, et elle savait maintenant ce qu'était Michel Strogoff et pourquoi il avait voulu traverser sans être reconnu les provinces envahies de la Sibérie !

Sur l'ordre d'Ivan Ogareff, les prisonniers défilèrent un à un devant Marfa Strogoff, qui resta immobile comme une statue et dont le regard n'exprima que la plus complète indifférence.

Son fils se trouvait dans les derniers rangs. Quand, à son tour, il passa devant sa mère, Nadia ferma les yeux pour ne pas voir !

Michel Strogoff était demeuré impassible en apparence, mais la paume de ses mains saigna sous ses ongles, qui s'y étaient incrustés.

Ivan Ogareff était vaincu par le fils et la mère !

Sangarre, placée près de lui, ne dit qu'un mot :

« Le knout !

— Oui ! s'écria Ivan Ogareff, qui ne se possédait plus, le knout à cette vieille coquine, et jusqu'à ce qu'elle meure ! »

Un soldat tartare, portant ce terrible instrument de supplice, s'approcha de Marfa Strogoff.

Le knout se compose d'un certain nombre de lanières de cuir, à l'extrémité desquelles sont attachés des fils de fer tordus. On estime qu'une condamnation à cent vingt coups de ce fouet équivaut à une condamnation à mort. Marfa Strogoff le savait, mais elle savait aussi qu'aucune torture ne la ferait parler, et elle avait fait le sacrifice de sa vie.

Marfa Strogoff, saisie par deux soldats, fut jetée à genoux sur le sol. Sa robe, déchirée, montra son dos à nu. Un sabre fut posé devant sa poitrine, à quelques pouces seulement. Au cas où elle eût fléchi sous la douleur, sa poitrine était percée de cette pointe aiguë.

Le Tartare se tint debout.

Il attendait.

« Va ! » dit Ivan Ogareff.

Le fouet siffla dans l'air...

Mais, avant qu'il eût frappé, une main puissante l'avait arraché à la main du Tartare.

Michel Strogoff était là ! Il avait bondi devant cette horrible scène ! Si, au relais d'Ichim, il s'était contenu lorsque le fouet d'Ivan Ogareff l'avait atteint, ici, devant sa mère qui allait être frappée, il n'avait pu se maîtriser.

Ivan Ogareff avait réussi.

« Michel Strogoff ! » s'écria-t-il.

Puis, s'avançant :

« Ah ! fit-il, l'homme d'Ichim ?

— Lui-même ! » dit Michel Strogoff.

Et, levant le knout, il en déchira la figure d'Ivan Ogareff.

« Coup pour coup ! dit-il.

— Bien rendu ! » s'écria la voix d'un spectateur, qui se perdit heureusement dans le tumulte.

Vingt soldats se jetèrent sur Michel Strogoff, et ils allaient le tuer...

Mais, Ivan Ogareff, auquel un cri de rage et de douleur avait échappé, les arrêta d'un geste.

« Cet homme est réservé à la justice de l'émir ! dit-il. Qu'on le fouille ! »

La lettre aux armes impériales fut trouvée sur la poitrine de Michel Strogoff, qui n'avait pas eu le temps de la détruire, et on la remit à Ivan Ogareff.

Le spectateur qui avait prononcé ces mots : « Bien rendu ! » n'était autre qu'Alcide Jolivet. Son confrère et lui, s'étant arrêtés au camp de Zabédiero, assistaient à cette scène.

« Pardieu ! dit-il à Harry Blount, ces gens du Nord sont de rudes hommes ! Avouez que nous devons une réparation à notre compagnon de route ! Korpanoff ou Strogoff se valent ! Belle revanche de l'affaire d'Ichim !

— Oui, revanche, en effet, répondit Harry Blount, mais Strogoff est un homme mort. Dans son intérêt, il aurait peut-être mieux fait de ne pas se souvenir encore!

— Et de laisser périr sa mère sous le knout!

— Croyez-vous qu'il lui ait fait un meilleur sort par son emportement, à elle et à sa sœur?

— Je ne crois rien, je ne sais rien, répondit Alcide Jolivet, si ce n'est que je n'aurais pas mieux fait à sa place! Quelle balafre! Eh! que diable! Il faut bien bouillir quelquefois! Dieu nous aurait mis de l'eau dans les veines et non du sang, s'il nous eût voulus toujours et partout imperturbables!

— Joli incident pour une chronique! dit Harry Blount. Si Ivan Ogareff voulait seulement nous communiquer cette lettre!... »

Cette lettre, Ivan Ogareff, après avoir étanché le sang qui lui couvrait le visage, en avait brisé le cachet. Il la lut et la relut longuement, comme s'il eût voulu se bien pénétrer de tout ce qu'elle contenait.

Puis, après avoir donné ses ordres pour que Michel Strogoff, étroitement garrotté, fût dirigé sur Tomsk avec les autres prisonniers, il prit le commandement des troupes campées à Zabédiero, et, au bruit assourdissant des tambours et des trompettes, il se dirigea vers la ville, où l'attendait l'émir.

CHAPITRE IV

L'ENTRÉE TRIOMPHALE.

Tomsk, fondée en 1604, presque au cœur des provinces sibériennes, est l'une des plus importantes villes de la Russie asiatique. Tobolsk, située au-dessus du soixantième parallèle, Irkoutsk, bâtie au delà du centième méridien, ont vu Tomsk s'accroître à leurs dépens.

Et cependant Tomsk, on l'a dit, n'est pas la capitale de cette importante province. C'est à Omsk que résident le gouverneur général de la province et le monde officiel. Mais Tomsk est la plus considérable ville de ce territoire qui confine aux monts Altaï, c'est-à-dire à la frontière chinoise du pays des Khalkas. Sur les pentes de ces montagnes roulent incessamment jusque dans la vallée du Tom le platine, l'or, l'argent, le cuivre, le plomb aurifère. Le pays étant riche, la ville l'est aussi, car elle est au centre d'exploitations fructueuses. Aussi, le luxe de ses maisons, de ses ameublements, de ses équipages, peut-il rivaliser avec celui des grandes capitales de l'Europe. C'est une cité de millionnaires, enrichis par le pic et la pioche, et, si elle n'a pas l'honneur de servir de résidence au représentant du czar, elle s'en console en comptant au premier rang de ses notables le chef des marchands de la ville, principal concessionnaire des mines du gouvernement impérial.

Autrefois, Tomsk passait pour être située à l'extrémité du monde. Voulait-on s'y rendre, c'était tout un voyage à faire. Maintenant, ce n'est plus qu'une simple promenade, lorsque la route n'est pas foulée par le pied des envahisseurs. Bientôt même sera construit le chemin de fer qui doit la relier à Perm en traversant la chaîne de l'Oural.

Tomsk est-elle une jolie ville ? Il faut convenir que les voyageurs ne sont pas d'accord à cet égard. Mme de Bourboulon, qui y a demeuré quelques jours pendant son voyage de Shang-Haï à Moscou, en fait une localité peu pittoresque. A s'en rapporter à sa description, ce n'est qu'une ville insignifiante, avec de vieilles maisons de pierre et de brique, des rues fort étroites et bien différentes de celles qui percent ordinairement les grandes cités sibériennes, de sales quartiers où s'entassent plus particulièrement les Tartares, et dans laquelle pullulent de tranquilles ivrognes, » dont l'ivresse elle-même est apathique, comme chez tous les peuples du Nord ! »

Le voyageur Henri Russel-Killough, lui, est absolument affirmatif dans son admiration pour Tomsk. Cela tient-il à ce qu'il a vu en plein hiver, sous son manteau de neige, cette ville, que Mme de Bourboulon n'a visitée que pendant l'été? Cela est possible et confirmerait cette opinion que certains pays froids ne peuvent être appréciés que dans la saison froide, comme certains pays chauds dans la saison chaude.

Quoi qu'il en soit, M. Russel-Killough dit positivement que Tomsk est non-seulement la plus jolie ville de la Sibérie, mais encore une des plus jolies villes du monde, avec ses maisons à colonnades et à péristyles, ses trottoirs en bois, ses rues larges et régulières, et ses quinze magnifiques églises que reflètent les eaux du Tom, plus large qu'aucune rivière de France.

La vérité est entre les deux opinions. Tomsk, qui compte vingt-cinq mille habitants, est pittoresquement étagée sur une longue colline dont l'escarpement est assez raide.

Mais la plus jolie ville du monde en devient la plus laide, lorsque les envahisseurs l'occupent. Qui eût voulu l'admirer à cette époque? Défendue par quelques bataillons de Cosaques à pied qui y résident en permanence, elle n'avait pu résister à l'attaque des colonnes de l'émir. Une certaine partie de sa population, qui est d'origine tartare, n'avait point fait mauvais accueil à ces hordes, tartares comme elle, et, pour le moment, Tomsk ne semblait guère être ni plus russe ni plus sibérienne que si elle eût été transportée au centre des khanats de Khokhand ou de Boukhara.

C'était à Tomsk que l'émir allait recevoir ses troupes victorieuses. Une fête avec chants, danses et fantasias, et suivie de quelque bruyante orgie, devait être donnée en leur honneur.

Le théâtre choisi pour cette cérémonie, réglée suivant le goût asiatique, était un vaste plateau situé sur une portion de la colline qui domine d'une centaine de pieds le cours du Tom. Tout cet horizon, avec sa longue perspective de maisons élégantes et d'églises aux coupoles ventrues, les nombreux méandres du fleuve, les arrière-plans de forêts noyés dans la brume chaude, tenait dans un admirable cadre de verdure, que lui faisaient quelques superbes groupes de pins et de cèdres gigantesques.

A la gauche du plateau, une sorte d'éblouissant

décor représentant un palais d'une architecture bizarre — quelque spécimen sans doute de ces monuments boukhariens, semi-mauresques, semi-tartares — avait été provisoirement élevé sur de larges terrasses. Au-dessus de ce palais, à la pointe des minarets qui le hérissaient de toutes parts, entre les hautes branches des arbres dont le plateau était ombragé, des cigognes apprivoisées, venues de Boukhara avec l'armée tartare, tourbillonnaient par centaines.

Ces terrasses avaient été réservées à la cour de l'émir, aux khans ses alliés, aux grands dignitaires des khanats et aux harems de chacun de ces souverains du Turkestan.

De ces sultanes, qui ne sont pour la plupart que des esclaves achetées sur les marchés de la Transcaucasie et de la Perse, les unes avaient le visage découvert, les autres portaient un voile qui les dérobait au regard. Toutes étaient vêtues avec un luxe extrême. D'élégantes pelisses, dont les manches relevées en arrière se rattachaient à la façon du pouf européen, laissaient voir leurs bras nus, chargés de bracelets réunis par des chaînes de pierres précieuses, et leurs petites mains, dont les doigts étaient teints aux ongles du suc du « henneh ». Au moindre mouvement de ces pelisses, les unes en étoffes de soie, comparables pour la finesse à des toiles d'araignée, les autres faites d'un souple

« aladja », qui est un tissu de coton à rayures étroites, il se produisait ce frou-frou si agréable aux oreilles des Orientaux. Sous ce premier vêtement chatoyaient des jupes de brocart, recouvrant le pantalon de soie qui se rattachait un peu au-dessus de fines bottes, gracieusement échancrées et brodées de perles. De celles de ces femmes qu'aucun voile ne cachait, on eût admiré les longues nattes s'échappant de turbans aux couleurs variées, les yeux admirables, les dents magnifiques, le teint éblouissant, relevé encore par la noirceur de leurs sourcils que reliait un léger trait tracé au collyre, et par l'estompe de leurs paupières, touchées d'un peu de plombagine.

Au pied des terrasses abritées sous les étendards et les oriflammes, veillaient les gardes particuliers de l'émir, double sabre recourbé au flanc, poignard à la ceinture, lance longue de dix pieds au poing. Quelques-uns de ces Tartares portaient des bâtons blancs, d'autres d'énormes hallebardes, ornées de houppes faites de fils d'argent et d'or.

Tout autour, jusqu'aux arrière-plans de ce vaste plateau, sur les talus escarpés dont le Tom baignait la base, se massait une foule cosmopolite, composée de tous les éléments indigènes de l'Asie centrale. Les Usbecks étaient là avec leurs grands bonnets de peau de brebis noire, leur barbe rouge, leurs yeux gris, leur

« arkalouk », sorte de tunique taillée à la mode tartare. Là se pressaient des Turcomans, revêtus du costume national, large pantalon de couleur voyante avec veste et manteau tissus de poil de chameau, bonnets rouges coniques ou évasés, hautes bottes en cuir de Russie, le briquet et le couteau suspendus à la taille par une lanière; là, près de leurs maîtres, se montraient ces femmes turcomanes, aux cheveux allongés par des ganses en poils de chèvre, la chemise ouverte sous le « djouba », rayé de bleu, de pourpre, de vert, les jambes lacées de bandelettes coloriées qui se croisaient jusqu'à leur socque de cuir. Là aussi, — comme si toutes les populations de la frontière russo-chinoise se fussent levées à la voix de l'émir, — on voyait des Mandchoux, rasés au front et aux tempes, cheveux nattés, robes longues, ceinture serrant la taille sur une chemise de soie, bonnets ovales de satin cerise à bordure noire et frange rouge; puis, avec eux, d'admirables types de ces femmes de la Mandchourie, coquettement coiffées de fleurs artificielles que maintenaient des épingles d'or et des papillons délicatement posés sur leurs cheveux noirs. Enfin des Mongols, des Boukhariens, des Persans, des Chinois du Turkestan complétaient cette foule conviée à la fête tartare.

Seuls, les Sibériens manquaient à cette réception

des envahisseurs. Ceux qui n'avaient pu fuir étaient confinés dans leurs maisons, avec la crainte du pillage que Féofar-Khan allait peut-être ordonner, pour terminer dignement cette cérémonie triomphale.

Ce fut à quatre heures seulement que l'émir fit son entrée sur la place, au bruit des fanfares, des coups de tam-tam, des décharges d'artillerie et de mousqueterie.

Féofar montait son cheval favori, qui portait sur la tête une aigrette de diamant. L'émir avait conservé son costume de guerre. A ses côtés marchaient les khans de Khokhand et de Koundouze, les grands dignitaires des khanats, et il était accompagné d'un nombreux état-major.

A ce moment apparut sur la terrasse la première des femmes de Féofar, la reine, si cette qualification pouvait être donnée aux sultanes des États de Boukharie. Mais, reine ou esclave, cette femme, d'origine persane, était admirablement belle. Contrairement à la coutume mahométane et par un caprice de l'émir sans doute, elle avait le visage découvert. Sa chevelure, divisée en quatre nattes, caressait ses épaules éblouissantes de blancheur, à peine couvertes d'un voile de soie lamé d'or qui se rajustait en arrière à un bonnet constellé de gemmes du plus haut prix. Sous sa jupe de soie bleue, à larges rayures plus foncées, tombait le « zir-djameh » en gaze de soie, et, au-dessus de sa ceinture, se chiffonnait le « pirahn », chemise de même tissu, qui s'échancrait gracieusement en remontant vers son cou. Mais, depuis sa tête jusqu'à ses pieds, chaussés de pantoufles persanes, telle était la profusion des bijoux, tomans d'or enfilés de fils d'argent, chapelets de turquoises, « firouzehs » tirés des célèbres mines d'Elbourz, colliers de cornalines, d'agates, d'émeraudes, d'opales et de saphirs, que son corsage et sa jupe semblaient être tissus de pierres précieuses. Quant aux milliers de diamants qui étincelaient à son cou, à ses bras, à ses mains, à sa ceinture, à ses pieds, des millions de roubles n'en eussent pas payé la valeur, et, à l'intensité des feux qu'ils jetaient, on eût pu croire que, au centre de chacun d'eux, quelque courant allumait un arc voltaïque fait d'un rayon de soleil.

L'émir et les khans mirent pied à terre, ainsi que les dignitaires qui leur faisaient cortége. Tous prirent place sous une tente magnifique, élevée au centre de la première terrasse. Devant la tente, comme toujours, le Koran était déposé sur la table sacrée.

Le lieutenant de Féofar ne se fit pas attendre, et, avant cinq heures, d'éclatantes fanfares annoncèrent son arrivée.

Ivan Ogareff, — le Balafré, comme on le nommait déjà, — portant, cette fois, l'uniforme d'officier tartare, arriva à cheval devant la tente de l'émir. Il était accompagné d'une partie des soldats du camp de Zabédiero, qui se rangèrent sur les côtés de la place, au milieu de laquelle il ne resta plus que l'espace réservé aux divertissements. On voyait un large stigmate qui coupait obliquement la figure du traître.

Ivan Ogareff présenta à l'émir ses principaux officiers, et Féofar-Khan, sans se départir de la froideur qui faisait le fond de sa dignité, les accueillit de façon qu'ils fussent satisfaits de son accueil.

Ce fut ainsi du moins que l'interprétèrent Harry Blount et Alcide Jolivet, les deux inséparables, associés maintenant pour la chasse aux nouvelles. Après avoir quitté Zabédiero, ils avaient rapidement gagné Tomsk. Leur projet bien arrêté était de fausser compagnie aux Tartares, de rejoindre au plus tôt quelque corps russe, et, si cela était possible, de se jeter avec lui dans Irkoutsk. Ce qu'ils avaient vu de l'invasion, de ces incendies, de ces pillages, de ces meurtres, les avait profondément écœurés, et ils avaient hâte d'être dans les rangs de l'armée sibérienne.

Cependant, Alcide Jolivet avait fait comprendre à son confrère qu'il ne pouvait quitter Tomsk sans avoir pris quelque crayon de cette entrée triomphale des troupes tartares, — ne fût-ce que pour satisfaire la curiosité de sa cousine, — et Harry Blount s'était décidé à rester pendant quelques heures; mais, le soir même, tous deux devaient reprendre la route d'Irkoutsk, et, bien montés, ils espéraient devancer les éclaireurs de l'émir.

Alcide Jolivet et Harry Blount s'étaient donc mêlés à la foule et regardaient, de manière à ne perdre aucun détail d'une fête qui devait leur fournir cent bonnes lignes de chronique. Ils admirèrent donc Féofar-Khan dans sa magnificence, ses femmes, ses officiers, ses gardes, et toute cette pompe orientale, dont les cérémonies d'Europe ne peuvent donner aucune idée. Mais ils se détournèrent avec mépris, lorsqu'Ivan Ogareff se présenta devant l'émir, et ils attendirent, non sans quelque impatience, que la fête commençât.

« Voyez-vous, mon cher Blount, dit Alcide Jolivet, nous sommes venus trop tôt, comme de bons bourgeois qui en veulent pour leur argent ! Tout cela, ce n'est qu'un lever de rideau, et il eût été de meilleur goût de n'arriver que pour le ballet.

— Quel ballet ? demanda Harry Blount.

— Le ballet obligatoire, parbleu ! Mais je crois que la toile va se lever. »

Alcide Jolivet parlait comme s'il eût été à l'Opéra, te, tirant sa lorgnette de son étui, il se prépara à observer en connaisseur « les premiers sujets de la troupe de Féofar ».

Mais une pénible cérémonie allait précéder les divertissements.

En effet, le triomphe du vainqueur ne pouvait être complet sans l'humiliation publique des vaincus. C'est pourquoi plusieurs centaines de prisonniers furent amenés sous le fouet des soldats. Ils étaient destinés à défiler devant Féofar-Khan et ses alliés, avant d'être entassés avec leurs compagnons dans les prisons de la ville.

Parmi ces prisonniers figurait au premier rang Michel Strogoff. Conformément aux ordres d'Ivan Ogareff, il était spécialement gardé par un peloton de soldats. Sa mère et Nadia étaient là aussi.

La vieille Sibérienne, toujours énergique quand il ne s'agissait que d'elle, avait le visage horriblement pâle. Elle s'attendait à quelque terrible scène. Ce n'était pas sans raison que son fils avait été conduit devant l'émir. Aussi tremblait-elle pour lui. Ivan Ogareff, frappé publiquement de ce knout levé sur elle, n'était pas homme à pardonner, et sa vengeance serait sans merci. Quelque épouvantable supplice, familier aux barbares de l'Asie centrale, menaçait certainement Michel Strogoff. Si Ivan Ogareff l'avait épargné au moment où ses soldats s'étaient jetés sur lui, c'est parce qu'il savait bien ce qu'il faisait en le réservant à la justice de l'émir.

D'ailleurs, ni la mère ni le fils n'avaient pu se parler depuis la funeste scène du camp de Zabédiero. On les avait impitoyablement séparés l'un de l'autre. Dure aggravation de leurs misères, car c'eût été un adoucissement pour eux que d'être réunis pendant ces quelques jours de captivité! Marfa Strogoff aurait voulu demander pardon à son fils de tout le mal qu'elle lui avait involontairement causé, car elle s'accusait de n'avoir pu maîtriser ses sentiments maternels! Si elle avait su se contenir à Omsk, dans cette maison de poste, lorsqu'elle se trouva face à face avec lui, Michel Strogoff passait sans avoir été reconnu, et que de malheurs eussent été évités!

Et, de son côté, Michel Strogoff pensait que si sa mère était là, si Ivan Ogareff l'avait mise en sa présence, c'était pour qu'elle souffrît de son propre supplice, peut-être aussi parce que quelque épouvantable mort lui était réservée à elle comme à lui!

Quant à Nadia, elle se demandait ce qu'elle pourrait faire pour les sauver l'un et l'autre, comment venir en aide au fils et à la mère. Elle ne savait qu'imaginer, mais elle sentait vaguement qu'elle devait avant tout éviter d'attirer l'attention sur elle, qu'il fallait se dissimuler, se faire petite! Peut-être alors pourrait-elle ronger les mailles qui emprisonnaient le lion. En tous cas, si quelque occasion d'agir lui était donnée, elle agirait, dût-elle se sacrifier pour le fils de Marfa Strogoff.

Cependant, la plupart des prisonniers venaient de passer devant l'émir, et, en passant, chacun d'eux avait dû se prosterner, le front dans la poussière, en signe de servilité. C'était l'esclavage qui commençait par l'humiliation! Lorsque ces infortunés étaient trop lents à se courber, la rude main des gardes les jetait violemment à terre.

Alcide Jolivet et son compagnon ne pouvaient assister à un pareil spectacle sans éprouver une véritable indignation.

« C'est lâche! Partons! dit Alcide Jolivet.

— Non! répondit Harry Blount. Il faut tout voir!

— Tout voir!... Ah! s'écria soudain Alcide Jolivet, en saisissant le bras de son compagnon.

— Qu'avez-vous? lui demanda celui-ci.

— Regardez, Blount! C'est elle!

— Elle?

— La sœur de notre compagnon de voyage! Seule et prisonnière! Il faut la sauver...

— Contenez-vous, répondit froidement Harry Blount. Notre intervention en faveur de cette jeune fille pourrait lui être plus nuisible qu'utile. »

Alcide Jolivet, prêt à s'élancer, s'arrêta, et Nadia, qui ne les avait pas aperçus, étant à demi voilée par ses cheveux, passa à son tour devant l'émir sans attirer son attention.

Cependant, après Nadia, Marfa Strogoff était arrivée, et, comme elle ne se jeta pas assez promptement dans la poussière, les gardes la poussèrent brutalement.

Marfa Strogoff tomba.

Son fils eut un mouvement terrible que les soldats qui le gardaient purent à peine maîtriser.

Mais la vieille Marfa se releva, et on allait l'entraîner, lorsqu'Ivan Ogareff intervint, disant :

« Que cette femme reste ! »

Quant à Nadia, elle fut rejetée dans la foule des prisonniers. Le regard d'Ivan Ogareff ne s'était pas arrêté sur elle.

Michel Strogoff fut alors amené devant l'émir, et là, il resta debout, sans baisser les yeux.

« Le front à terre ! lui cria Ivan Ogareff.

— Non ! » répondit Michel Strogoff.

Deux gardes voulurent le contraindre à se courber, mais ce furent eux qui furent couchés sur le sol par la main du robuste jeune homme.

Ivan Ogareff s'avança vers Michel Strogoff.

« Tu vas mourir ! dit-il.

— Je mourrai, répondit fièrement Michel Strogoff, mais ta face de traître, Ivan, n'en portera pas moins et à jamais la marque infamante du knout ! »

Ivan Ogareff, à cette réponse, pâlit affreusement.

« Quel est ce prisonnier? demanda l'émir de cette voix qui était d'autant plus menaçante qu'elle était calme.

— Un espion russe, » répondit Ivan Ogareff.

En faisant de Michel Strogoff un espion, il savait que la sentence prononcée contre lui serait terrible.

Michel Strogoff avait marché sur Ivan Ogareff.

Les soldats l'arrêtèrent.

L'émir fit alors un geste devant lequel se courba toute la foule. Puis, il désigna de la main le Koran, qui lui fut apporté. Il ouvrit le livre sacré et posa son doigt sur une des pages.

C'était le hasard, ou plutôt, dans la pensée de ces Orientaux, Dieu même qui allait décider du sort de Michel Strogoff. Les peuples de l'Asie centrale donnent le nom de « fal » à cette pratique. Après avoir interprété le sens du verset touché par le doigt du juge, ils appliquent la sentence, quelle qu'elle soit.

L'émir avait laissé son doigt appuyé sur la page du Koran. Le chef des ulémas, s'approchant alors, lut à haute voix un verset qui se terminait par ces mots:

« Et il ne verra plus les choses de la terre. »

« Espion russe, dit Féofar-Khan, tu es venu pour voir ce qui se passe au camp tartare! Regarde donc de tous tes yeux, regarde! »

CHAPITRE V

REGARDE DE TOUS TES YEUX, REGARDE!

Michel Strogoff, les mains liées, fut maintenu en face du trône de l'émir, au pied de la terrasse.

Sa mère, vaincue enfin par tant de tortures physiques et morales, s'était affaissée, n'osant plus regarder, n'osant plus écouter.

« Regarde de tous tes yeux! regarde! » avait dit Féofar-Khan, en tendant sa main menaçante vers Michel Strogoff.

Sans doute, Ivan Ogareff, au courant des mœurs tartares, avait compris la portée de cette parole, car ses lèvres s'étaient un instant desserrées dans un cruel sourire. Puis, il avait été se placer auprès de Féofar-Khan.

Un appel de trompettes se fit aussitôt entendre. C'était le signal des divertissements.

« Voilà le ballet, dit Alcide Jolivet à Harry Blount mais, contrairement à tous les usages, ces barbares le donnent avant le drame! »

Michel Strogoff avait ordre de regarder. Il regarda.

Une nuée de danseuses fit alors irruption sur la place. Divers instruments tartares, la « doutare », mandoline au long manche en bois de mûrier, à deux cordes de soie tordue et accordées par quarte, le « kobize ». sorte de violoncelle ouvert à sa partie antérieure, garni de crins de cheval mis en vibration au moyen d'un archet, la « tschibyzga », longue flûte de roseau, des trompettes, des tambourins, des tams-tams, unis à la voix gutturale des chanteurs, formèrent une harmonie étrange. Il convient d'y ajouter aussi les accords d'un orchestre aérien, composé d'une douzaine de cerfs-volants, qui, tendus de cordes à leur partie centrale, résonnaient sous la brise comme des harpes éoliennes.

Aussitôt les danses commencèrent.

Ces ballerines étaient toutes d'origine persane. Elles n'étaient point esclaves et exerçaient leur profession en liberté. Autrefois, elles figuraient officiellement dans les cérémonies à la cour de Téhéran ; mais depuis l'événement au trône de la famille régnante, bannies ou à peu près du royaume, elles avaient dû chercher fortune ailleurs. Elles portaient le costume national, et des bijoux les ornaient à profusion. De petits triangles d'or et de longues pendeloques se balançaient à leurs oreilles, des cercles d'argent niellés s'enroulaient à leur cou, des bracelets formés d'un double rang de gemmes enserraient leurs bras et leurs jambes, des pendants, richement entremêlés de perles, de turquoises et de cornalines, frémissaient à l'extrémité de leurs longues nattes. La ceinture qui les pressait à la taille était fixée par une brillante agrafe, ressemblant à la plaque des grand'croix européennes.

Ces ballerines exécutèrent très-gracieusement des danses variées, tantôt isolées, tantôt par groupes. Elles avaient le visage découvert, mais, de temps en temps, elles ramenaient un voile léger sur leur figure, et on eût dit qu'un nuage de gaze passait sur tous ces yeux éclatants, comme une vapeur sur un ciel constellé. Quelques-unes de ces Persanes portaient en écharpe un baudrier de cuir brodé de perles, auquel pendait un sachet de forme triangulaire, la pointe en bas, et qu'elles ouvrirent à un certain moment. De ces sachets, tissus d'un filigrane d'or, elles tirèrent de longues et étroites bandes de soie écarlate, sur lesquelles étaient brodés les versets du Koran. Ces bandes, qu'elles tendirent entre elles, formèrent une ceinture sous laquelle d'autres danseuses se glissèrent sans interrompre leurs pas, et, en passant devant chaque verset, suivant le précepte qu'il contenait, ou elles se prosternaient jusqu'à terre, ou elles s'envolaient par un bond léger, comme pour aller prendre place parmi les houris du ciel de Mahomet.

Mais, ce qui était remarquable, ce dont fut frappé Alcide Jolivet, c'est que ces Persanes se montrèrent plutôt indolentes que fougueuses. La furia leur manquait, et, par le genre de leurs danses comme par l'exécution, elles rappelaient plutôt les bayadères calmes et décentes de l'Inde que les almées passionnées de l'Égypte.

Lorsque ce premier divertissement fut achevé, une voix grave se fit entendre qui disait :

« Regarde de tous tes yeux, regarde ! »

L'homme qui répétait les paroles de l'émir, Tartare de haute taille, était l'exécuteur des hautes œuvres de Féofar-Khan. Il avait pris place derrière Michel Strogoff et tenait à la main un sabre à large lame courbe, une de ces lames damassées qui ont été trempées par les célèbres armuriers de Karschi ou d'Hissar.

Près de lui, des gardes avaient apporté un trépied sur lequel reposait un réchaud où brulaient, sans donner aucune fumée, quelques charbons ardents. La buée légère qui les couronnait n'était due qu'à l'incinération d'une substance résineuse et aromatique, mélange d'oliban et de benjoin, que l'on projetait à leur surface.

Cependant, aux Persanes avait immédiatement succédé un autre groupe de ballerines, de race très-différente, que Michel Strogoff reconnut aussitôt.

Et il faut croire que les deux journalistes les reconnaissaient aussi, car Harry Blount dit à son confrère :

« Ce sont les tsiganes de Nijni-Novgorod!

— Elles-mêmes! s'écria Alcide Jolivet. J'imagine que leurs yeux doivent rapporter à ces espionnes plus d'argent que leurs jambes! »

En en faisant des agents au service de l'émir, Alcide Jolivet, on le sait, ne se trompait pas.

Au premier rang des tsiganes figurait Sangarre, dans son superbe costume étrange et pittoresque, qui rehaussait encore sa beauté.

Sangarre ne dansa pas, mais elle se posa comme une mime au milieu de ses ballerines, dont les pas fantaisistes tenaient de tous ces pays que leur race parcourt en Europe, de la Bohême, de l'Égypte, de l'Italie, de l'Espagne. Elles s'animaient au bruit des cymbales qui cliquetaient à leurs bras, et aux ronflements des « daïrés », sorte de tambours de basque, dont leurs doigts éraillaient la peau stridente.

Sangarre, tenant un de ces daïrés qui frémissait

entre ses mains, excitait cette troupe de véritables corybantes.

Alors s'avança un tsigane, âgé de quinze ans au plus. Il tenait à la main une doutare, dont il faisait vibrer les deux cordes par un simple glissement de ses ongles. Il chanta. Pendant le couplet de cette chanson d'un rhythme très-bizarre, une danseuse vint se placer près de lui et demeura immobile, l'écoutant; mais chaque fois que le refrain revenait aux lèvres du jeune chanteur, elle reprenait sa danse interrompue, secouant près de lui son daïré et l'étourdissant du cliquetis de ses crotales.

Puis, après le dernier refrain, les ballerines enlacèrent le tsigane dans les mille replis de leurs danses.

En ce moment, une pluie d'or tomba des mains de l'émir et de ses alliés, des mains de leurs officiers de tous grades, et, au bruit des piécettes qui frappaient les cymbales des danseuses, se mêlaient encore les derniers murmures des doutares et des tambourins.

« Prodigues comme des pillards! » dit Alcide Jolivet à l'oreille de son compagnon.

Et c'était bien l'argent volé, en effet, qui tombait à flots, car, avec les tomans et les sequins tartares, pleuvaient aussi les ducats et les roubles moscovites.

Puis le silence se fit un instant, et la voix de l'exécuteur, posant sa main sur l'épaule de Michel Strogoff, redit ces paroles, que leur répétition rendait de plus en plus sinistres :

« Regarde de tous tes yeux, regarde ! »

Mais, cette fois, Alcide Jolivet observa que l'exécuteur ne tenait plus son sabre nu à la main.

Cependant, le soleil s'abaissait déjà au-dessous de l'horizon. Une demi-obscurité commençait à envahir les arrière-plans de la campagne. La masse des cèdres et des pins se faisait de plus en plus noire, et les eaux du Tom, obscurcies au lointain, se confondaient dans les premières brumes. L'ombre ne pouvait tarder à se glisser jusqu'au plateau qui dominait la ville.

Mais, en cet instant, plusieurs centaines d'esclaves, portant des torches enflammées, envahirent la place. Entraînées par Sangarre, tsiganes et Persanes réapparurent devant le trône de l'émir et firent valoir, par le contraste, leurs danses de genres si divers. Les instruments de l'orchestre tartare se déchaînèrent dans une harmonie plus sauvage, accompagnée des cris gutturaux des chanteurs Les cerfs-volants, qui avaient été ramenés à terre, reprirent leur vol, enlevant toute une constellation de lanternes multicolores, et, sous la brise plus fraîche, leurs harpes vibrèrent avec plus d'intensité au milieu de cette illumination aérienne.

Puis, un escadron de Tartares, dans leur uniforme

de guerre, vint se mêler aux danses, dont la furia allait croissant, et alors commença une fantasia pédestre, qui produisit le plus étrange effet.

Ces soldats, armés de sabres nus et de longs pistolets, tout en exécutant une sorte de voltige, firent retentir l'air de détonations éclatantes, de mousquetades continues qui se détachaient sur le roulement des tambourins, le ronflement des daïrés, le grincement des doutares. Leurs armes, chargées d'une poudre colorée, à la mode chinoise, par quelque ingrédient métallique, lançaient de longs jets rouges, verts, bleus, et on eût dit alors que tous ces groupes s'agitaient au milieu d'un feu d'artifice. Par certains côtés, ce divertissement rappelait la cybistique des anciens, sorte de danse militaire dont les coryphées manœuvraient au milieu de pointes d'épée et de poignards, et il est possible que la tradition en ait été léguée aux peuples de l'Asie centrale; mais cette cybistique tartare était rendue plus bizarre encore par ces feux de couleurs qui serpentaient au-dessus des ballerines, dont tout le paillon se piquait de points ignés. C'était comme un kaléidoscope d'étincelles, dont les combinaisons se variaient à l'infini à chaque mouvement des danseuses.

Si blasé que dût être un journaliste parisien sur ces effets que la mise en scène moderne a portés loin, Alcide Jolivet ne put retenir un léger mouvement de tête qui, entre le boulevard Montmartre et la Madeleine, eût voulu dire : « Pas mal! pas mal! »

Puis, soudain, comme à un signal, tous les feux de la fantasia s'éteignirent, les danses cessèrent, les ballerines disparurent. La cérémonie était terminée, et les torches seulement éclairaient ce plateau, quelques instants auparavant si plein de lumières.

Sur un signe de l'émir, Michel Strogoff fut amené au milieu de la place.

« Blount, dit Alcide Jolivet à son compagnon, est-ce que vous tenez à voir la fin de tout cela?

— Pas le moins du monde, répondit Harry Blount.

— Vos lecteurs du *Daily-Telegraph* ne sont pas friands, je l'espère, des détails d'une exécution à la mode tartare?

— Pas plus que votre cousine.

— Pauvre garçon! ajouta Alcide Jolivet, en regardant Michel Strogoff. Le vaillant soldat eût mérité de tomber sur le champ de bataille!

— Pouvons-nous faire quelque chose pour le sauver? dit Harry Blount.

— Nous ne pouvons rien. »

Les deux journalistes se rappelaient la conduite généreuse de Michel Strogoff envers eux, ils savaient maintenant par quelles épreuves, esclave de son devoir, il avait dû passer, et, au milieu de ces Tartares, auxquels toute pitié est inconnue, ils ne pouvaient rien pour lui !

Peu désireux d'assister au supplice réservé à cet infortuné, ils rentrèrent donc dans la ville.

Une heure plus tard, ils couraient sur la route d'Irkoutsk, et c'était parmi les Russes qu'ils allaient tenter de suivre ce qu'Alcide Jolivet appelait par anticipation « la campagne de la revanche ».

Cependant, Michel Strogoff était debout, ayant le regard hautain pour l'émir, méprisant pour Ivan Ogareff. Il s'attendait à mourir, et, cependant, on eût vainement cherché en lui un symptôme de faiblesse.

Les spectateurs, restés aux abords de la place, ainsi que l'état-major de Féofar-Khan, pour lesquels ce supplice n'était qu'un attrait de plus, attendaient que l'exécution fût accomplie. Puis, sa curiosité assouvie, toute cette horde sauvage irait se plonger dans l'ivresse.

L'émir fit un geste. Michel Strogoff, poussé par les gardes, s'approcha de la terrasse, et alors, dans cette langue tartare qu'il comprenait, Féofar lui dit :

« Tu es venu pour voir, espion des Russes. Tu as vu pour la dernière fois. Dans un instant, tes yeux seront à jamais fermés à la lumière ! »

Ce n'était pas de mort, mais de cécité, qu'allait être frappé Michel Strogoff. Perte de la vue, plus terrible peut-être que la perte de la vie! Le malheureux était condamné à être aveuglé.

Cependant, en entendant la peine prononcée par l'émir, Michel Strogoff ne faiblit pas. Il demeura impassible, les yeux grands ouverts, comme s'il eût voulu concentrer toute sa vie dans un dernier regard. Supplier ces hommes féroces, c'était inutile, et, d'ailleurs, indigne de lui. Il n'y songea même pas. Toute sa pensée se condensa sur sa mission irrévocablement manquée, sur sa mère, sur Nadia, qu'il ne reverrait plus! Mais il ne laissa rien paraître de l'émotion qu'il ressentait.

Puis, le sentiment d'une vengeance à accomplir quand même envahit tout son être. Il se retourna vers Ivan Ogareff.

« Ivan, dit-il d'une voix menaçante, Ivan le traître, la dernière menace de mes yeux sera pour toi! »

Ivan Ogareff haussa les épaules.

Mais Michel Strogoff se trompait. Ce n'était pas en regardant Ivan Ogareff que ses yeux allaient pour jamais s'éteindre.

Marfa Strogoff venait de se dresser devant lui.

« Ma mère! s'écria-t-il. Oui! oui! à toi mon suprême regard, et non à ce misérable! Reste là, devant moi! Que je voie encore ta figure bien-aimée! Que mes yeux se ferment en te regardant!... »

La vieille Sibérienne, sans prononcer une parole, s'avançait...

« Chassez cette femme ! » dit Ivan Ogareff.

Deux soldats repoussèrent Marfa Strogoff. Elle recula, mais resta debout, à quelques pas de son fils.

L'exécuteur parut. Cette fois, il tenait son sabre nu à la main, et ce sabre, chauffé à blanc, il venait de le retirer du réchaud où brûlaient les charbons parfumés.

Michel Strogoff allait être aveuglé suivant la coutume tartare, avec une lame ardente, passée devant ses yeux !

Michel Strogoff ne chercha pas à résister. Plus rien n'existait à ses yeux que sa mère, qu'il dévorait alors du regard ! Toute sa vie était dans cette dernière vision !

Marfa Strogoff, l'œil démesurément ouvert, les bras tendus vers lui, le regardait !...

La lame incandescente passa devant les yeux de Michel Strogoff.

Un cri de désespoir retentit. La vieille Marfa tomba inanimée sur le sol !

Michel Strogoff était aveugle.

Ses ordres exécutés, l'émir se retira avec toute sa maison. Il ne resta bientôt plus sur cette place qu'Ivan Ogareff et les porteurs de torches.

Le misérable voulait-il donc insulter encore sa victime, et, après l'exécuteur, lui porter le dernier coup?

Ivan Ogareff s'approcha lentement de Michel Strogoff, qui le sentit venir et se redressa.

Ivan Ogareff tira de sa poche la lettre impériale, il l'ouvrit, et, par une suprême ironie, il la plaça devant les yeux éteints du courrier du czar, disant :

« Lis, maintenant, Michel Strogoff, lis, et va redire à Irkoutsk ce que tu auras lu! Le vrai courrier du czar, c'est Ivan Ogareff! »

Cela dit, le traître serra la lettre sur sa poitrine. Puis, sans se retourner, il quitta la place, et les porteurs de torches le suivirent.

Michel Strogoff resta seul, à quelques pas de sa mère, inanimée, peut-être morte.

On entendait au loin les cris, les chants, tous les bruits de l'orgie. Tomsk, illuminée, brillait comme une ville en fête.

Michel Strogoff prêta l'oreille. La place était silencieuse et déserte.

Il se traîna, en tâtonnant, vers l'endroit où sa mère était tombée. Il la trouva de la main, il se courba sur elle, il approcha sa figure de la sienne, il écouta les battements de son cœur. Puis, on eût dit qu'il lui parlait tout bas.

La vieille Marfa vivait-elle encore, et entendit-elle ce que lui dit son fils?

En tout cas, elle ne fit pas un mouvement.

Michel Strogoff baisa son front et ses cheveux blancs. Puis, il se releva, et, tâtant du pied, cherchant à tendre ses mains pour se guider, il marcha peu à peu vers l'extrémité de la place.

Soudain, Nadia parut.

Elle alla droit à son compagnon. Un poignard qu'elle tenait servit à couper les cordes qui attachaient les bras de Michel Strogoff.

Celui-ci, aveugle, ne savait qui le déliait, car Nadia n'avait pas prononcé une parole.

Mais cela fait :

« Frère! dit-elle.

— Nadia! murmura Michel Strogoff, Nadia!

— Viens! frère, répondit Nadia. Mes yeux seront tes yeux désormais, et c'est moi qui te conduirai à Irkoutsk! »

CHAPITRE VI

UN AMI DE GRANDE ROUTE.

Une demi-heure après, Michel Strogoff et Nadia avaient quitté Tomsk.

Un certain nombre de prisonniers, cette nuit-là, purent aussi échapper aux Tartares, car officiers ou soldats, tous plus ou moins abrutis, s'étaient inconsciemment relâchés de la surveillance sévère qu'ils avaient maintenue jusqu'alors, soit au camp de Zabédiero, soit pendant la marche des convois. Nadia, après avoir été emmenée tout d'abord avec les autres prisonniers, avait donc pu fuir et revenir au plateau, au moment où Michel Strogoff était conduit devant l'émir.

Là, mêlée à la foule, elle avait tout vu. Pas un cri ne lui échappa lorsque la lame, chauffée à blanc, passa devant les yeux de son compagnon. Elle eut la force de rester immobile et muette. Une providentielle inspiration lui dit de se réserver, libre encore, pour guider le fils de Marfa Strogoff au but qu'il avait juré d'atteindre. Son cœur, un moment, cessa de battre, lorsque la vieille Sibérienne tomba inanimée, mais une pensée lui rendit toute son énergie.

« Je serai le chien de l'aveugle ! » se dit-elle.

Après le départ d'Ivan Ogareff, Nadia s'était dissimulée dans l'ombre. Elle avait attendu que la foule eût quitté le plateau. Michel Strogoff, abandonné comme un misérable être dont on ne doit plus rien craindre, était seul. Elle le vit se traîner jusqu'à sa mère, se courber sur elle, la baiser au front, puis se relever, tâtonner pour fuir...

Quelques instants plus tard, elle et lui, la main dans la main, avaient descendu le talus escarpé, et, après avoir suivi les berges du Tom jusqu'à l'extrémité de la ville, ils franchissaient heureusement une brèche de l'enceinte.

La route d'Irkoutsk était la seule qui s'enfonçât dans l'est. Il n'y avait pas à se tromper. Nadia entraîna rapidement Michel Strogoff. Il était possible que dès le lendemain, après quelques heures d'orgie, les éclaireurs de l'émir, se jetant de nouveau sur la steppe, coupassent toute communication. Il importait donc de les devancer, d'atteindre avant eux Krasnoiarsk, que cinq cents verstes (533 kilomètres) séparaient de Tomsk, enfin de ne quitter que le plus tard possible la grande route. Se lancer hors du chemin tracé, c'était l'incertain, l'inconnu, c'était la mort à bref délai.

Comment Nadia put-elle supporter les fatigues de cette nuit du 16 au 17 août? Comment trouva-t-elle la force physique nécessaire à fournir une si longue étape ? Comment ses pieds, saignant d'une marche forcée, purent-ils la porter jusque-là ? c'est presque incompréhensible. Mais il n'en est pas moins vrai que le lendemain matin, douze heures après leur départ de Tomsk, Michel Strogoff et elle atteignaient le bourg de Sémilowskoë, après une course de cinquante verstes.

Michel Strogoff n'avait pas prononcé une seule parole. Ce n'était pas Nadia qui tenait sa main, ce fut lui qui tint celle de sa compagne pendant toute cette nuit; mais, grâce à cette main qui le guidait rien que par ses frémissements, il avait marché avec son allure ordinaire.

Sémilowskoë était presque entièrement abandonnée. Les habitants, redoutant les Tartares, avaient fui dans a province d'Yeniseisk. A peine deux ou trois maisons étaient elles encore occupées. Tout ce que la ville contenait d'utile ou de précieux avait été enlevé sur des charrettes.

Cependant, Nadia était dans la nécessité de faire là une halte de quelques heures. Il leur fallait à tous deux nourriture et repos.

La jeune fille conduisit donc son compagnon à l'extrémité de la bourgade. Une maison vide, la porte ouverte, était là. Ils y entrèrent. Un mauvais banc de bois se trouvait au milieu de la chambre, près de ce haut poêle commun à toutes les demeures sibériennes. Ils s'y assirent.

Nadia regarda alors bien en face son compagnon aveugle, et comme elle ne l'avait jamais regardé jusqu'alors. Il y avait plus que de la reconnaissance, plus que de la pitié dans son regard. Si Michel Strogoff avait pu la voir, il aurait lu dans ce beau regard désolé l'expression d'un dévouement et d'une tendresse infinis.

Les paupières de l'aveugle, rougies par la lame incandescente, recouvraient à demi ses yeux, absolument secs. La sclérotique en était légèrement plissée et comme raccornie, la pupille singulièrement agrandie; l'iris semblait d'un bleu plus foncé qu'il n'était auparavant; les cils et les sourcils étaient en partie brûlés; mais, en apparence du moins, le regard si pénétrant du jeune homme ne semblait avoir subi aucun changement. S'il n'y voyait plus, si sa cécité était complète, c'est que la sensibilité de la rétine et du nerf optique avait été radicalement détruite par l'ardente chaleur de l'acier.

En ce moment, Michel Strogoff étendit les mains.

« Tu es là, Nadia? demanda-t-il.

— Oui, répondit la jeune fille, je suis près de toi, et je ne te quitterai plus, Michel. »

A son nom, prononcé par Nadia pour la première fois, Michel Strogoff tressaillit. Il comprit que sa compagne savait tout, ce qu'il était, quels liens l'unissaient à la vieille Marfa.

« Nadia, reprit-il, il va falloir nous séparer !

— Nous séparer ? Pourquoi cela, Michel ?

— Je ne veux pas être un obstacle à ton voyage ! Ton père t'attend à Irkoutsk ! Il faut que tu rejoignes ton père !

— Mon père me maudirait, Michel, si je t'abandonnais, après ce que tu as fait pour moi !

— Nadia ! Nadia ! répondit Michel Strogoff, en pressant la main que la jeune fille avait posée sur la sienne, tu ne dois penser qu'à ton père !

— Michel, reprit Nadia, tu as plus besoin de moi que mon père ! Dois-tu donc renoncer à aller à Irkoutsk ?

— Jamais ! s'écria Michel Strogoff d'un ton qui montrait qu'il n'avait rien perdu de son énergie.

— Cependant, tu n'as plus cette lettre !...

— Cette lettre qu'Ivan Ogareff m'a volée !... Eh bien! je saurai m'en passer, Nadia ! Ils m'ont traité comme un espion ! J'agirai comme un espion ! J'irai dire à Irkoutsk tout ce que j'ai vu, tout ce que j'ai entendu, et, j'en jure par le Dieu vivant ! le traître me retrouvera un jour face à face ! Mais il faut que j'arrive avant lui à Irkoutsk.

— Et tu parles de nous séparer, Michel?

— Nadia, les misérables m'ont tout pris !

— Il me reste quelques roubles, et mes yeux ! Je puis y voir pour toi, Michel, et te conduire là où tu ne peux plus aller seul !

— Et comment irons-nous ?

— À pied.

— Et comment vivrons-nous?

— En mendiant.

— Partons, Nadia !

— Viens, Michel. »

Les deux jeunes gens ne se donnaient plus le nom de frère et de sœur. Dans leur misère commune, ils se sentaient plus étroitement unis encore l'un à l'autre. Tous deux quittèrent la maison, après avoir pris une heure de repos. Nadia, courant les rues de la bourgade, s'était procuré quelques morceaux de « tchorne-khleb », sorte de pain fait avec de l'orge, et un peu de cet hydromel connu sous le nom de « méod » en Russie. Cela ne lui avait rien coûté, car elle avait commencé son métier de mendiante. Ce pain et cet hydromel avaient, tant bien que mal, apaisé la faim et la soif de Michel Strogoff. Nadia lui avait réservé la plus grande portion de cette insuffisante nourriture. Il mangeait les morceaux de pain que sa compagne lui présentait l'un après l'autre. Il buvait à la gourde qu'elle portait à ses lèvres.

« Manges-tu, Nadia? lui demanda-t-il à plusieurs reprises.

— Oui, Michel, » répondit toujours la jeune fille, qui se contentait des restes de son compagnon.

Michel et Nadia quittèrent Sémilowskoë et reprirent cette pénible route d'Irkoutsk. La jeune fille résistait énergiquement à la fatigue. Si Michel Strogoff l'eût vue, peut-être n'aurait-il pas eu le courage d'aller plus loin. Mais Nadia ne se plaignait pas, et Michel Strogoff, n'entendant pas un soupir, marchait avec une hâte qu'il n'était pas maître de réprimer. Et pourquoi? Pouvait-il donc espérer de devancer encore les Tartares? Il était à pied, sans argent, il était aveugle, et si Nadia, son seul guide, venait à lui manquer, il n'aurait plus qu'à se coucher sur un des côtés de la route et à y mourir misérablement! Mais enfin, si, à force d'énergie, il arrivait à Krasnoiarsk, tout n'était peut-être pas perdu, puisque le gouverneur, auquel il se ferait connaître, n'hésiterait pas à lui donner les moyens d'atteindre Irkoutsk.

Michel Strogoff allait donc, parlant peu, absorbé dans ses pensées. Il tenait la main de Nadia. Tous deux étaient en communication incessante. Il leur semblait qu'ils n'avaient plus besoin de la parole pour échanger leurs pensées. De temps en temps, Michel Strogoff disait :

« Parle-moi, Nadia.

— A quoi bon, Michel? Nous pensons ensemble! » répondait la jeune fille, et elle faisait en sorte que sa voix ne décélât aucune fatigue.

Mais quelquefois, comme si son cœur eût cessé de battre un instant, ses jambes fléchissaient, son pas se ralentissait, son bras se tendait, elle restait en arrière. Michel Strogoff s'arrêtait alors, il fixait ses yeux sur la pauvre fille, comme s'il eût essayé de l'apercevoir à travers cette ombre qu'il portait en lui. Sa poitrine se gonflait; puis, soutenant plus vivement sa compagne, il reprenait sa marche en avant.

Cependant, au milieu de toutes ces misères sans trêve, ce jour-là, une circonstance heureuse allait se produire, qui devait leur épargner bien des fatigues à tous les deux.

Ils avaient quitté Sémilowskoë depuis deux heures environ, lorsque Michel Strogoff s'arrêta.

« La route est déserte? demanda-t-il.

— Absolument déserte, répondit Nadia.

— Est-ce que tu n'entends pas quelque bruit en arrière?

— En effet.

— Si ce sont les Tartares, il faut nous cacher. Regarde bien.

— Attends, Michel! » répondit Nadia en remontant le chemin, qui se coudait à quelques pas sur la droite.

Michel Strogoff resta un instant seul, tendant l'oreille.

Nadia revint presque aussitôt et dit :

« C'est une charrette. Un jeune homme la conduit.

— Il est seul?

— Seul. »

Michel Strogoff hésita un instant. Devait-il se cacher? Devait-il, au contraire, tenter la chance de trouver place dans ce véhicule, sinon pour lui, du moins pour elle? Lui, il se contenterait de s'appuyer d'une main à la charrette, il la pousserait au besoin, car ses jambes n'étaient pas près de lui manquer, mais il sentait bien que Nadia, traînée à pied depuis le passage de l'Obi, c'est-à-dire depuis plus de huit jours, était à bout de forces.

Il attendit.

La charrette arriva bientôt au tournant de la route.

C'était un véhicule fort délabré, pouvant à la rigueur contenir trois personnes, ce qu'on appelle dans le pays une kibitka.

Ordinairement, la kibitka est attelée de trois chevaux, mais celle-ci n'était traînée que par un seul cheval à long poil, à longue queue, et auquel son sang mongol assurait vigueur et courage.

Un jeune homme la conduisait, ayant un chien près de lui.

Nadia reconnut que ce jeune homme était Russe. Il avait une figure douce et flegmatique qui inspirait la confiance. D'ailleurs, il ne paraissait pas pressé le moins du monde. Il marchait d'un pas tranquille, pour ne pas surmener son cheval, et, à le voir, on n'eût jamais cru qu'il suivait une route que les Tartares pouvaient couper d'un moment à l'autre.

Nadia, tenant Michel Strogoff par la main, s'était rangée de côté.

La kibitka s'arrêta, et le conducteur regarda la jeune fille en souriant.

« Et où donc allez-vous comme cela ? » lui demanda-t-il en faisant de bons yeux tout ronds.

Au son de cette voix, Michel Strogoff se dit qu'il l'avait entendue quelque part. Et, sans doute, elle suffit à lui faire reconnaître le conducteur de la kibitka, car son front se rasséréna aussitôt.

« Eh bien, où donc allez-vous? répéta le jeune homme, en s'adressant plus directement à Michel Strogoff.

— Nous allons à Irkoutsk, répondit celui-ci.

— Oh! petit père, tu ne sais donc pas qu'il y a encore bien des verstes et des verstes jusqu'à Irkoutsk?

— Je le sais.

— Et tu vas à pied?

— A pied.

— Toi, bien! mais la demoiselle?...

— C'est ma sœur, dit Michel Strogoff, qui jugea prudent de redonner ce nom à Nadia.

— Oui, ta sœur, petit père! Mais, crois-moi, elle ne pourra jamais atteindre Irkoutsk!

— Ami, répondit Michel Strogoff en s'approchant, les Tartares nous ont dépouillés, et je n'ai pas un kopek à t'offrir; mais si tu veux prendre ma sœur près de toi, je suivrai ta voiture à pied, je courrai s'il le faut, je ne te retarderai pas d'une heure...

— Frère, s'écria Nadia... je ne veux pas... je ne veux pas! — Monsieur, mon frère est aveugle!

— Aveugle! répondit le jeune homme d'une voix émue.

— Les Tartares lui ont brûlé les yeux! répondit Nadia, en tendant ses mains comme pour implorer la pitié.

— Brûlé les yeux ? Oh ! pauvre petit père ! Moi, je vais à Krasnoiarsk. Eh bien, pourquoi ne monterais-tu pas avec ta sœur dans la kibitka ? En nous serrant un peu, nous y tiendrons tous les trois. D'ailleurs, mon chien ne refusera pas d'aller à pied. Seulement, je ne vais pas vite, pour ménager mon cheval.

— Ami, comment te nommes-tu? demanda Michel Strogoff.

— Je me nomme Nicolas Pigassof.

— C'est un nom que je n'oublierai plus, répondit Michel Strogoff.

— Eh bien, monte, petit père aveugle. Ta sœur sera près de toi, au fond de la charrette, moi devant pour conduire. Il y a de la bonne écorce de bouleau et de la paille d'orge dans le fond. C'est comme un nid. — Allons, Serko, fais-nous place ! »

Le chien descendit sans se faire prier. C'était un animal de race sibérienne, à poil gris, de moyenne taille, avec une bonne grosse tête caressante, et qui semblait être très-attaché à son maître.

Michel Strogoff et Nadia, en un instant, furent installés dans la kibitka. Michel Strogoff avait tendu ses mains comme pour chercher celles de Nicolas Pigassof.

« Ce sont mes mains que tu veux serrer ! dit Nicolas. Les voilà, petit père ! Serre-les tant que cela te fera plaisir ! »

La kibitka se remit en marche. Le cheval, que Nicolas ne frappait jamais, allait l'amble. Si Michel Strogoff ne devait pas gagner en rapidité, du moins de nouvelles fatigues seraient-elles épargnées à Nadia.

Et tel était l'épuisement de la jeune fille, que, bercée par le mouvement monotone de la kibitka, elle tomba bientôt dans un sommeil qui ressemblait à une complète prostration. Michel Strogoff et Nicolas la couchèrent sur le feuillage de bouleau du mieux qu'il leur fut possible. Le compatissant jeune homme était tout ému, et si pas une larme ne s'échappa des yeux de Michel Strogoff, en vérité, c'est parce que le fer incandescent avait brûlé la dernière !

« Elle est gentille, dit Nicolas.

— Oui, répondit Michel Strogoff.

— Ça veut être fort, petit père, c'est courageux, mais au fond, c'est faible, ces mignonnes-là ! — Est-ce que vous venez de loin?

— De très-loin.

— Pauvres jeunes gens ! — Cela a dû te faire bien mal, quand ils t'ont brûlé les yeux !

— Bien mal, répondit Michel Strogoff, en se tournant comme s'il eût pu voir Nicolas.

— Tu n'as pas pleuré?

— Si.

— Moi aussi, j'aurais pleuré. Penser qu'on ne reverra plus ceux qu'on aime! Mais enfin, ils vous voient. C'est peut-être une consolation!

— Oui, peut-être! — Dis-moi, ami, demanda Michel Strogoff, est-ce que tu ne m'as jamais vu quelque part?

— Toi, petit père? Non, jamais.

— C'est que le son de ta voix ne m'est pas inconnu.

— Voyez-vous! répondit Nicolas en souriant. Il connaît le son de ma voix! peut-être me demandes-tu cela pour savoir d'où je viens. Oh! je vais te le dire. Je viens de Kolyvan.

— De Kolyvan? dit Michel Strogoff. Mais alors c'est là que je t'ai rencontré. Tu étais au poste télégraphique?

— Cela se peut, répondit Nicolas. J'y demeurais. J'étais l'employé chargé des transmissions.

— Et tu es resté à ton poste jusqu'au dernier moment?

— Eh! c'est surtout à ce moment-là qu'il faut y être!

— C'était le jour où un Anglais et un Français se disputaient, roubles en main, la place à ton guichet, et où l'Anglais a télégraphié les premiers versets de la Bible?

— Ça, petit père, c'est possible, mais je ne me le rappelle pas!

— Comment! tu ne te le rappelles pas?

— Je ne lis jamais les dépêches que je transmets. Mon devoir étant de les oublier, le plus court est de les ignorer. »

Cette réponse peignait Nicolas Pigassof.

Cependant, la kibitka allait son petit train, que Michel Strogoff aurait voulu rendre plus rapide. Mais Nicolas et son cheval étaient accoutumés à une allure dont ils n'auraient pu se départir ni l'un ni l'autre. Le cheval marchait pendant trois heures et se reposait pendant une, — cela jour et nuit. Durant les haltes, le cheval paissait, les voyageurs de la kibitka mangeaient en compagnie du fidèle Serko. La kibitka était approvisionnée pour vingt personnes au moins, et Nicolas avait mis généreusement ses réserves à la disposition de ses deux hôtes, qu'il croyait frère et sœur.

Après une journée de repos, Nadia eut recouvré une partie de ses forces. Nicolas veillait à ce qu'elle fût aussi bien que possible. Le voyage se faisait dans des conditions supportables, lentement sans doute, mais régulièrement. Il arrivait bien parfois que, pendant la nuit, Nicolas, tout en conduisant, s'endormait et ronflait avec une conviction qui témoignait du calme de sa conscience. Peut-être alors, en regardant bien, eût-on vu la main de Michel Strogoff chercher les guides du cheval et lui faire prendre une allure plus rapide, au grand étonnement de Serko, qui ne disait rien cependant. Puis, ce trot revenait immédiatement à l'amble, dès que Nicolas se réveillait, mais la kibitka n'en avait pas moins gagné quelques verstes sur sa vitesse réglementaire.

C'est ainsi que l'on traversa la rivière d'Ichimsk, les bourgades d'Ichimskoë, Berikylskoë, Küskoë, la rivière de Mariinsk, la bourgade du même nom, Bogotowlskoë et enfin la Tchoula, petit cours d'eau qui sépare la Sibérie occidentale de la Sibérie orientale. La route se développait tantôt à travers d'immenses landes, qui laissaient un champ vaste aux regards, tantôt sous d'épaisses et interminables forêts de sapins, dont on croyait ne jamais sortir.

Tout était désert. Les bourgades étaient presque entièrement abandonnées. Les paysans avaient fui au delà de l'Yeniseï, estimant que ce large fleuve arrêterait peut-être les Tartares.

Le 22 août, la kibitka atteignit le bourg d'Atchinsk, à trois cent quatre-vingts verstes de Tomsk. Cent vingt verstes la séparaient encore de Krasnoiarsk. Aucun incident n'avait marqué ce voyage. Depuis six jours qu'ils étaient ensemble, Nicolas, Michel Strogoff et Nadia étaient restés les mêmes, l'un confit dans son calme inaltérable, les deux autres inquiets, et songeant au moment où leur compagnon viendrait à se séparer d'eux.

Michel Strogoff, on peut le dire, voyait le pays parcouru par les yeux de Nicolas et de la jeune fille. A tour de rôle, tous deux lui peignaient les sites en vue desquels passait la kibitka. Il savait s'il était en forêt ou en plaine, si quelque hutte se montrait sur la steppe, si quelque Sibérien apparaissait à l'horizon. Nicolas ne tarissait pas. Il aimait à causer, et, quelle que fût sa façon d'envisager les choses, on aimait à l'entendre.

Un jour, Michel Strogoff lui demanda quel temps il faisait.

« Assez beau, petit père, répondit-il, mais ce sont les derniers jours de l'été. L'automne est court en Sibérie, et, bientôt, nous subirons les premiers froids de l'hiver. Peut-être les Tartares songeront-ils à se cantonner pendant la mauvaise saison? »

Michel Strogoff secoua la tête d'un air de doute.

« Tu ne le crois pas, petit père, répondit Nicolas. Tu penses qu'ils se porteront sur Irkoutsk?

— Je le crains, répondit Michel Strogoff.

— Oui... tu as raison. Ils ont avec eux un mauvais homme qui ne les laissera pas refroidir en route. — Tu as entendu parler d'Ivan Ogareff?

— Oui.

— Sais-tu que ce n'est pas bien de trahir son pays!

— Non... ce n'est pas bien... répondit Michel Strogoff, qui voulut rester impassible.

— Petit père, reprit Nicolas, je trouve que tu ne t'indignes pas assez lorsqu'on parle devant toi d'Ivan Ogareff! Tout cœur russe doit bondir, quand on prononce ce nom!

— Crois-moi, ami, je le hais plus que tu ne pourras jamais le haïr, dit Michel Strogoff.

— Ce n'est pas possible, répondit Nicolas, non, ce n'est pas possible! Quand je songe à Ivan Ogareff, au mal qu'il fait à notre sainte Russie, la colère me prend, et si je le tenais...

— Si tu le tenais, ami?...

— Je crois que je le tuerais.

— Et moi, j'en suis sûr, » répondit tranquillement Michel Strogoff.

CHAPITRE VII

LE PASSAGE DE L'YENISEÏ

Le 25 août, à la tombée du jour, la kibitka arrivait en vue de Krasnoiarsk. Le voyage depuis Tomsk avait duré huit jours. S'il ne s'était pas accompli plus rapidement, quoi qu'eût pu faire Michel Strogoff, cela tenait surtout à ce que Nicolas avait peu dormi. De là, impossibilité d'activer l'allure de son cheval, qui, en d'autres mains, n'eût mis que soixante heures à faire ce parcours.

Très-heureusement, il n'était pas encore question des Tartares. Aucun éclaireur n'avait paru sur la route que venait de suivre la kibitka. Cela devait sembler assez inexplicable, et il fallait évidemment qu'une grave circonstance eût empêché les troupes de l'émir de se porter sans retard sur Irkoutsk.

Cette circonstance s'était produite, en effet. Un nouveau corps russe, rassemblé en toute hâte dans le gouvernement d'Yeniseisk, avait marché sur Tomsk afin d'essayer de reprendre la ville. Mais, trop faible contre les troupes de l'émir, maintenant concentrées, il avait dû opérer sa retraite. Féofar-Khan, en comprenant ses propres soldats et ceux des khanats de Khokhand et de Koundouze, comptait alors sous ses ordres deux cent cinquante mille hommes, auxquels le gouvernement russe ne pouvait pas encore opposer de forces suffisantes. L'invasion ne semblait donc pas devoir être enrayée de sitôt, et toute la masse tartare allait pouvoir marcher sur Irkoutsk.

La bataille de Tomsk était du 22 août, — ce que Michel Strogoff ignorait, — mais ce qui expliquait pourquoi l'avant-garde de l'émir n'avait pas encore paru à Krasnoiarsk à la date du 25.

Toutefois, si Michel Strogoff ne pouvait connaître les derniers événements qui s'étaient accomplis depuis son départ, du moins savait-il ceci : c'est qu'il devançait les Tartares de plusieurs jours, c'est qu'il ne devait pas désespérer d'atteindre avant eux la ville d'Irkoutsk, distante encore de huit cent cinquante verstes (900 kilomètres).

D'ailleurs, à Krasnoiarsk, dont la population est de douze mille âmes environ, il comptait bien que les moyens de transport ne pourraient lui manquer. Puisque Nicolas Pigassof devait s'arrêter dans cette ville, il serait nécessaire de le remplacer par un guide, et de changer la kibitka pour un autre véhicule plus rapide. Michel Strogoff, après s'être adressé au gouverneur de la ville et avoir établi son identité et sa qualité de courrier du czar, — ce qui lui serait aisé, — ne doutait pas qu'il ne fût mis à même d'atteindre Irkoutsk dans le plus court délai. Il n'aurait plus alors qu'à remercier ce brave Nicolas Pigassof et à partir immédiatement avec Nadia, car il ne voulait pas la quitter avant de l'avoir remise entre les mains de son père.

Cependant, si Nicolas avait résolu de s'arrêter à Krasnoiarsk, c'était, comme il le dit, « à la condition d'y trouver de l'emploi. »

En effet, cet employé modèle, après avoir tenu jusqu'à la dernière minute au poste de Kolyvan, cherchait à se mettre de nouveau à la disposition de l'administration.

« Pourquoi toucherais-je des appointements que je n'aurais pas gagné ? » répétait-il.

Aussi, au cas où ses services ne pourraient pas être utilisés à Krasnoiarsk, qui devait toujours se trouver en communication télégraphique avec Irkoutsk, il se proposait d'aller soit au poste d'Oudinsk, soit même jusqu'à la capitale de la Sibérie. Donc, dans ce cas, il continuerait à voyager avec le frère et la sœur, et en qui trouveraient-ils un guide plus sûr, un ami plus dévoué ?

La kibitka n'était plus qu'à une demi-verste de Krasnoiarsk. On voyait à droite et à gauche les nombreuses croix de bois qui se dressent sur le chemin aux approches de la ville. Il était sept heures du soir. Sur le ciel clair se dessinaient la silhouette des églises et le profil des maisons construites sur la haute falaise de l'Yeniseï. Les eaux du fleuve miroitaient sous les dernières lueurs éparses dans l'atmosphère.

La kibitka s'était arrêtée.

« Où sommes-nous, sœur? demanda Michel Strogoff.

— A une demi-verste au plus des premières maisons, répondit Nadia.

— Est-ce donc une ville endormie? reprit Michel Strogoff. Nul bruit n'arrive à mon oreille.

— Et je ne vois pas une lumière briller dans l'ombre, pas une fumée monter dans l'air, ajouta Nadia.

— La singulière ville ! dit Nicolas. On n'y fait pas de bruit et on s'y couche de bonne heure ! »

Michel Strogoff eut l'esprit traversé d'un pressentiment de mauvais augure. Il n'avait point dit à Nadia out ce qu'il avait concentré d'espérances sur Krasnoiarsk, où il comptait trouver les moyens d'achever sûrement son voyage. Il craignait tant que son espoir ne fût encore une fois déçu! Mais Nadia avait deviné sa pensée, bien qu'elle ne comprît plus pourquoi son compagnon avait hâte d'arriver à Irkoutsk, maintenant que la lettre impériale lui manquait. Un jour même, elle l'avait pressenti à cet égard.

« J'ai juré d'aller à Irkoutsk, » s'était-il contenté de lui répondre.

Mais, pour accomplir sa mission, encore fallait-il qu'il trouvât à Krasnoiarsk quelque rapide mode de locomotion.

« Eh bien, ami, dit-il à Nicolas, pourquoi n'avançons-nous pas?

— C'est que je crains de réveiller les habitants de la ville avec le bruit de ma charrette! »

Et, d'un léger coup de fouet, Nicolas stimula son cheval. Serko poussa quelques aboiements, et la kibitka descendit au petit trot la route qui s'engageait dans Krasnoiarsk.

Dix minutes après, elle entrait dans la grande rue.

Krasnoiarsk était déserte! Il n'y avait plus un Athénien dans cette « Athènes du Nord », ainsi que l'appelle Mme de Bourboulon. Pas un de ses équipages, si brillamment attelés, n'en parcourait les rues propres et larges. Pas un passant ne suivait les trottoirs établis à la base de ses magnifiques maisons de bois, d'un aspect monumental! Pas une élégante Sibérienne, habillée aux dernières modes de France, ne se promenait au milieu de cet admirable parc, taillé dans une forêt de bouleaux, qui se prolonge jusqu'aux berges de l'Yeniseï! La grosse cloche de la cathédrale était muette, les carillons des églises se taisaient, et il est rare, cependant, qu'une ville russe ne soit pas emplie du son de ses cloches! Mais, ici, c'était l'abandon complet. Il n'y avait plus un être vivant dans cette ville, naguère si vivante!

Le dernier télégramme parti du cabinet du czar, avant la rupture du fil, avait donné ordre au gouverneur, à la garnison, aux habitants, quels qu'ils fussent d'abandonner Krasnoiarsk, d'emporter tout objet ayant quelque valeur ou qui aurait pu être de quelque utilité aux Tartares, et de se réfugier à Irkoutsk. Même injonction à tous les habitants des bourgades de la province. C'était le désert que le gouvernement moscovite voulait faire devant les envahisseurs. Ces ordres à la Rostopschine, on ne songea pas à les discuter, même un instant. Ils furent exécutés, et c'est pourquoi il ne restait plus un seul être vivant à Krasnoiarsk.

Michel Strogoff, Nadia et Nicolas parcoururent silencieusement les rues de la ville. Ils éprouvaient une involontaire impression de stupeur. Eux seuls produinient le seul bruit qui se fit alors dans cette cité morte. Michel Strogoff ne laissa rien paraître de ce qu'il ressentait alors, mais il dut éprouver comme un mouvement de rage contre la mauvaise chance qui le poursuivait, car ses espérances étaient encore une fois trompées.

« Bon Dieu ! s'écria Nicolas, jamais je ne gagnerai mes appointements dans ce désert !

— Ami, dit Nadia, il faut reprendre avec nous la route d'Irkoutsk.

— Il le faut, en vérité ! répondit Nicolas. Le fil doit encore fonctionner entre Oudinsk et Irkoutsk, et là... Partons-nous, petit père ?

— Attendons à demain, répondit Michel Strogoff.

— Tu as raison, répondit Nicolas. Nous avons l'Yeniseï à traverser, et il est nécessaire d'y voir !...

— Y voir ! » murmura Nadia, en songeant à son compagnon aveugle.

Nicolas l'avait entendue, et, se retournant vers Michel Strogoff :

« Pardon, petit père, dit-il. Hélas ! la nuit et le jour, il est vrai que c'est tout un pour toi !

— Ne te reproche rien, ami, répondit Michel Strogoff, qui passa sa main sur ses yeux. Avec toi pour guide, je puis agir encore. Prends donc quelques heures de repos. Que Nadia se repose aussi. Demain, il fera jour ! »

Michel Strogoff, Nadia et Nicolas n'eurent pas à chercher longtemps pour trouver un lieu de repos. La première maison dont ils poussèrent la porte était vide, aussi bien que toutes les autres. Il ne s'y trouvait que quelques bottes de feuillage. Faute de mieux, le cheval dut se contenter de cette maigre nourriture. Quant aux provisions de la kibitka, elles n'étaient pas épuisées, et chacun en prit sa part. Puis, après s'être agenouillés devant une modeste image de la Panaghia suspendue à la muraille, et que la dernière flamme d'une lampe éclairait encore, Nicolas et la jeune fille s'endormirent, tandis que veillait Michel Strogoff, sur qui le sommeil ne pouvait avoir prise.

Le lendemain, 26 août, avant l'aube, la kibitka, réattelée, traversait le parc de bouleaux pour atteindre la berge de l'Yeniseï.

Michel Strogoff était vivement préoccupé. Comment ferait-il pour traverser le fleuve, si, ce qui était probable, toute barque ou bac avaient été détruits afin de retarder la marche des Tartares ? Il connaissait l'Yeniseï, l'ayant déjà franchi plusieurs fois. Il savait que sa largeur est considérable, que les rapides sont violents dans le double lit qu'il s'est creusé entre les îles. En des circonstances ordinaires, au moyen de ces bacs spécialement établis pour le transport des voyageurs, des voitures et des chevaux, le passage de l'Yeniseï exige un laps de trois heures, et ce n'est qu'au prix d'extrêmes difficultés que ces bacs atteignent sa rive droite. Or, en l'absence de toute embarcation, comment la kibitka irait-elle d'une rive à l'autre?

« Je passerai quand même! » répéta Michel Strogoff.

Le jour commençait à se lever, lorsque la kibitka arriva sur la rive gauche, là même où aboutissait une des grandes allées du parc. En cet endroit, les berges dominaient d'une centaine de pieds le cours de l'Yeniseï. On pouvait donc l'observer sur une vaste étendue.

« Voyez-vous un bac? demanda Michel Strogoff, en portant avidement ses yeux d'un côté et de l'autre, par une habitude machinale, sans doute, et comme s'il eût pu voir lui-même.

— Il fait à peine jour, frère, répondit Nadia. La brume est encore épaisse sur le fleuve, et on ne peut en distinguer les eaux.

— Mais je les entends mugir? » répondit Michel Strogoff.

En effet, des couches inférieures de ce brouillard sortait un sourd tumulte de courants et de contre-courants qui s'entrechoquaient. Les eaux, très-hautes à cette époque de l'année, devaient couler avec une torrentueuse violence. Tous trois écoutaient, attendant que le rideau de brumes se levât. Le soleil montait rapidement au-dessus de l'horizon, et ses premiers rayons n'allaient pas tarder à pomper ces vapeurs.

« Eh bien? demanda Michel Strogoff.

— Les brumes commencent à rouler, frère, répondit Nadia, et le jour les pénètre déjà.

— Tu ne vois pas encore le niveau du fleuve, sœur?

— Pas encore.

— Un peu de patience, petit père, dit Nicolas. Tout cela va se fondre! Tiens! voilà le vent qui souffle! Il commence à dissiper ce brouillard. Les hautes collines de la rive droite montrent déjà leurs rangées d'arbres! Tout s'en va! Tout s'envole! Les bons rayons du soleil ont condensé cet amas de brumes! Ah! que c'est beau, mon pauvre aveugle, et quel malheur pour toi de ne pas pouvoir contempler un tel spectacle!

— Vois-tu un bateau? demanda Michel Strogoff.

— Je n'en vois aucun, répondit Nicolas.

— Regarde bien, ami, sur cette rive et sur la rive opposée, aussi loin que puisse aller ta vue! Un bateau, une barque, un canot d'écorce! »

Nicolas et Nadia, se retenant aux derniers bouleaux de la falaise, s'étaient penchés au-dessus du fleuve. Le champ offert à leurs regards était immense alors. L'Yeniseï, en cet endroit, ne mesure pas moins d'une verste et demie, et forme deux bras, d'importance inégale, que les eaux suivaient avec rapidité. Entre ces bras reposent plusieurs îles, plantées d'aunes, de saules et de peupliers, qui semblaient être autant de navires verdoyants, ancrés dans le fleuve. Au delà s'étageaient les hautes collines de la rive orientale, couronnées de forêts dont les cimes s'empourpraient alors de lumière. En amont et en aval, l'Yeniseï s'enfuyait à perte de vue. Tout cet admirable panorama s'arrondissait pour le regard sur un périmètre de cinquante verstes.

Mais, pas une embarcation, ni sur la rive gauche, ni sur la rive droite, ni à la berge des îles. Toutes avaient été emmenées ou détruites par ordre. Très-certainement, si les Tartares ne faisaient pas venir du sud le matériel nécessaire à l'établissement d'un pont de bateaux, leur marche vers Irkoutsk serait arrêtée pendant un certain temps devant cette barrière de l'Yeniseï.

« Je me souviens, dit alors Michel Strogoff. Il y a plus haut, aux dernières maisons de Krasnoiarsk, un petit port d'embarquement. C'est là que les bacs accostent. Ami, remontons le cours du fleuve, et vois si quelque barque n'a pas été oubliée sur la rive. »

Nicolas s'élança dans la direction indiquée. Nadia avait pris Michel Strogoff par la main et le guidait d'un pas rapide. Une barque, un simple canot assez grand pour porter la kibitka, ou, à son défaut, ceux qu'elle avait amenés jusqu'ici, et Michel Strogoff n'hésiterait pas à tenter le passage!

Vingt minutes après, tous trois avaient atteint le petit port d'embarquement, dont les dernières maisons s'abaissaient au niveau du fleuve. C'était une sorte de village placé au bas de Krasnoiarsk.

Mais il n'y avait pas une embarcation sur la grève, pas un canot à l'estacade qui servait d'embarcadère, rien même dont on pût construire un radeau suffisant pour trois personnes.

Michel Strogoff avait interrogé Nicolas, et celui-ci lui avait fait cette décourageante réponse que la traversée du fleuve lui semblait être absolument impraticable.

« Nous passerons, » répondit Michel Strogoff.

Et les recherches continuèrent. On fouilla les quelques maisons assises sur la berge et abandonnées comme toutes celles de Krasnoiarsk. Il n'y avait qu'à en pousser les portes. C'étaient des cabanes de pauvres gens, entièrement vides. Nicolas visitait l'une, Nadia parcourait l'autre. Michel Strogoff, lui-même, entrait çà et là et cherchait à reconnaître de la main quelque objet qui pût lui être utile.

Nicolas et la jeune fille, chacun de son côté, avaient

vainement fureté dans ces cabanes, et ils se disposaient à abandonner leurs recherches, lorsqu'ils s'entendirent appeler.

Tous deux regagnèrent la berge et aperçurent Michel Strogoff sur le seuil d'une porte.

« Venez ! » leur cria-t-il.

Nicolas et Nadia allèrent aussitôt vers lui, et, à sa suite, ils entrèrent dans la cabane.

« Qu'est-ce que cela ? demanda Michel Strogoff, en touchant de la main divers objets entassés au fond d'un cellier.

— Ce sont des outres, répondit Nicolas, et il y en a, ma foi, une demi-douzaine !

— Elles sont pleines ?...

— Oui, pleines de koumyss, et voilà qui vient à propos pour renouveler notre provision ! »

Le « koumyss » est une boisson fabriquée avec du lait de jument ou de chamelle, boisson fortifiante, enivrante même, et Nicolas ne pouvait que se féliciter de la trouvaille.

« Mets-en une à part, lui dit Michel Strogoff, mais vide toutes les autres.

— A l'instant, petit père.

— Voilà qui nous aidera à traverser l'Yeniseï.

— Et le radeau ?

— Ce sera la kibitka elle-même, qui est assez légère pour flotter. D'ailleurs, nous la soutiendrons, ainsi que le cheval, avec ces outres.

— Bien imaginé, petit père, s'écria Nicolas, et, Dieu aidant, nous arriverons à bon port... peut-être pas en droite ligne, car le courant est rapide !

— Qu'importe ! répondit Michel Strogoff. Passons d'abord, et nous saurons bien retrouver la route d'Irkoutsk au delà du fleuve.

— A l'ouvrage, » dit Nicolas, qui commença à vider les outres et à les transporter jusqu'à la kibitka.

Une outre, pleine de koumyss, fut réservée, et les autres, refermées avec soin après avoir été préalablement remplies d'air, furent employées comme appareils flottants. Deux de ces outres, attachées au flanc du cheval, étaient destinées à le soutenir à la surface du fleuve. Deux autres, placées aux brancards de la kibitka, entre les roues, eurent pour but d'assurer la ligne de flottaison de sa caisse, qui se transformerait ainsi en radeau.

Cet ouvrage fut bientôt achevé.

« Tu n'auras pas peur, Nadia ? demanda Michel Strogoff.

— Non, frère, répondit la jeune fille.

— Et toi, ami ?

— Moi ! s'écria Nicolas. Je réalise enfin un de mes rêves : naviguer en charrette ! »

En cet endroit, la berge, assez déclive, était favorable au lancement de la kibitka. Le cheval la traîna jusqu'à la lisière des eaux, et bientôt l'appareil et son moteur flottèrent à la surface du fleuve. Quant à Serko, il s'était bravement mis à la nage.

Les trois passagers, debout sur la caisse, s'étaient déchaussés par précaution, mais, grâce aux outres, ils n'eurent pas même d'eau jusqu'aux chevilles. Michel Strogoff tenait les guides du cheval, et, selon les indications que lui donnait Nicolas, il dirigeait obliquement l'animal, mais en le ménageant, car il ne voulait pas l'épuiser à lutter contre le courant. Tant que la kibitka suivit le fil des eaux, cela alla bien, et, au bout de quelques minutes, elle avait dépassé les quais de Krasnoiarsk. Elle dérivait vers le nord, et il était déjà évident qu'elle n'accosterait l'autre rive que bien en aval de la ville. Mais peu importait.

La traversée de l'Yeniseï se serait donc faite sans grandes difficultés, même sur cet appareil imparfait, si le courant eût été établi d'une manière régulière. Mais, très-malheureusement, plusieurs tourbillons se creusaient à la surface des eaux tumultueuses, et, bientôt, la kibitka, malgré toute la vigueur qu'employa Michel Strogoff à la faire dévier, fut irrésistiblement entraînée dans un de ces entonnoirs.

Là, le danger devint très-grand La kibitka n'obliquait plus vers la rive orientale, elle ne dérivait plus, elle tournait avec une extrême rapidité, s'inclinant vers le centre du remous, comme un écuyer sur la piste d'un cirque. Sa vitesse était extrême. Le cheval pouvait à peine maintenir sa tête hors de l'eau et risquait d'être asphyxié dans le tourbillon. Serko avait dû prendre un point d'appui sur la kibitka.

Michel Strogoff comprit ce qui se passait. Il se sentit entraîné suivant une ligne circulaire qui se rétrécissait peu à peu et dont il ne pouvait plus sortir. Il ne dit pas une parole. Ses yeux auraient voulu voir le péril, pour mieux l'éviter... Ils ne le pouvaient plus !

Nadia se taisait aussi. Ses mains, cramponnées aux ridelles de la charrette, la soutenaient contre les mouvements désordonnés de l'appareil, qui s'inclinait de plus en plus vers le centre de dépression.

Quant à Nicolas, ne comprenait-il pas la gravité de la situation ? Était-ce chez lui flegme ou mépris du danger, courage ou indifférence ? La vie était-elle sans valeur à ses yeux, et, suivant l'expression des Orientaux, « une hôtellerie de cinq jours », que, bon gré mal gré, il faut quitter le sixième ? En tout cas, sa souriante figure ne se démentit pas un instant.

La kibitka restait donc engagée dans ce tourbillon, et le cheval était à bout d'efforts. Tout à coup, Michel Strogoff, se défaisant de ceux de ses vêtements qui pouvaient le gêner, se jeta à l'eau; puis, empoignant d'un bras vigoureux la bride du cheval effaré, il lui donna une telle impulsion, qu'il parvint à le rejeter hors du rayon d'attraction, et, reprise aussitôt par le rapide courant, la kibitka dériva avec une nouvelle vitesse.

« Hurrah! » s'écria Nicolas.

Deux heures seulement après avoir quitté le port d'embarquement, la kibitka avait traversé le grand bras du fleuve et venait accoster la berge d'une île, à plus de six verstes au-dessous de son point de départ.

Là, le cheval remonta la charrette sur la rive, et une heure de repos fut donnée au courageux animal. Puis, l'île ayant été traversée dans toute sa largeur sous le couvert de ses magnifiques bouleaux, la kibitka se trouva au bord du petit bras de l'Yeniseï.

Cette traversée se fit plus facilement. Aucun tourbillon ne rompait le cours du fleuve dans ce second lit, mais le courant y était tellement rapide, que la kibitka n'accosta la rive droite qu'à cinq verstes en aval. C'était, en tout, onze verstes dont elle avait dérivé.

Ces grands cours d'eau du territoire sibérien, sur lesquels aucun pont n'est jeté encore, sont de sérieux obstacles à la facilité des communications. Tous avaient été plus ou moins funestes à Michel Strogoff. Sur l'Irtyche, le bac qui le portait avec Nadia avait été attaqué par les Tartares. Sur l'Obi, après que son cheval eut été frappé d'une balle, il n'avait échappé que par miracle aux cavaliers qui le poursuivaient. En somme, c'était encore ce passage de l'Yeniseï qui s'était opéré le moins malheureusement.

« Cela n'aurait pas été si amusant, s'écria Nicolas en se frottant les mains, lorsqu'il débarqua sur la rive droite du fleuve, si cela n'avait pas été si difficile !

— Ce qui n'a été que difficile pour nous, ami, répondit Michel Strogoff, sera peut-être impossible aux Tartares ! »

CHAPITRE VIII

UN LIÈVRE QUI TRAVERSE LA ROUTE.

Michel Strogoff pouvait enfin croire que la route était libre jusqu'à Irkoutsk. Il avait devancé les Tartares, retenus à Tomsk, et lorsque les soldats de l'émir arriveraient à Krasnoiarsk, ils ne trouveraient plus qu'une ville abandonnée. Là, aucun moyen de communication immédiat entre les deux rives de l'Yeniseï. Donc, retard de quelques jours, jusqu'au moment où un pont de bateaux, difficile à établir, leur livrerait passage.

Pour la première fois depuis la funeste rencontre d'Ivan Ogareff à Omsk, le courrier du czar se sentit moins inquiet et put espérer qu'aucun nouvel obstacle ne surgirait entre le but et lui.

La kibitka, après être redescendue obliquement vers le sud-est pendant une quinzaine de verstes, retrouva et reprit la longue voie tracée à travers la steppe.

La route était bonne, et même cette portion du chemin, qui s'étend entre Krasnoiarsk et Irkoutsk, est considérée comme la meilleure de tout le parcours. Moins de cahots pour les voyageurs, de vastes ombrages qui les protégent contre les ardeurs du soleil, quelquefois des forêts de pins ou de cèdres qui couvrent un espace de cent verstes. Ce n'est plus l'immense steppe dont la ligne circulaire se confond à l'horizon avec celle du ciel. Mais ce riche pays était vide alors. Partout des bourgades abandonnées. Plus de ces paysans sibériens, parmi lesquels domine le type slave. C'était le désert, et, comme on le sait, le désert par ordre.

Le temps était beau, mais déjà l'air, rafraîchi pendant les nuits, ne se réchauffait que plus difficilement aux rayons du soleil. En effet, on arrivait aux premiers jours de septembre, et dans cette région, élevée en latitude, l'arc diurne se raccourcit visiblement au-dessus de l'horizon. L'automne y est de peu de durée, bien que cette portion du territoire sibérien ne soit pas située au-dessus du cinquante-cinquième parallèle, qui est celui d'Édimbourg et de Copenhague. Quelquefois même, l'hiver succède presque inopinément à l'été. C'est qu'ils doivent être précoces, ces hivers de la Russie asiatique, pendant lesquels la colonne thermométrique s'abaisse jusqu'au point de congélation du mercure (1), et où l'on considère comme une température supportable des moyennes de vingt degrés centigrades au-dessous de zéro.

Le temps favorisait donc les voyageurs. Il n'était ni orageux ni pluvieux. La chaleur était modérée, les nuits fraîches. La santé de Nadia, celle de Michel Strogoff se maintenaient, et, depuis qu'ils avaient quitté Tomsk, ils s'étaient peu à peu remis de leurs fatigues passées.

Quant à Nicolas Pigassof, il ne s'était jamais mieux porté. C'était une promenade pour lui que ce voyage, une excursion agréable, à laquelle il employait ses vacances de fonctionnaire sans fonction.

« Décidément, disait-il, cela vaut mieux que de rester douze heures par jour, perché sur une chaise, à manœuvrer un manipulateur ! »

Cependant, Michel Strogoff avait pu obtenir de Nicolas qu'il imprimât à son cheval une allure plus rapide. Pour arriver à ce résultat, il lui avait confié que Nadia et lui allaient rejoindre leur père, exilé à Irkoutsk, et qu'ils avaient grande hâte d'être rendus. Certes, il ne fallait pas surmener ce cheval, puisque très-probable

(1) Environ 42 degrés au-dessous de zéro.

ment on ne trouverait pas à l'échanger pour un autre; mais, en lui ménageant des haltes assez fréquentes, — par exemple à chaque quinzaine de verstes, — on pouvait franchir aisément soixante verstes par vingt-quatre heures. D'ailleurs, ce cheval était vigoureux et, par sa race même, très-apte à supporter les longues fatigues. Les gras pâturages ne lui manquaient pas le long de la route, l'herbe y était abondante et forte. Donc, possibilité de lui demander un surcroît de travail.

Nicolas s'était rendu à ces raisons. Il avait été très-ému de la situation de ces deux jeunes gens qui allaient partager l'exil de leur père. Rien ne lui paraissait plus touchant. Aussi, avec quel sourire il disait à Nadia :

« Bonté divine ! quelle joie éprouvera M. Korpanoff, lorsque ses yeux vous apercevront, quand ses bras s'ouvriront pour vous recevoir ! Si je vais jusqu'à Irkoutsk, — et cela me paraît bien probable maintenant, — me permettrez-vous d'être présent à cette entrevue ! Oui, n'est-ce pas ? »

Puis, se frappant le front :

« Mais, j'y pense, quelle douleur aussi, quand il s'apercevra que son pauvre grand fils est aveugle ! Ah ! tout est bien mêlé en ce monde ! »

Enfin, de tout cela, il était résulté que la kibitka

marchait plus vite, et, suivant les calculs de Michel Strogoff, elle faisait maintenant dix à douze verstes à l'heure.

Il s'ensuit donc que, le 28 août, les voyageurs dépassaient le bourg de Balaisk, à quatre-vingts verstes de Krasnoiarsk, et le 29, celui de Ribinsk, à quarante verstes de Balaisk.

Le lendemain, trente-cinq verstes au delà, elle arrivait à Kamsk, bourgade plus considérable, arrosée par la rivière du même nom, petit affluent de l'Yeniseï, qui descend des monts Sayansk. Ce n'est qu'une ville peu importante, dont les maisons de bois sont pittoresquement groupées autour d'une place; mais elle est dominée par le haut clocher de sa cathédrale, dont la croix dorée resplendissait au soleil.

Maisons vides, église déserte. Plus un relais, plus une auberge habitée. Pas un cheval aux écuries. Pas un animal domestique dans la steppe. Les ordres du gouvernement moscovite avaient été exécutés avec une rigueur absolue. Ce qui n'avait pu être emporté avait été détruit.

Au sortir de Kamsk, Michel Strogoff apprit à Nadia et à Nicolas qu'ils ne trouveraient plus qu'une petite ville de quelque importance, Nijni-Oudinsk, avant Irkoutsk. Nicolas répondit qu'il le savait d'autant mieux qu'une station télégraphique existait dans cette bourgade. Donc, si Nijni Oudinsk était abandonnée comme Kamsk, il serait bien obligé d'aller chercher quelque occupation jusqu'à la capitale de la Sibérie orientale.

La kibitka put traverser à gué, et sans trop de mal, la petite rivière qui coupe la route au delà de Kamsk. D'ailleurs, entre l'Yeniseï et l'un de ses grands tributaires, l'Angara, qui arrose Irkoutsk, il n'y avait plus à redouter l'obstacle de quelque considérable cours d'eau, si ce n'est peut-être le Dinka. Le voyage ne pourrait donc être retardé de ce chef.

De Kamsk à la bourgade prochaine, l'étape fut très-longue, environ cent trente verstes. Il va sans dire que les haltes réglementaires furent observées, « sans quoi, disait Nicolas, on se serait attiré quelque juste réclamation de la part du cheval. » Il avait été convenu avec cette courageuse bête qu'elle se reposerait après quinze verstes, et, quand on contracte, même avec des animaux, l'équité veut qu'on se tienne dans les termes du contrat.

Après avoir franchi la petite rivière de Biriousa, la kibitka atteignit Biriousinsk dans la matinée du 4 septembre.

Là, très-heureusement, Nicolas, qui voyait s'épuiser ses provisions, trouva dans un four abandonné une douzaine de « pogatchas », sorte de gâteaux préparés avec de la graisse de mouton, et une forte provision de riz cuit à l'eau. Ce surcroît alla rejoindre à propos la réserve de koumyss, dont la kibitka était suffisamment approvisionnée depuis Krasnoiarsk.

Après une halte convenable, la route fut reprise dans l'après-dînée du 8 septembre. La distance jusqu'à Irkoutsk n'était plus que de cinq cents verstes. Rien en arrière ne signalait l'avant-garde tartare. Michel Strogoff était donc fondé à penser que son voyage ne serait plus entravé, et que dans huit jours, dans dix au plus, il serait en présence du grand-duc.

En sortant de Biriousinsk, un lièvre vint à traverser le chemin, à trente pas en avant de la kibitka.

« Ah! fit Nicolas.

— Qu'as-tu, ami? demanda vivement Michel Strogoff, comme un aveugle que le moindre bruit tient en éveil.

— Tu n'as pas vu?... » dit Nicolas, dont la souriante figure s'était subitement assombrie.

Puis il ajouta :

« Ah! non! tu n'as pu voir, et c'est heureux pour toi, petit père!

— Mais je n'ai rien vu, dit Nadia.

— Tant mieux! tant mieux! Mais moi... j'ai vu!...

— Qu'était-ce donc? demanda Michel Strogoff.

— Un lièvre qui vient de croiser notre route! » répondit Nicolas.

En Russie, lorsqu'un lièvre croise la route d'un voyageur, la croyance populaire veut que ce soit le signe d'un malheur prochain.

Nicolas, superstitieux comme le sont la plupart des Russes, avait arrêté la kibitka.

Michel Strogoff comprit l'hésitation de son compagnon, bien qu'il ne partageât aucunement sa crédulité à l'endroit des lièvres qui passent, et il voulut le rassurer.

« Il n'y a rien à craindre, ami, lui dit-il.

— Rien pour toi, ni pour elle, je le sais, petit père, répondit Nicolas, mais pour moi! »

Et reprenant :

« C'est la destinée, » dit-il.

Et il remit son cheval au trot.

Cependant, en dépit du fâcheux pronostic, la journée s'écoula sans aucun accident.

Le lendemain, 6 septembre, à midi, la kibitka fit halte au bourg d'Alsalevsk, aussi désert que l'était toute la contrée environnante.

Là, sur le seuil d'une maison, Nadia trouva deux de ces couteaux à lame solide, qui servent aux chasseurs sibériens. Elle en remit un à Michel Strogoff, qui le cacha sous ses vêtements, et elle garda l'autre pour elle. La kibitka n'était plus qu'à soixante-quinze verstes de Nijni-Oudinsk.

Nicolas, pendant ces deux journées, n'avait pu reprendre sa bonne humeur habituelle. Le mauvais présage l'avait affecté plus qu'on ne le pourrait croire, et lui, qui jusqu'alors n'était jamais resté une heure sans parler, tombait parfois dans de longs mutismes dont Nadia avait peine à le tirer. Ces symptômes étaient véritablement ceux d'un esprit frappé, et cela s'explique, quand il s'agit de ces hommes appartenant aux races du Nord, dont les superstitieux ancêtres ont été les fondateurs de la mythologie hyperboréenne.

A partir d'Ekaterinbourg, la route d'Irkoutsk suit presque parallèlement le cinquante-cinquième degré de latitude, mais, en sortant de Biriousinsk, elle oblique franchement vers le sud-est, de manière à couper de biais le centième méridien. Elle prend le plus court pour atteindre la capitale de la Sibérie orientale, en franchissant les dernières rampes des monts Sayansk. Ces montagnes ne sont elles-mêmes qu'une dérivation de la grande chaîne des Altaï, qui est visible à une distance de deux cents verstes.

La kibitka courait donc sur cette route. Oui, courait! On sentait bien que Nicolas ne songeait plus à ménager son cheval, et que lui aussi avait maintenant hâte d'arriver. Malgré toute sa résignation un peu fataliste, il ne se croirait plus en sûreté que dans les murs d'Irkoutsk. Bien des Russes eussent pensé comme lui, et plus d'un, tournant les guides de son cheval, fût revenu en arrière, après le passage du lièvre sur sa route!

Cependant, quelques observations qu'il fit, et dont Nadia contrôla la justesse en les transmettant à Michel Strogoff, donnèrent à croire que la série des épreuves n'était peut-être pas close pour eux.

En effet, si le territoire avait été depuis Krasnoiarsk respecté dans ses productions naturelles, ses forêts portaient maintenant trace du feu et du fer, les prairies qui s'étendaient latéralement à la route étaient dévastées, et il était évident que quelque troupe importante avait passé par là.

Trente verstes avant Nijni-Oudinsk, les indices d'une dévastation récente ne purent plus être méconnus, et il était impossible de les attribuer à d'autres qu'aux Tartares.

En effet, ce n'étaient plus seulement des champs foulés du pied des chevaux, des forêts entamées à la hache. Les quelques maisons éparses au long de la route n'étaient pas seulement vides : les unes avaient été en partie démolies, les autres à demi incendiées. Des empreintes de balles se voyaient sur leurs murs.

On conçoit quelles furent les inquiétudes de Michel Strogoff. Il ne pouvait plus douter qu'un corps de Tartares n'eût récemment franchi cette partie de la route, et, cependant, il était impossible que ce fussent les soldats de l'émir, car ils n'auraient pu le devancer sans qu'il s'en fût aperçu. Mais alors quels étaient donc ces nouveaux envahisseurs, et par quel chemin détourné de la steppe avaient-ils pu rejoindre la grande route d'Irkoutsk? A quels nouveaux ennemis le courrier du czar allait-il se heurter encore?

Ces appréhensions, Michel Strogoff ne les communiqua ni à Nicolas, ni à Nadia, ne voulant pas les inquiéter. D'ailleurs, il était résolu à continuer sa route, tant qu'un infranchissable obstacle ne l'arrêterait pas. Plus tard, il verrait ce qu'il conviendrait de faire.

Pendant la journée suivante, le passage récent d'une importante troupe de cavaliers et de fantassins s'accusa de plus en plus. Des fumées furent aperçues au-dessus de l'horizon. La kibitka marcha avec précaution. Quelques maisons des bourgades abandonnées brûlaient encore, et, certainement, l'incendie n'y avait pas été allumé depuis plus de vingt-quatre heures.

Enfin, dans la journée du 8 septembre, la kibitka s'arrêta. Le cheval refusait d'avancer. Serko aboyait lamentablement.

« Qu'y a-t-il? demanda Michel Strogoff.

— Un cadavre! » répondit Nicolas, qui se jeta hors de la kibitka.

Ce cadavre était celui d'un moujik, horriblement mutilé et déjà froid.

Nicolas se signa. Puis, aidé de Michel Strogoff, il transporta ce cadavre sur le talus de la route. Il aurait voulu lui donner une sépulture décente, l'enterrer profondément, afin que les carnassiers de la steppe ne pussent s'acharner sur ses misérables restes, mais Michel Strogoff ne lui en laissa pas le temps.

« Partons, ami, partons! s'écria-t-il. Nous ne pouvons nous retarder, même d'une heure! »

Et la kibitka reprit sa marche.

D'ailleurs, si Nicolas eût voulu rendre les derniers devoirs à tous les morts qu'il allait maintenant rencontrer sur la grande route sibérienne, il n'aurait pu y suffire! Aux approches de Nijni-Oudinsk, ce fut par vingtaines que l'on trouva de ces corps, étendus sur le sol.

Il fallait pourtant continuer à suivre ce chemin jusqu'au moment où il serait manifestement impossible de le faire, sans tomber entre les mains des envahisseurs. L'itinéraire ne fut donc pas modifié, et pourtant, dévastations et ruines s'accumulaient à chaque bourgade. Tous ces villages, dont les noms indiquent qu'ils ont été fondés par des exilés polonais, avaient été livrés aux horreurs du pillage et de l'incendie. Le sang des victimes n'était pas même encore complétement figé. Quant à savoir dans quelles conditions ces funestes événements venaient d'être accomplis, on ne le pouvait. Il ne restait plus un être vivant pour le dire.

Ce jour-là, vers quatre heures du soir, Nicolas signala à l'horizon les hauts clochers des églises de Nijni-Oudinsk. Ils étaient couronnés de grosses volutes de vapeurs qui ne devaient pas être des nuages.

Nicolas et Nadia regardaient et communiquaient à Michel Strogoff le résultat de leurs observations. Il fallait prendre un parti. Si la ville était abandonnée, on pouvait la traverser sans risque, mais si, par un mouvement inexplicable, les Tartares l'occupaient, on devait à tout prix la tourner.

« Avançons prudemment, dit Michel Strogoff, mais avançons ! »

Une verste fut encore parcourue.

« Ce ne sont pas des nuages, ce sont des fumées ! s'écria Nadia. Frère, on incendie la ville ! »

Ce n'était que trop visible, en effet. Des lueurs fuligineuses apparaissaient au milieu des vapeurs. Ces tourbillons devenaient de plus en plus épais et montaient dans le ciel. Aucun fuyard, d'ailleurs. Il était probable que les incendiaires avaient trouvé la ville abandonnée et qu'ils la brûlaient. Mais étaient-ce des Tartares qui agissaient ainsi? Étaient-ce des Russes qui obéissaient aux ordres du grand-duc? Le gouvernement du czar avait-il voulu que depuis Krasnoiarsk, depuis l'Yeniseï, pas une ville, pas une bourgade ne pût offrir un refuge aux soldats de l'émir? En ce qui concernait Michel Strogoff, devait-il s'arrêter, devait-il continuer sa route?

Il était indécis. Toutefois, après avoir pesé le pour et le contre, il pensa que, quelles que fussent les fatigues d'un voyage à travers la steppe, sans chemin frayé, il ne devait pas risquer de tomber une seconde fois entre les mains des Tartares. Il allait donc proposer à Nicolas de quitter la route et, s'il le fallait absolument, de ne la reprendre qu'après avoir tourné Nijni-Oudinsk, lorsqu'un coup de feu retentit sur la droite. Une balle siffla, et le cheval de la kibitka, frappé à la tête, tomba mort.

Au même instant, une douzaine de cavaliers se jetaient sur la route, et la kibitka était entourée. Michel Strogoff, Nadia et Nicolas, sans même avoir eu le temps de se reconnaître, étaient prisonniers et entraînés rapidement vers Nijni-Oudinsk.

Michel Strogoff, dans cette soudaine attaque, n'avait rien perdu de son sang-froid. N'ayant pu voir ses ennemis, il n'avait pu songer à se défendre. Eût-il eu l'usage de ses yeux, il ne l'aurait pas tenté. C'eût été courir au-devant d'un massacre. Mais, s'il ne voyait pas, il pouvait écouter ce qu'ils disaient et le comprendre.

En effet, à leur langage, il reconnut que ces soldats étaient des Tartares, et, à leurs paroles, qu'ils précédaient l'armée des envahisseurs.

Voici, d'ailleurs, ce que Michel Strogoff apprit, autant par les propos qui furent tenus en ce moment devant lui que par les lambeaux de conversation qu'il surprit plus tard.

Ces soldats n'étaient pas directement sous les ordres de l'émir, retenu encore en arrière de l'Yeniseï. Ils faisaient partie d'une troisième colonne, plus spécialement composée de Tartares des khanats de Khokhand et de Koundouze, avec laquelle l'armée de Féofar devait opérer prochainement sa jonction aux environs d'Irkoutsk.

C'était sur les conseils d'Ivan Ogareff, et afin d'assurer le succès de l'invasion dans les provinces de l'est, que cette colonne, après avoir franchi la frontière du gouvernement de Sémipalatinsk et passé au sud du lac Balkhach, avait longé la base des monts Altaï. Pillant et ravageant sous la conduite d'un officier du khan de Koundouze, elle avait gagné le haut cours de l'Yeniseï. Là, dans la prévision de ce qui s'était fait à Krasnoiarsk par ordre du czar, et pour faciliter le passage du fleuve aux troupes de l'émir, cet officier avait lancé au courant une flottille de barques qui, soit comme embarcations, soit comme matériel de pont, permettraient à Féofar de reprendre sur la rive droite la route d'Irkoutsk Puis, cette troisième colonne, après avoir contourné le pied des montagnes, avait descendu la vallée de l'Yeniseï et rejoint cette route à la hauteur d'Alsalevsk. De là, depuis cette petite ville, l'effroyable accumulation de ruines, qui fait le fond des guerres tartares. Nijni-Oudinsk venait de subir le sort commun, et les Tartares, au nombre de cinquante mille, l'avaient déjà quittée pour aller occuper les premières positions devant Irkoutsk. Avant peu, ils devraient avoir été ralliés par les troupes de l'émir.

Telle était la situation à cette date, — situation des plus graves pour cette partie de la Sibérie orientale, complétement isolée, et pour les défenseurs, relativement peu nombreux, de sa capitale.

Voilà donc ce dont Michel Strogoff fut informé : arrivée devant Irkoutsk d'une troisième colonne de Tartares, et jonction prochaine de l'émir et d'Ivan Ogareff avec le gros de leurs troupes. Conséquemment, l'investissement d'Irkoutsk, et, par suite, sa reddition n'étaient plus qu'une affaire de temps, peut-être d'un temps très court.

On comprend de quelles pensées dut être assiégé Michel Strogoff! Qui s'étonnerait si, dans cette situation, il eût enfin perdu tout courage, tout espoir? Il n'en fut rien, cependant, et ses lèvres ne murmurèrent pas d'autres paroles que celles-ci :

« J'arriverai! »

Une demi-heure après l'attaque des cavaliers tartares, Michel Strogoff, Nicolas et Nadia entraient à Nijni-Oudinsk. Le fidèle chien les avait suivis, mais de loin. Ils ne devaient pas séjourner dans la ville, qui était en flammes et que les derniers maraudeurs allaient quitter.

Les prisonniers furent donc jetés sur des chevaux et entraînés rapidement, Nicolas, résigné comme toujours, Nadia, nullement ébranlée dans sa foi en Michel Strogoff, Michel Strogoff, indifférent en apparence, mais prêt à saisir toute occasion de s'échapper.

Les Tartares n'avaient pas été sans s'apercevoir que l'un de leurs prisonniers était aveugle, et leur barbarie naturelle les porta à se faire un jeu de cet infortuné. On marchait vite. Le cheval de Michel Strogoff, n'ayant d'autre guide que lui et allant au hasard, faisait souvent des écarts qui portaient le désordre dans le détachement. De là, des injures, des brutalités qui brisaient le cœur de la jeune fille et indignaient Nicolas. Mais que pouvaient-ils faire? Ils ne parlaient pas la langue de ces Tartares, et leur intervention fut impitoyablement repoussée.

Bientôt même, ces soldats, par un raffinement de barbarie, eurent l'idée d'échanger ce cheval que montait Michel Strogoff pour un autre qui était aveugle. Ce qui motiva ce changement, ce fut la réflexion d'un des cavaliers, auquel Michel Strogoff avait entendu dire :

« Mais il y voit peut-être, ce Russe là ! »

Ceci se passait à soixante verstes de Nijni-Oudinsk, entre les bourgades de Tatan et de Chibarlinskoë. On avait donc placé Michel Strogoff sur ce cheval, en lui mettant ironiquement les rênes à la main. Puis, à coups de fouet, à coups de pierres, en l'excitant par des cris, on le lança au galop.

L'animal, ne pouvant être maintenu en droite ligne par son cavalier, aveugle comme lui, tantôt se heurtait à quelque arbre, tantôt se jetait hors de la route. De là, des chocs, des chutes même qui pouvaient être extrêmement funestes.

Michel Strogoff ne protesta pas. Il ne fit pas entendre une plainte. Son cheval tombait-il, il attendait qu'on vînt le relever. On le relevait, en effet, et le cruel jeu continuait.

Nicolas, devant ces mauvais traitements, ne pouvait se contenir. Il voulait courir au secours de son compagnon. On l'arrêtait, on le brutalisait.

Enfin, ce jeu se fût longtemps prolongé, sans doute, et à la grande joie des Tartares, si un accident plus grave n'y eût mis fin.

A un certain moment, dans la journée du 10 septembre, le cheval aveugle s'emporta et courut droit à une fondrière, profonde de trente à quarante pieds, qui bordait la route.

Nicolas voulut s'élancer! On le retint. Le cheval, n'étant pas guidé, se précipita avec son cavalier dans cette fondrière.

Nadia et Nicolas poussèrent un cri d'épouvante!... Ils durent croire que leur malheureux compagnon avait été broyé dans cette chute!

Lorsqu'on alla le relever, Michel Strogoff, ayant pu se jeter hors de selle, n'avait aucune blessure, mais le malheureux cheval était rompu de deux jambes et hors de service.

On le laissa mourir là, sans même lui donner le coup de grâce, et Michel Strogoff, attaché à la selle d'un Tartare, dut suivre à pied le détachement.

Pas une plainte encore, pas une protestation! Il marcha d'un pas rapide, à peine tiré par cette corde qui le liait. C'était toujours « l'homme de fer » dont le général Kissoff avait parlé au czar!

Le lendemain, 11 septembre, le détachement franchissait la bourgade de Chibarlinskoë.

Alors un incident se produisit, qui devait avoir des conséquences très-graves.

La nuit était venue. Les cavaliers tartares, ayant fait halte, s'étaient plus ou moins enivrés. Ils allaient repartir.

Nadia, qui jusqu'alors, et comme par miracle, avait été respectée de ces soldats, fut insultée par l'un d'eux.

Michel Strogoff n'avait pu voir ni l'insulte, ni l'insulteur, mais Nicolas avait vu pour lui.

Alors, tranquillement, sans avoir réfléchi, sans peut-être avoir la conscience de son action, Nicolas alla droit au soldat, et, avant que celui-ci eût pu faire un mouvement pour l'arrêter, saisissant un pistolet aux fontes de sa selle, il le lui déchargea en pleine poitrine.

L'officier qui commandait le détachement accourut aussitôt au bruit de la détonation.

Les cavaliers allaient écharper le malheureux Nicolas, mais, à un signe de l'officier, on le garrotta, on le mit en travers sur un cheval, et le détachement repartit au galop.

La corde qui attachait Michel Strogoff, rongée par lui, se brisa dans l'élan inattendu du cheval, et son cavalier, à demi ivre, emporté dans une course rapide, ne s'en aperçut même pas.

Michel Strogoff et Nadia se trouvèrent seuls sur la route.

CHAPITRE IX

DANS LA STEPPE.

Michel Strogoff et Nadia étaient donc libres encore une fois, ainsi qu'ils l'avaient été pendant le trajet de Perm aux rives de l'Irtyche. Mais combien les conditions du voyage étaient changées ! Alors, un confortable tarentass, des attelages fréquemment renouvelés, des relais de poste bien entretenus, leur assuraient la rapidité du voyage. Maintenant, ils étaient à pied, dans l'impossibilité de se procurer aucun moyen de locomotion, sans ressource, ne sachant même comment subvenir aux moindres besoins de la vie, et il leur restait encore quatre cents verstes à faire ! Et, de plus, Michel Strogoff ne voyait plus que par les yeux de Nadia.

Quant à cet ami que leur avait donné le hasard, ils venaient de le perdre dans les plus funestes circonstances.

Michel Strogoff s'était jeté sur le talus de la route. Nadia, debout, attendait un mot de lui pour se remettre en marche.

Il était dix heures du soir. Depuis trois heures et demie, le soleil avait disparu derrière l'horizon. Il n'y avait pas une maison, pas une hutte en vue. Les derniers Tartares se perdaient dans le lointain. Michel Strogoff et Nadia étaient bien seuls.

« Que vont-ils faire de notre ami ? s'écria la jeune fille. Pauvre Nicolas ! Notre rencontre lui aura été fatale ! »

Michel Strogoff ne répondit pas.

« Michel, reprit Nadia, ne sais-tu pas qu'il t'a défendu lorsque tu étais le jouet des Tartares, qu'il a risqué sa vie pour moi ? »

Michel Strogoff se taisait toujours. Immobile, la tête appuyée sur ses mains, à quoi pensait il? Bien qu'il ne lui répondît pas, entendait-il même Nadia lui parler ?

Oui ! il l'entendait, car, lorsque la jeune fille ajouta :

« Où te conduirai-je, Michel ?

— A Irkoutsk ! répondit-il.

— Par la grande route ?

— Oui, Nadia. »

Michel Strogoff était resté l'homme qui s'était juré d'arriver quand même à son but. Suivre la grande route, c'était y aller par le plus court chemin. Si l'avant-garde des troupes de Féofar-Khan apparaissait, il serait temps alors de se jeter par la traverse.

Nadia reprit la main de Michel Strogoff, et ils partirent.

Le lendemain matin, 12 septembre, vingt verstes plus loin, au bourg de Toulounovskoë, tous deux faisaient une courte halte. Le bourg était incendié et désert. Pendant toute la nuit, Nadia avait cherché si le cadavre de Nicolas n'avait pas été abandonné sur la route, mais ce fut en vain qu'elle fouilla les ruines et qu'elle regarda parmi les morts. Jusqu'alors, Nicolas semblait avoir été épargné. Mais ne le réservait-on pas pour quelque cruel supplice, lorsqu'il serait arrivé au camp d'Irkoutsk ?

Nadia, épuisée par la faim, dont son compagnon souffrait cruellement aussi, fut assez heureuse pour trouver dans une maison du bourg une certaine quantité de viande sèche et de « soukharis », morceaux de pain qui, desséchés par évaporation, peuvent conserver indéfiniment leurs qualités nutritives. Michel Strogoff et la jeune fille se chargèrent de tout ce qu'ils purent emporter. Leur nourriture était ainsi assurée pour plusieurs jours, et, quant à l'eau, elle ne devait pas leur manquer dans une contrée que sillonnent mille petits affluents de l'Angara.

Ils se remirent en route. Michel Strogoff allait d'un pas assuré et ne le ralentissait que pour sa compagne. Nadia, ne voulant pas rester en arrière, se forçait à marcher. Heureusement, son compagnon ne pouvait voir à quel état misérable la fatigue l'avait réduite.

Cependant, Michel Strogoff le sentait.

« Tu es à bout de forces, pauvre enfant, lui disait-il quelquefois.

— Non, répondait elle.

— Quand tu ne pourras plus marcher, je te porterai, Nadia.

— Oui, Michel. »

Pendant cette journée, il fallut passer le petit cours d'eau de l'Oka, mais il était guéable, et ce passage n'offrit aucune difficulté.

Le ciel était couvert, la température supportable. On pouvait craindre, toutefois, que le temps ne tournât à la pluie, ce qui eût été un surcroît de misère. Il y eut même quelques averses, mais elles ne durèrent pas.

Ils allaient toujours ainsi, la main dans la main, parlant peu, Nadia regardant en avant et en arrière. Deux fois par jour, ils faisaient halte. Ils se reposaient six heures par nuit. Dans quelques cabanes, Nadia trouva encore un peu de cette viande de mouton, si commune en ce pays qu'elle ne vaut pas plus de deux kopeks et demi la livre.

Mais, contrairement à ce qu'avait peut-être espéré Michel Strogoff, il n'y avait plus une seule bête de somme dans la contrée. Cheval, chameau, tout avait été massacré ou pris. C'était donc à pied qu'il lui fallait continuer à travers cette interminable steppe.

Les traces de la troisième colonne tartare, qui se dirigeait sur Irkoutsk, n'y manquaient pas. Ici quelque cheval mort, là un chariot abandonné. Les corps de malheureux Sibériens jalonnaient aussi la route, principalement à l'entrée des villages. Nadia, domptant sa répugnance, regardait tous ces cadavres!...

En somme, le danger n'était pas en avant, il était en arrière. L'avant-garde de la principale armée de l'émir, que dirigeait Ivan Ogareff, pouvait apparaître d'un instant à l'autre. Les barques, expédiées de l'Yeniseï inférieur, avaient dû arriver à Krasnoiarsk et servir aussitôt au passage du fleuve. Le chemin était libre alors pour les envahisseurs. Aucun corps russe ne pouvait le barrer entre Krasnoiarsk et le lac Baïkal. Michel Strogoff s'attendait donc à l'arrivée des éclaireurs tartares.

Aussi, à chaque halte, Nadia montait sur quelque

hauteur et regardait attentivement du côté de l'ouest mais nul tourbillon de poussière ne signalait encore l'apparition d'une troupe à cheval.

Puis, la marche était reprise, et lorsque Michel Strogoff sentait que c'était lui qui traînait la pauvre Nadia, il allait d'un pas moins rapide. Ils causaient peu, et seulement de Nicolas. La jeune fille rappelait tout ce qu'avait été pour eux ce compagnon de quelques jours.

En lui répondant, Michel Strogoff cherchait à donner à Nadia quelque espoir, dont on n'eût pas trouvé trace en lui-même, car il savait bien que l'infortuné n'échapperait pas à la mort.

Un jour, Michel Strogoff dit à la jeune fille :

« Tu ne me parles jamais de ma mère, Nadia ? »

Sa mère ! Nadia ne l'eût pas voulu. Pourquoi renouveler ses douleurs ? La vieille Sibérienne n'était-elle pas morte ? Son fils n'avait-il pas donné le dernier baiser à ce cadavre étendu sur le plateau de Tomsk ?

« Parle-moi d'elle, Nadia, dit cependant Michel Strogoff. Parle ! Tu me feras plaisir ! »

Et, alors, Nadia fit ce qu'elle n'avait pas fait jusque-là. Elle raconta tout ce qui s'était passé entre Marfa et elle depuis leur rencontre à Omsk, où toutes deux s'étaient vues pour la première fois. Elle dit comment un inexplicable instinct l'avait poussée vers la vieille prisonnière sans la connaître, quels soins elle lui avait donnés, quels encouragements elle en avait reçus. A cette époque, Michel Strogoff n'était encore pour elle que Nicolas Korpanoff.

« Ce que j'aurais dû toujours être! » répondit Michel Strogoff, dont le front s'assombrit.

Puis, plus tard, il ajouta :

« J'ai manqué à mon serment, Nadia. J'avais juré de ne pas voir ma mère!

— Mais tu n'as pas cherché à la voir, Michel! répondit Nadia. Le hasard seul t'a mis en sa présence!

— J'avais juré, quoi qu'il arrivât, de ne point me trahir!

— Michel, Michel! A la vue du fouet levé sur Marfa Strogoff, pouvais-tu résister? Non! Il n'y a pas de serment qui puisse empêcher un fils de secourir sa mère!

— J'ai manqué à mon serment, Nadia, répondit Michel Strogoff. Que Dieu et le Père me le pardonnent!

— Michel, dit alors la jeune fille, j'ai une question à te faire. Ne me réponds pas, si tu ne crois pas devoir me répondre. De toi, rien ne me blessera.

— Parle, Nadia.

— Pourquoi, maintenant que la lettre du czar t'a été enlevée, es-tu si pressé d'arriver à Irkoutsk? »

Michel Strogoff serra plus fortement la main de sa compagne, mais il ne répondit pas.

« Connaissais-tu donc le contenu de cette lettre avant de quitter Moscou? reprit Nadia.

— Non, je ne le connaissais pas.

— Dois-je penser, Michel, que le seul désir de me remettre entre les mains de mon père t'entraîne vers Irkoutsk?

— Non, Nadia, répondit gravement Michel Strogoff. Je te tromperais, si je te laissais croire qu'il en est ainsi. Je vais là où mon devoir m'ordonne d'aller! Quant à te conduire à Irkoutsk, n'est-ce pas toi, Nadia, qui m'y conduit maintenant? N'est-ce pas par tes yeux que je vois, n'est-ce pas ta main qui me guide? Ne m'as-tu pas rendu au centuple les services que j'ai pu d'abord te rendre? Je ne sais si le sort cessera de nous accabler, mais le jour où tu me remercieras de t'avoir remise entre les mains de ton père, je te remercierai, moi, de m'avoir conduit à Irkoutsk!

— Pauvre Michel! répondit Nadia tout émue. Ne parle pas ainsi! Ce n'est pas la réponse que je te demande. Michel, pourquoi, maintenant, as-tu tant de hâte d'atteindre Irkoutsk?

— Parce qu'il faut que j'y sois avant Ivan Ogareff! s'écria Michel Strogoff.

— Même encore?

— Même encore, et j'y serai! »

Et, en prononçant ces derniers mots, Michel Strogoff ne parlait pas seulement par haine du traître. Mais Nadia comprit que son compagnon ne lui disait pas tout, et qu'il ne pouvait pas tout lui dire.

Le 15 septembre, trois jours plus tard, tous deux atteignaient la bourgade de Kouitounskoë, à soixante-dix verstes de Toulounovskoë. La jeune fille ne marchait plus sans d'extrêmes souffrances. Ses pieds endoloris pouvaient à peine la soutenir. Mais elle résistait, elle luttait contre la fatigue, et sa seule pensée était celle-ci :

« Puisqu'il ne peut pas me voir, j'irai jusqu'à ce que je tombe ! »

D'ailleurs, nul obstacle sur cette partie de la route, nul danger non plus, dans cette période du voyage, depuis le départ des Tartares. Beaucoup de fatigue seulement.

Pendant trois jours, ce fut ainsi. Il était visible que la troisième colonne d'envahisseurs gagnait rapidement dans l'est. Cela se reconnaissait aux ruines qu'ils laissaient après eux, aux cendres qui ne fumaient plus, aux cadavres déjà décomposés qui gisaient sur le sol.

Dans l'ouest, rien non plus. L'avant-garde de l'émir ne paraissait pas. Michel Strogoff en arrivait à faire les suppositions les plus invraisemblables pour expliquer ce retard. Les Russes, en forces suffisantes, menaçaient-ils directement Tomsk ou Krasnoiarsk ?

La troisième colonne, isolée des deux autres, risquait-elle donc d'être coupée ? S'il en était ainsi, il serait facile au grand-duc de défendre Irkoutsk, et, du temps gagné contre une invasion, c'est un acheminement à la repousser.

Michel Strogoff se laissait aller parfois à ces espérances, mais bientôt il comprenait tout ce qu'elles avaient de chimérique, et il ne comptait plus que sur lui-même, comme si le salut du grand-duc eût été dans ses seules mains !

Soixante verstes séparent Kouitounskoë de Kimilteiskoë, petite bourgade située à peu de distance du Dinka, tributaire de l'Angara. Michel Strogoff ne songeait pas sans appréhension à l'obstacle que cet affluent d'une certaine importance plaçait sur sa route. De bacs ou de barques, il ne pouvait être question d'en trouver, et il se souvenait, pour l'avoir déjà traversé en des temps plus heureux, qu'il était difficilement guéable. Mais, ce cours d'eau une fois franchi, aucun fleuve, aucune rivière n'interromprait plus la route qui rejoignait Irkoutsk à deux cent trente verstes de là.

Il ne fallut pas moins de trois jours pour atteindre Kimilteiskoë. Nadia se traînait. Quelle que fût son énergie morale, la force physique allait lui manquer. Michel Strogoff ne le savait que trop !

S'il n'eût pas été aveugle, Nadia lui aurait dit sans doute :

« Va, Michel, laisse-moi dans quelque hutte ! Gagne Irkoutsk ! Accomplis ta mission ! Vois mon père ! Dis-lui où je suis ! Dis-lui que je l'attends, et tous deux, vous saurez bien me retrouver ! Pars ! Je n'ai pas peur ! Je me cacherai des Tartares ! Je me conserverai pour lui, pour toi ! Va, Michel ! Je ne peux plus aller !... »

Plusieurs fois, Nadia fut forcée de s'arrêter. Michel Strogoff la prenait alors dans ses bras, et n'ayant pas à penser à la fatigue de la jeune fille du moment où il la portait, il marchait plus rapidement et de son pas infatigable.

Le 18 septembre, à dix heures du soir, tous deux atteignirent enfin Kimilteiskoë. Du haut d'une colline, Nadia aperçut une ligne un peu moins sombre à l'horizon. C'était le Dinka. Quelques éclairs se réfléchissaient dans ses eaux, éclairs sans tonnerre qui illuminaient l'espace.

Nadia conduisit son compagnon à travers la bourgade ruinée. La cendre des incendies était froide. Il y avait au moins cinq ou six jours que les derniers Tartares étaient passés.

Arrivée aux dernières maisons de la bourgade, Nadia se laissa tomber sur un banc de pierre.

« Nous faisons halte ? lui demanda Michel Strogoff.

— La nuit est venue, Michel, répondit Nadia. Ne veux-tu pas te reposer quelques heures ?

— J'aurais voulu passer le Dinka, répondit Michel Strogoff, j'aurais voulu le mettre entre nous et l'avant-garde de l'émir. Mais tu ne peux plus même te traîner, ma pauvre Nadia !

— Viens, Michel, » répondit Nadia, qui saisit la main de son compagnon et l'entraîna.

C'était à deux ou trois verstes de là que le Dinka coupait la route d'Irkoutsk. Ce dernier effort que lui demandait son compagnon, la jeune fille voulut le tenter. Tous deux marchèrent donc à la lueur des éclairs. Ils traversaient alors un désert sans limites, au milieu duquel se perdait la petite rivière. Pas un arbre, pas un monticule ne faisait saillie sur cette vaste plaine, qui recommençait la steppe sibérienne Pas un souffle ne traversait l'atmosphère, dont le calme eût laissé le moindre son se propager à une distance infinie.

Soudain, Michel Strogoff et Nadia s'arrêtèrent, comme si leurs pieds eussent été saisis dans quelque crevasse du sol.

Un aboiement avait traversé la steppe.

« Entends-tu ? » dit Nadia.

Puis, un cri lamentable lui succéda, un cri désespéré, comme le dernier appel d'un être humain qui va mourir.

« Nicolas ! Nicolas ! » s'écria la jeune fille, poussée par quelque sinistre pressentiment.

Michel Strogoff, qui écoutait, secoua la tête.

« Viens, Michel, viens, » dit Nadia.

Et elle, qui tout à l'heure se traînait à peine, recouvra soudain ses forces sous l'empire d'une violente surexcitation.

« Nous avons quitté la route ? dit Michel Strogoff, sentant qu'il foulait, non plus un sol poudreux, mais une herbe rase.

— Oui... il le faut !.. répondit Nadia. C'est de là, sur la droite, que le cri est venu ! »

Quelques minutes après, tous deux n'étaient plus qu'à une demi-verste de la rivière.

Un second aboiement se fit entendre, mais, quoique plus faible, il était certainement plus rapproché.

Nadia s'arrêta.

« Oui ! dit Michel. C'est Serko qui aboie !... Il a suivi son maître !

— Nicolas ! » cria la jeune fille.

Son appel resta sans réponse.

Quelques oiseaux de proie seulement s'enlevèrent et disparurent dans les hauteurs du ciel.

Michel Strogoff prêtait l'oreille. Nadia regardait cette plaine, imprégnée d'effluves lumineuses, qui miroitait comme une glace, mais elle ne vit rien.

Et, cependant, une voix s'éleva encore, qui, cette fois, murmura d'un ton plaintif : « Michel !... »

Puis, un chien, tout sanglant, bondit jusqu'à Nadia. C'était Serko.

Nicolas ne pouvait être loin ! Lui seul avait pu murmurer ce nom de Michel ! Où était-il ? Nadia n'avait même plus la force de l'appeler.

Michel Strogoff, rampant sur le sol, cherchait de la main.

Soudain, Serko poussa un nouvel aboiement et s'élança vers un gigantesque oiseau qui rasait la terre.

C'était un vautour. Lorsque Serko se précipita vers lui, il s'enleva, mais, revenant à la charge, il frappa le chien ! Celui-ci bondit encore vers le vautour !... Un coup du formidable bec s'abattit sur sa tête, et, cette fois, Serko retomba sans vie sur le sol.

En même temps, un cri d'horreur échappait à Nadia !

« Là... là ! » dit-elle.

Une tête sortait du sol ! Elle l'eût heurtée du pied, sans l'intense clarté que le ciel jetait sur la steppe.

Nadia tomba, à genoux, près de cette tête.

Nicolas, enterré jusqu'au cou, suivant l'atroce coutume tartare, avait été abandonné dans la steppe, pour y mourir de faim et de soif, et peut-être sous la dent des loups ou le bec des oiseaux de proie. Supplice horrible pour cette victime que le sol emprisonne, que presse cette terre qu'elle ne peut rejeter, ayant les bras attachés et collés au corps, comme ceux d'un cadavre dans son cercueil! Le supplicié, vivant dans ce moule d'argile qu'il est impuissant à briser, n'a plus qu'à implorer la mort, trop lente à venir!

C'était là que les Tartares avaient enterré leur prisonnier depuis trois jours!... Depuis trois jours, Nicolas attendait un secours qui devait arriver trop tard!

Les vautours avaient aperçu cette tête au ras du sol, et, depuis quelques heures, le chien défendait son maître contre ces féroces oiseaux!

Michel Strogoff creusa la terre avec son couteau pour en exhumer ce vivant!

Les yeux de Nicolas, fermés jusqu'alors, se rouvrirent.

Il reconnut Michel et Nadia. Puis :

« Adieu, amis, murmura-t-il. Je suis content de vous avoir revus! Priez pour moi!... »

Et ces paroles furent les dernières.

Michel Strogoff continua de creuser ce sol, qui, fortement foulé, avait la dureté du roc, et il parvint enfin à en retirer le corps de l'infortuné. Il écouta si son cœur battait encore!... Il ne battait plus.

Il voulut alors l'ensevelir, afin qu'il ne restât pas

exposé sur la steppe, et ce trou, dans lequel Nicolas avait été enfoui vivant, il l'élargit, il l'agrandit de manière à pouvoir l'y coucher mort ! Le fidèle Serko devait être placé près de son maître !

En ce moment, un grand tumulte se produisit sur la route, distante au plus d'une demi-verste.

Michel Strogoff écouta.

Au bruit, il reconnut qu'un détachement d'hommes à cheval s'avançait vers le Dinka.

« Nadia ! Nadia ! » dit-il à voix basse.

A sa voix, Nadia, demeurée en prière, se redressa.

« Vois ! vois ! lui dit-il.

— Les Tartares ! » murmura-t-elle.

C'était, en effet, l'avant-garde de l'émir, qui défilait rapidement sur la route d'Irkoutsk.

« Ils ne m'empêcheront pas de l'enterrer ! » dit Michel Strogoff.

Et il continua sa besogne.

Bientôt, le corps de Nicolas, les mains jointes sur la poitrine, fut couché dans cette tombe. Michel Strogoff et Nadia, agenouillés, prièrent une dernière fois pour le pauvre être, inoffensif et bon, qui avait payé de sa vie son dévouement envers eux.

« Et maintenant, dit Michel Strogoff, en rejetant la terre, les loups de la steppe ne le dévoreront pas ! »

Puis, sa main menaçante s'étendit vers la troupe de cavaliers qui passait:

« En route, Nadia ! » dit-il.

Michel Strogoff ne pouvait plus suivre le chemin, maintenant occupé par les Tartares. Il lui fallait se jeter à travers la steppe et tourner Irkoutsk. Il n'avait donc pas à se préoccuper de franchir le Dinka.

Nadia ne pouvait plus se traîner, mais elle pouvait voir pour lui. Il la prit dans ses bras et s'enfonça dans le sud-ouest de la province.

Plus de deux cents verstes lui restaient à parcourir. Comment les fit-il? Comment ne succomba-t-il pas à tant de fatigues? Comment put-il se nourrir en route? Par quelle surhumaine énergie arriva-t-il à passer les premières rampes des monts Sayansk? Ni Nadia ni lui n'auraient pu le dire !

Et cependant, douze jours après, le 2 octobre, à six heures du soir, une immense nappe d'eau se déroulait aux pieds de Michel Strogoff.

C'était le lac Baïkal.

CHAPITRE X

BAÏKAL ET ANGARA.

Le lac Baïkal est situé à dix-sept cents pieds au-dessus du niveau de la mer. Sa longueur est environ de neuf cents verstes, sa largeur de cent. Sa profondeur n'est pas connue. Mme de Bourboulon rapporte, au dire des mariniers, qu'il veut être appelé « madame la mer ». Si on l'appelle « monsieur le lac », il entre aussitôt en fureur. Cependant, suivant la légende, jamais un Russe ne s'y est noyé.

Cet immense bassin d'eau douce, alimenté par plus de trois cents rivières, est encadré dans un magnifique circuit de montagnes volcaniques. Il n'a d'autre déversoir que l'Angara, qui, après avoir passé à Irkoutsk, va se jeter dans l'Yeniseï, un peu en amont de la ville d'Yeniseïsk. Quant aux monts qui lui font ceinture, ils forment une branche des Toungouzes et dérivent du vaste système orographique des Altaï.

Déjà, à cette époque, les froids s'étaient fait sentir. Ainsi qu'il arrive sur ce territoire, soumis à des conditions climatériques particulières, l'automne paraissait devoir s'absorber dans un précoce hiver. On était aux premiers jours d'octobre. Le soleil quittait maintenant l'horizon à cinq heures du soir, et les longues nuits laissaient tomber la température au zéro des thermomètres. Les premières neiges, qui devaient persister jusqu'à l'été, blanchissaient déjà les cimes voisines du Baïkal. Pendant l'hiver sibérien, cette mer intérieure, glacée sur une épaisseur de plusieurs pieds, est sillonnée par les traîneaux des courriers et des caravanes.

Que ce soit parce qu'on manque aux bienséances en l'appelant « monsieur le lac » ou pour toute autre raison plus météorologique, le Baïkal est sujet à des tempêtes violentes. Ses lames, courtes comme celles de toutes les Méditerranées, sont très redoutées des radeaux, des prames, des steam-boats, qui le sillonnent pendant l'été.

C'était à la pointe sud-ouest du lac que Michel Strogoff venait d'arriver, portant Nadia, dont toute la vie, pour ainsi dire, se concentrait dans les yeux. Que pouvaient-ils attendre tous deux dans cette partie sauvage de la province, si ce n'est d'y mourir d'épuisement et de dénuement? Et, cependant, que restait-il à faire de ce long parcours de six mille verstes pour que le courrier du czar eût atteint son but? Rien que soixante verstes sur le littoral du lac jusqu'à l'embouchure de l'Angara, et quatre-vingts verstes de l'embouchure de l'Angara jusqu'à Irkoutsk : en tout, cent quarante verstes, soit trois jours de voyage pour un homme valide, vigoureux, même à pied.

Michel Strogoff pouvait-il être encore cet homme-là?

Le ciel, sans doute, ne voulut pas le soumettre à cette épreuve. La fatalité qui s'acharnait sur lui sembla vouloir l'épargner un instant. Cette extrémité du Baïkal, cette portion de la steppe qu'il croyait déserte, qui l'est en tout temps, ne l'était pas alors

Une cinquantaine d'individus se trouvaient réunis à l'angle que forme la pointe sud-ouest du lac.

Nadia aperçut tout d'abord ce groupe, lorsque Michel Strogoff, la portant entre ses bras, déboucha du défilé des montagnes.

La jeune fille dut craindre un instant que ce ne fût un détachement tartare, envoyé pour battre les rives du Baïkal, auquel cas la fuite leur eût été interdite à tous deux.

Mais Nadia fut promptement rassurée à cet égard.

« Des Russes! » s'écria-t-elle.

Et, après ce dernier effort, ses paupières se fermèrent et sa tête retomba sur la poitrine de Michel Strogoff.

Mais ils avaient été aperçus, et quelques-uns de ces Russes, courant à eux, amenèrent l'aveugle et la jeune fille au bord d'une petite grève à laquelle était amarré un radeau.

Le radeau allait partir.

Ces Russes étaient des fugitifs, de conditions diverses, que le même intérêt avait réunis en ce point du Baïkal. Repoussés par les éclaireurs tartares, ils cherchaient à se réfugier dans Irkoutsk, et ne pouvant y arriver par terre, depuis que les envahisseurs avaient pris position sur les deux rives de l'Angara, ils espéraient l'atteindre en descendant le cours du fleuve qui traverse la ville.

Leur projet fit bondir le cœur de Michel Strogoff. Une dernière chance entrait dans son jeu. Mais il eut la force de dissimuler, voulant garder plus sévèrement que jamais son incognito.

Le plan des fugitifs était très-simple. Un courant du Baïkal longe la rive supérieure du lac jusqu'à l'embouchure de l'Angara. C'est ce courant qu'ils comptaient utiliser pour atteindre tout d'abord le déversoir du Baïkal. De ce point à Irkoutsk, les eaux rapides du fleuve les entraîneraient avec une vitesse de dix à douze verstes à l'heure. En un jour et demi, ils devaient donc être en vue de la ville.

Toute embarcation manquait en cet endroit. Il avait fallu y suppléer. Un radeau, ou plutôt un train de bois, semblable à ceux qui dérivent ordinairement sur les rivières sibériennes, avait été construit. Une forêt de sapins, qui s'élevait sur la rive, avait fourni l'appareil flottant. Les troncs, reliés entre eux par des branches d'osier, formaient une plate-forme sur laquelle cent personnes eussent aisément trouvé place.

C'est sur ce radeau que Michel Strogoff et Nadia furent transportés. La jeune fille était revenue à elle. On lui donna quelque nourriture, ainsi qu'à son compagnon. Puis, couchée sur un lit de feuillage, elle tomba aussitôt dans un profond sommeil.

A ceux qui l'interrogèrent, Michel Strogoff ne dit rien des faits qui s'étaient passés à Tomsk. Il se donna pour un habitant de Krasnoiarsk qui n'avait pu gagner Irkoutsk avant que les troupes de l'émir fussent arrivées sur la rive gauche du Dinka, et il ajouta que, très-probablement, le gros des forces tartares avait pris position devant la capitale de la Sibérie.

Il n'y avait donc pas un instant à perdre. D'ailleurs, le froid devenait de plus en plus vif. La température, pendant la nuit, tombait au-dessous de zéro. Quelques glaçons s'étaient déjà formés à la surface du Baïkal. Si le radeau pouvait facilement manœuvrer sur le lac, il n'en serait pas de même entre les rives de l'Angara, au cas où les glaçons viendraient à encombrer son cours.

Donc, pour toutes ces raisons, il fallait que les fugitifs partissent sans retard.

A huit heures du soir, les amarres furent larguées, et, sous l'action du courant, le radeau suivit le littoral. De grandes perches, maniées par quelques robustes moujiks, suffisaient à rectifier sa direction.

Un vieux marinier du Baïkal avait pris le commandement du radeau. C'était un homme de soixante-cinq ans, tout hâlé par les brises du lac. Une barbe blanche, très-épaisse, descendait sur sa poitrine. Un bonnet de fourrure coiffait sa tête, d'aspect grave et austère. Sa large et longue houppelande, serrée à la ceinture, lui tombait jusqu'aux talons. Ce vieillard taciturne, assis à l'arrière, commandait du geste et ne prononçait pas dix paroles en dix heures. D'ailleurs, toute la manœuvre se réduisait à maintenir le radeau dans le courant, qui filait le long du littoral, sans gagner au large.

On a dit que des Russes de conditions diverses avaient pris place sur le radeau. En effet, aux moujiks indigènes, hommes, femmes, vieillards et enfants, s'étaient joints deux ou trois pèlerins, surpris par l'invasion pendant leur voyage, quelques moines et un pope. Les pèlerins portaient le bâton de voyage, la gourde suspendue à la ceinture, et ils psalmodiaient d'une voix plaintive. L'un venait de l'Ukraine, l'autre de la mer Jaune, un troisième des provinces de Finlande. Ce dernier, fort âgé déjà, portait à la ceinture un petit tronc cadenassé, comme s'il eût été appendu au pilier d'une église. De ce qu'il récoltait pendant sa longue et fatigante tournée, rien n'était pour son compte, et il ne possédait même pas la clef de ce cadenas, qui ne s'ouvrait qu'à son retour.

Les moines venaient du nord de l'empire. Ils avaient depuis trois mois quitté cette ville d'Arkhangel, à laquelle certains voyageurs ont justement trouvé la physionomie d'une cité de l'Orient. Ils avaient visité les îles Saintes, près de la côte de Carélie, le couvent de Solovetsk, le couvent de Troïtsa, ceux de Saint-Antoine et de Sainte-Théodosie à Kiev, cette ancienne favorite des Jagellons, le monastère de Siméonof à Moscou, celui de Kazan ainsi que son église des Vieux-Croyants, et ils se rendaient à Irkoutsk, portant la robe, le capuchon et les vêtements de serge.

Quant au pope, c'était un simple prêtre de village, un de ces six cent mille pasteurs populaires que compte l'empire russe. Il était vêtu aussi misérablement que les moujiks, n'étant pas plus qu'eux, en vérité, n'ayant ni rang ni pouvoir dans l'Église, labourant comme un paysan sa pièce de terre, baptisant, mariant, enterrant. Ses enfants et sa femme, il avait pu les soustraire aux brutalités des Tartares, en les reléguant dans les provinces du Nord. Lui était resté dans sa paroisse jusqu'au dernier moment. Puis, il avait dû fuir, et la route d'Irkoutsk étant fermée, il lui avait fallu gagner le lac Baïkal.

Ces divers religieux, groupés à l'avant du radeau, priaient à intervalles réguliers, élevant la voix au milieu de cette silencieuse nuit, et, à la fin de chaque verset de leur prière, le « Slava Bogu », Gloire à Dieu, s'échappait de leurs lèvres.

Aucun incident ne marqua cette navigation. Nadia était restée plongée dans un assoupissement profond. Michel Strogoff avait veillé près d'elle. Le sommeil n'avait prise sur lui qu'à de longs intervalles seulement, et encore sa pensée veillait-elle toujours.

Au jour naissant, le radeau, retardé par une brise assez violente qui contrariait l'action du courant, était encore à quarante verstes de l'embouchure de l'Angara. Très-vraisemblablement, il ne pourrait pas l'atteindre avant trois ou quatre heures du soir. Ce n'était pas un inconvénient, au contraire, car les fugitifs descendraient alors le fleuve pendant la nuit, et l'ombre devait favoriser leur arrivée à Irkoutsk.

La seule crainte que manifesta plusieurs fois le vieux marinier fut relative à la formation des glaces à la surface des eaux. La nuit avait été extrêmement froide. On voyait des glaçons assez nombreux filer vers l'ouest sous l'impulsion du vent. Ceux-là n'étaient pas à redouter, puisqu'ils ne pouvaient dériver dans l'Angara, dont ils avaient maintenant dépassé l'embouchure. Mais on devait penser que ceux qui venaient des portions orientales du lac pouvaient être attirés par le courant et s'engager entre les deux rives du fleuve. De là, des difficultés, des retards possibles, peut-être même un insurmontable obstacle qui arrêterait le radeau.

Michel Strogoff avait donc un immense intérêt à savoir quel était l'état du lac, et si les glaçons apparaissaient en grand nombre. Nadia étant réveillée, il l'interrogeait souvent, et elle lui rendait compte de tout ce qui se passait à la surface des eaux.

Pendant que les glaçons dérivaient ainsi, des phénomènes curieux se produisaient à la surface du Baïkal. C'étaient de magnifiques jaillissements de sources d'eau bouillante, sorties de quelques-uns de ces puits artésiens, que la nature a forés dans le lit même du lac. Ces jets s'élevaient à une grande hauteur et s'épanchaient en vapeurs, irisées par les rayons solaires, que le froid condensait presque aussitôt. Ce curieux spectacle eût certainement émerveillé le regard d'un touriste, qui eût voyagé en pleine paix et pour son agrément sur cette mer sibérienne.

A quatre heures du soir, l'embouchure de l'Angara fut signalée par le vieux marinier entre les hautes roches granitiques du littoral. On apercevait sur la rive droite le petit port de Livenitchnaia, son église, ses quelques maisons bâties sur la berge.

Mais, circonstance très-grave, les premiers glaçons, venus de l'est, dérivaient déjà entre les rives de l'Angara, et, par conséquent, ils descendaient vers Irkoutsk. Cependant, leur nombre ne pouvait pas être encore assez grand pour obstruer le fleuve, ni le froid assez considérable pour les agréger.

Le radeau arriva au petit port et il s'y arrêta. Là, le vieux marinier avait décidé de relâcher pendant une heure, afin de faire quelques réparations indispensables. Les troncs, disjoints, menaçaient de se séparer, et il importait de les relier entre eux plus solidement pour résister au courant de l'Angara, qui est très-rapide.

Pendant la belle saison, le port de Livenitchnaia est une station d'embarquement ou de débarquement pour les voyageurs du lac Baïkal, soit qu'ils se rendent à

Kiakhta, dernière ville de la frontière russo-chinoise, soit qu'ils en reviennent. Il est donc très-fréquenté par les steam-boats et tous les petits caboteurs du lac.

Mais, en ce moment, Livenitchnaia était abandonnée. Ses habitants n'avaient pu rester exposés aux déprédations des Tartares, qui couraient maintenant les deux rives de l'Angara. Ils avaient envoyé à Irkoutsk la flottille de bateaux et de barques, qui hiverne ordinairement dans leur port, et, munis de tout ce qu'ils pouvaient emporter, ils s'étaient réfugiés à temps dans la capitale de la Sibérie orientale.

Le vieux marinier ne s'attendait donc pas à recueillir de nouveaux fugitifs au port de Livenitchnaia, et cependant, au moment où le radeau accostait, deux passagers, sortant d'une maison déserte, accoururent à toutes jambes sur la berge.

Nadia, assise à l'arrière, regardait d'un œil distrait.

Un cri faillit lui échapper. Elle saisit la main de Michel Strogoff, qui, à ce mouvement, releva la tête.

« Qu'as-tu, Nadia ? demanda-t-il.

— Nos deux compagnons de route, Michel.

— Ce Français et cet Anglais que nous avons rencontrés dans les défilés de l'Oural ?

— Oui. »

Michel Strogoff tressaillit, car le sévère incognito

dont il ne voulait pas se départir risquait d'être dévoilé.

En effet, ce n'était plus Nicolas Korpanoff qu'Alcide Jolivet et Harry Blount allaient voir en lui maintenant, mais bien le vrai Michel Strogoff, courrier du czar. Les deux journalistes l'avaient déjà rencontré deux fois depuis leur séparation qui s'était faite au relais d'Ichim, la première au camp de Zabédiero, quand il coupa d'un coup de knout la face d'Ivan Ogareff, la seconde à Tomsk, lorsqu'il fut condamné par l'émir. Ils savaient donc à quoi s'en tenir à son égard et sur sa véritable qualité.

Michel Strogoff prit rapidement son parti.

« Nadia, dit-il, dès que ce Français et cet Anglais seront embarqués, prie-les de venir près de moi ! »

C'étaient, en effet, Harry Blount et Alcide Jolivet, que, non le hasard, mais la force des événements avait conduits au port de Livenitchnaia, comme ils y avaient amené Michel Strogoff.

On le sait, après avoir assisté à l'entrée des Tartares à Tomsk, ils étaient partis avant la sauvage exécution qui termina la fête. Ils ne doutaient donc pas que leur ancien compagnon de voyage n'eût été mis à mort, et ils ignoraient qu'il eût été seulement aveuglé par ordre de l'émir.

Donc, s'étant procuré des chevaux, ils avaient abandonné Tomsk le soir même, avec l'intention bien arrêtée de dater désormais leurs chroniques des campements russes de la Sibérie orientale.

Alcide Jolivet et Harry Blount se dirigèrent à marche forcée vers Irkoutsk. Ils espéraient bien y devancer Féofar-Khan, et ils l'eussent certainement fait, sans l'apparition inopinée de cette troisième colonne, venue des contrées du sud par la vallée de l'Yeniseï. Ainsi que Michel Strogoff, ils furent coupés avant même d'avoir pu atteindre le Dinka. De là, nécessité pour eux de redescendre jusqu'au lac Baïkal.

Lorsqu'ils arrivèrent à Livenitchnaia, ils trouvèrent le port déjà désert. D'un autre côté, il leur était impossible d'entrer dans Irkoutsk, qu'investissaient les armées tartares. Ils étaient donc là depuis trois jours, et très embarrassés, lorsque le radeau arriva.

Le dessein des fugitifs leur fut alors communiqué. Il y avait certainement des chances pour qu'ils pussent passer inaperçus pendant la nuit et pénétrer dans Irkoutsk. Ils résolurent donc de tenter l'affaire.

Alcide Jolivet se mit aussitôt en rapport avec le vieux marinier, et il lui demanda passage pour son compagnon et lui, cffrant de payer le prix qu'il exigerait, quel qu'il fût.

« Ici, on ne paye pas, lui répondit gravement le vieux marinier, on risque sa vie, voilà tout. »

Les deux journalistes s'embarquèrent, et Nadia les vit prendre place à l'avant du radeau.

Harry Blount était toujours le froid Anglais, qui lui avait à peine adressé la parole pendant toute la traversée des monts Ourals.

Alcide Jolivet semblait être un peu plus grave que d'ordinaire, et l'on conviendra que sa gravité se justifiait par celle des circonstances.

Alcide Jolivet était donc installé à l'avant du radeau, lorsqu'il sentit une main s'appuyer sur son bras.

Il se retourna et reconnut Nadia, la sœur de celui qui était, non plus Nicolas Korpanoff, mais Michel Strogoff, courrier du czar.

Un cri de surprise allait lui échapper, lorsqu'il vit la jeune fille porter un doigt à ses lèvres.

« Venez, » lui dit Nadia.

Et, d'un air indifférent, Alcide Jolivet, faisant signe à Harry Blount de l'accompagner, la suivit.

Mais, si la surprise des journalistes avait été grande à rencontrer Nadia sur ce radeau, elle fut sans bornes, quand ils aperçurent Michel Strogoff, qu'ils ne pouvaient croire vivant.

A leur approche, Michel Strogoff n'avait pas bougé.

Alcide Jolivet s'était retourné vers la jeune fille.

« Il ne vous voit pas, messieurs, dit Nadia. Les Tartares lui ont brûlé les yeux ! Mon pauvre frère est aveugle ! »

Un vif sentiment de pitié se peignit sur la figure d'Alcide Jolivet et de son compagnon.

Un instant après, tous deux, assis près de Michel Strogoff, lui serraient la main et attendaient qu'il leur parlât.

« Messieurs, dit Michel Strogoff à voix basse, vous ne devez pas savoir qui je suis, ni ce que je suis venu faire en Sibérie. Je vous demande de respecter mon secret. Me le promettez-vous ?

— Sur l'honneur, répondit Alcide Jolivet.

— Sur ma foi de gentleman, ajouta Harry Blount.

— Bien, messieurs.

— Pouvons-nous vous être utile ? demanda Harry Blount. Voulez-vous que nous vous aidions à accomplir votre tâche ?

— Je préfère agir seul, répondit Michel Strogoff.

— Mais ces gueux-là vous ont brûlé la vue, dit Alcide Jolivet.

— J'ai Nadia, et ses yeux me suffisent ! »

Une demi-heure plus tard, le radeau, après avoir quitté le petit port de Livenitchnaia, s'engageait dans le fleuve. Il était cinq heures du soir. La nuit allait venir. Elle devait être très-obscure et très-froide aussi, car la température était déjà au-dessous de zéro.

Alcide Jolivet et Harry Blount, s'ils avaient promis le secret à Michel Strogoff, ne le quittèrent cependant pas. Ils causèrent à voix basse, et l'aveugle, complétant ce qu'il savait déjà par ce qu'ils lui apprirent, put se faire une idée exacte de l'état des choses.

Il était certain que les Tartares investissaient actuellement Irkoutsk, et que les trois colonnes avaient opéré leur jonction. On ne pouvait donc douter que l'émir et Ivan Ogareff ne fussent devant la capitale.

Mais pourquoi cette hâte d'y arriver que montrait le courrier du czar, maintenant que la lettre impériale ne pouvait plus être remise par lui au grand-duc, et qu'il n'en connaissait pas le contenu? Alcide Jolivet et Harry Blount ne le comprirent pas plus que ne l'avait compris Nadia.

D'ailleurs, il ne fut question du passé qu'au moment où Alcide Jolivet crut devoir dire à Michel Strogoff :

« Nous vous devons presque des excuses pour ne vous avoir pas serré la main avant notre séparation au relais d'Ichim.

— Non, vous aviez droit de me croire un lâche !

— En tout cas, ajouta Alcide Jolivet, vous avez magnifiquement knouté la figure de ce misérable, et il en portera longtemps la marque !

— Non, pas longtemps ! » répondit simplement Michel Strogoff.

Une demi-heure après le départ de Livenitchnaia, Alcide Jolivet et son compagnon étaient au courant des cruelles épreuves par lesquelles avaient successivement passé Michel Strogoff et sa compagne. Ils ne pouvaient qu'admirer sans réserve une énergie que le dévouement de la jeune fille avait seul pu égaler. Et de Michel Strogoff ils pensèrent exactement ce qu'en avait dit le czar à Moscou : « En vérité, c'est un homme ! »

Au milieu des glaçons qu'entraînait le courant de l'Angara, le radeau filait avec rapidité. Un panorama mouvant se déployait latéralement sur les deux rives du fleuve, et, par une illusion d'optique, il semblait que ce fût l'appareil flottant qui restât immobile devant cette succession de points de vue pittoresques. Ici, c'étaient de hautes falaises granitiques, étrangement profilées ; là, des gorges sauvages d'où s'échappait quelque torrentueuse rivière ; quelquefois, une large coupée avec un village fumant encore, puis, d'épaisses forêts de pins qui projetaient d'éclatantes flammes. Mais si les Tartares avaient laissé partout des traces de leur passage, on ne les voyait pas encore, car ils s'étaient plus particulièrement massés aux approches d'Irkoutsk.

Pendant ce temps, les pèlerins continuaient à haute voix leurs prières, et le vieux marinier, repoussant les glaçons qui le serraient de trop près, maintenait imperturbablement le radeau au milieu du rapide courant de l'Angara.

CHAPITRE XI

ENTRE DEUX RIVES.

A huit heures du soir, ainsi que l'état du ciel l'avait fait pressentir, une obscurité profonde enveloppa toute la contrée. La lune, étant nouvelle, ne devait pas se lever sur l'horizon. Du milieu du fleuve, les rives restaient invisibles. Les falaises se confondaient à une faible hauteur avec ces nuages lourds qui se déplaçaient à peine. Par intervalles, quelques souffles venaient de l'est et semblaient expirer sur cette étroite vallée de l'Angara.

L'obscurité ne pouvait que favoriser dans une grande mesure les projets des fugitifs. En effet, bien que les avant-postes tartares dussent être échelonnés sur les deux rives, le radeau avait de sérieuses chances de passer inaperçu. Il n'était pas vraisemblable, non plus, que les assiégeants eussent barré le fleuve en amont d'Irkoutsk, puisqu'ils savaient que les Russes ne pouvaient attendre aucun secours par le sud de la province. Avant peu, d'ailleurs, la nature aurait elle-même établi ce barrage, en cimentant par le froid les glaçons accumulés entre les deux rives.

A bord du radeau régnait maintenant un absolu silence. Depuis qu'il descendait le cours du fleuve, la voix des pèlerins ne se faisait plus entendre. Ils priaient encore, mais leur prière n'était qu'un murmure qui ne pouvait arriver jusqu'à la rive. Les fugitifs, étendus sur la plate-forme, rompaient à peine par la saillie de leurs corps la ligne horizontale des eaux. Le vieux marinier, couché à l'avant près de ses hommes, s'occupait seulement d'écarter les glaçons, manœuvre qui se faisait sans bruit.

C'était aussi une circonstance favorable, cette dérive des glaçons, si elle ne devait pas opposer plus tard un insurmontable obstacle au passage du radeau. En effet, cet appareil, isolé sur les eaux libres du fleuve, aurait couru le risque d'être aperçu, même à travers l'ombre épaisse, tandis qu'il se confondait alors avec ces masses mouvantes de toutes grandeurs et de toutes formes, et le fracas, produit par le heurt des blocs qui s'entre-choquaient, couvrait aussi tout autre bruit suspect.

Un froid très-aigu se propageait à travers l'atmosphère. Les fugitifs en souffrirent cruellement, n'ayant d'autre abri que quelques branches de bouleau. Ils se pressaient les uns contre les autres, afin de mieux supporter l'abaissement de température, qui, pendant cette nuit, devait atteindre dix degrés au-dessous de zéro. Le peu de vent qui arrivait, après avoir effleuré les montagnes de l'est, tapissées de neige, piquait vivement.

Michel Strogoff et Nadia, couchés à l'arrière, supportaient sans se plaindre ce surcroît de souffrance. Alcide Jolivet et Harry Blount, placés près d'eux, résistaient de leur mieux à ces premiers assauts de l'hiver sibérien. Ni les uns ni les autres ne causaient maintenant, même à voix basse. La situation, d'ailleurs, les absorbait tout entiers. A chaque instant, un incident pouvait se produire, un danger, une catastrophe même, dont ils ne se seraient pas tirés indemnes.

Pour un homme qui comptait atteindre bientôt son but, Michel Strogoff semblait être singulièrement calme. D'ailleurs, dans les plus graves conjonctures, son énergie ne l'avait jamais abandonné. Il entrevoyait déjà le moment où il lui serait enfin permis de penser à sa mère, à Nadia, à lui-même! Il ne craignait plus qu'une dernière et mauvaise chance : c'était que le radeau ne fût absolument arrêté par un barrage de glaçons avant d'avoir atteint Irkoutsk. Il ne songeait qu'à cela, bien décidé d'ailleurs, s'il le fallait, à tenter quelque suprême coup d'audace.

Nadia, remise par ces quelques heures de repos, avait retrouvé cette énergie physique, que la misère avait pu briser quelquefois, sans avoir jamais ébranlé son énergie morale. Elle songeait aussi qu'au cas où Michel Strogoff ferait un nouvel effort pour atteindre son but, elle devrait être là pour le guider. Mais, en même temps qu'elle s'approchait d'Irkoutsk, l'image de son père se dessinait plus nettement à son esprit. Elle le voyait dans la ville investie, loin de ceux qu'il chérissait, mais — car elle n'en doutait pas — luttant contre les envahisseurs avec tout l'élan de son patriotisme. Avant quelques heures, si le ciel les favorisait enfin, elle serait dans ses bras, lui rapportant les dernières paroles de sa mère, et rien ne les séparerait plus Si l'exil de Wassili Fédor ne devait pas avoir de terme, sa fille resterait exilée avec lui. Puis, par une pente naturelle, elle revenait à celui auquel elle devrait d'avoir revu son père, à ce généreux compagnon, à ce « frère », qui, les Tartares repoussés, reprendrait le chemin de Moscou, qu'elle ne reverrait plus peut-être!...

Quant à Alcide Jolivet et à Harry Blount, ils n'avaient

qu'une seule et même pensée : c'est que la situation était extrêmement dramatique, et que, bien mise en scène, elle fournirait une chronique des plus intéressantes. L'Anglais songeait donc aux lecteurs du *Daily-Telegraph*, et le Français à ceux de sa cousine Madeleine. Au fond, ils n'étaient pas sans éprouver quelque émotion tous les deux.

« Eh ! tant mieux ! pensait Alcide Jolivet. Il faut être ému pour émouvoir ! Je crois même qu'il y a un vers célèbre à ce sujet, mais, du diable ! si je sais... »

Et avec ses yeux si exercés, il cherchait à percer l'ombre épaisse qui enveloppait le fleuve.

Cependant, de grands éclats de lumière rompaient parfois ces ténèbres et découpaient les divers massifs des rives sous un aspect fantastique. C'était quelque forêt en feu, quelque village brûlant encore, sinistre reproduction des tableaux du jour avec le contraste de la nuit en plus. L'Angara s'illuminait alors d'une berge à l'autre. Les glaçons formaient autant de miroirs qui, réverbérant la flamme sous tous les angles et sous toutes les couleurs, se déplaçaient suivant les caprices du courant. Le radeau, confondu au milieu de ces corps flottants, passait sans être aperçu.

Le danger n'était donc pas encore là.

Mais un péril d'une autre nature menaçait les fugitifs. Celui-là, ils ne pouvaient le prévoir, et, surtout, ils ne pouvaient pas y parer. Ce fut à Alcide Jolivet que le hasard le signala, et voici dans quelle circonstance.

Alcide Jolivet, couché du côté droit du radeau, avait laissé sa main pendre au fil de l'eau. Soudain, il fut surpris de l'impression que lui causa le contact du courant à sa surface. Il semblait être de consistance visqueuse, comme s'il eût été formé d'une huile minérale.

Alcide Jolivet, contrôlant alors le toucher par l'odorat, ne put s'y tromper. C'était bien une couche de naphte liquide, qui surnageait à la partie supérieure du courant de l'Angara et coulait avec lui !

Le radeau flottait-il donc réellement sur cette substance qui est si éminemment combustible ? D'où venait ce naphte ? Était-ce un phénomène naturel qui l'avait projeté à la surface de l'Angara, ou devait-il servir comme un engin destructeur, mis en œuvre par les Tartares ? Ceux-ci voulaient-ils porter l'incendie jusque dans Irkoutsk par des moyens que les droits de la guerre ne justifient jamais entre nations civilisées ?

Telles furent les deux questions que se posa Alcide Jolivet, mais de cet incident il crut devoir n'instruire qu'Harry Blount, et tous deux furent d'accord pour ne point alarmer leurs compagnons en leur révélant ce nouveau danger.

On sait que le sol de l'Asie centrale est comme une éponge imprégnée de carbures d'hydrogène liquides. Au port de Bakou, sur la frontière persane, à la presqu'île d'Abchéron, sur la Caspienne, dans l'Asie Mineure, en Chine, dans le Youg-Hyan, dans le Birman, les sources d'huiles minérales sourdent par milliers à la surface des terrains. C'est le « pays de l'huile », semblable à celui qui porte maintenant ce nom dans le Nord-Amérique.

Durant certaines fêtes religieuses, principalement au port de Bakou, les indigènes, adorateurs du feu, lancent à la surface de la mer le naphte liquide, qui surnage, grâce à sa densité inférieure à celle de l'eau. Puis, la nuit venue, lorsqu'une couche d'huile minérale s'est ainsi répandue sur la Caspienne, ils l'enflamment et se donnent l'incomparable spectacle d'un océan de feu qui ondule et déferle sous la brise.

Mais ce qui n'est qu'une réjouissance à Bakou eût été un désastre sur les eaux de l'Angara. Que le feu fût mis par malveillance ou imprudence, en un clin d'œil l'inflammation se fût propagée jusqu'au delà d'Irkoutsk.

En tout cas, sur le radeau, aucune imprudence n'était à craindre ; mais tout était à redouter de ces incendies allumés sur les deux rives de l'Angara, car il suffisait d'un brandon ou d'une étincelle, tombant dans le fleuve, pour allumer ce courant de naphte.

Ce que furent les appréhensions d'Alcide Jolivet et d'Harry Blount, on le comprend mieux qu'on ne peut le peindre. N'aurait-il pas été préférable, en présence de ce nouveau péril, d'accoster l'une des rives, d'y débarquer, d'attendre ? Ils se le demandèrent.

« En tout cas, dit Alcide Jolivet, quel que soit le danger, je sais quelqu'un qui ne débarquerait pas ! »

Et il faisait allusion à Michel Strogoff

Cependant, le radeau dérivait rapidement au milieu des glaçons, dont les rangs se pressaient de plus en plus.

Jusqu'alors, aucun détachement tartare n'avait été signalé sur les berges de l'Angara, ce qui indiquait que le radeau n'était pas encore arrivé à la hauteur de leurs avant-postes. Cependant, vers dix heures du soir, Harry Blount crut voir de nombreux corps noirs qui se mouvaient à la surface des glaçons. Ces ombres, sautant de l'un à l'autre, se rapprochaient rapidement.

« Des Tartares ! » pensa-t-il.

Et se glissant près du vieux marinier qui se tenai à l'avant, il lui montra ce mouvement suspect.

Le vieux marinier regarda attentivement.

« Ce ne sont que des loups, dit-il. J'aime mieux ça

que des Tartares. Mais il faut se défendre, et sans bruit ! »

En effet, les fugitifs eurent à lutter contre ces féroces carnassiers, que la faim et le froid jetaient à travers la province. Les loups avaient senti le radeau, et bientôt ils l'attaquèrent. De là, nécessité pour les fugitifs d'engager la lutte, mais sans se servir d'armes à feu, car ils ne pouvaient être éloignés des postes tartares. Les femmes et les enfants se groupèrent au centre du radeau, et les hommes, les uns armés de perches, les autres de leur couteau, la plupart de bâtons, se mirent en mesure de repousser les assaillants. Ils ne faisaient pas entendre un cri, mais les hurlements des loups déchiraient l'air.

Michel Strogoff n'avait pas voulu rester inactif. Il s'était étendu sur le côté du radeau attaqué par la bande des carnassiers. Il avait tiré son couteau, et, chaque fois qu'un loup passait à sa portée, sa main savait le lui enfoncer dans la gorge. Harry Blount et Alcide Jolivet ne chômèrent pas non plus, et ils firent une rude besogne. Leurs compagnons les secondaient courageusement. Tout ce massacre s'accomplissait en silence, bien que plusieurs des fugitifs n'eussent pu éviter de graves morsures.

Cependant, la lutte ne semblait pas devoir se terminer de sitôt. La bande de loups se renouvelait sans cesse, et il fallait que la rive droite de l'Angara en fût infestée.

« Ça ne finira donc jamais ! » disait Alcide Jolivet, en manœuvrant son poignard, rouge de sang.

Et, de fait, une demi-heure après le commencement de l'attaque, les loups couraient encore par centaines à travers les glaçons.

Les fugitifs, épuisés, faiblissaient visiblement alors. Le combat tournait à leur désavantage. En ce moment, un groupe de dix loups de haute taille, rendus féroces par la colère et la faim, les yeux brillant dans l'ombre comme des braises, envahirent la plate-forme du radeau. Alcide Jolivet et son compagnon se jetèrent au milieu de ces redoutables animaux, et Michel Strogoff rampait vers eux, lorsqu'un changement de front se produisit soudain.

En quelques secondes, les loups eurent abandonné non-seulement le radeau, mais aussi les glaçons épars sur le fleuve. Tous ces corps noirs se dispersèrent, et il fut bientôt constant qu'ils avaient en toute hâte regagné la rive droite du fleuve.

C'est qu'il fallait à ces loups les ténèbres pour agir, et qu'alors une intense clarté éclairait tout le cours de l'Angara.

C'était la lueur d'un immense incendie. La bourgade de Poshkavsk brûlait tout entière. Cette fois, les Tartares étaient là, accomplissant leur œuvre. Depuis ce point, ils occupaient les deux rives jusqu'au delà d'Irkoutsk. Les fugitifs arrivaient donc à la zone dangereuse de leur traversée, et ils se trouvaient encore à trente verstes de la capitale.

Il était onze heures et demie du soir. Le radeau continuait à glisser dans l'ombre au milieu des glaçons, avec lesquels il se confondait absolument ; mais de grandes plaques de lumière s'allongeaient parfois jusqu'à lui. Aussi, les fugitifs, étendus sur la plate-forme, ne se permettaient-ils pas un mouvement qui pût les trahir.

La conflagration de la bourgade s'opérait avec une violence extraordinaire. Ces maisons, construites en sapin, flambaient comme des résines. Elles étaient là cent cinquante qui brûlaient à la fois. Aux crépitements de l'incendie se mêlaient les hurlements des Tartares. Le vieux marinier, en prenant un point d'appui sur les glaçons voisins du radeau, était parvenu à le repousser vers la rive droite, et une distance de trois à quatre cents pieds le séparait alors des berges flamboyantes de Poshkavsk.

Néanmoins, les fugitifs, éclairés par instants, auraient été certainement aperçus, si les incendiaires n'eussent été trop occupés à la destruction de la bourgade. Mais on comprendra quelles devaient être alors les appréhensions d'Alcide Jolivet et d'Harry Blount, en songeant à ce liquide combustible sur lequel le radeau flottait.

En effet, des gerbes d'étincelles s'échappaient des maisons qui formaient autant de fournaises ardentes. Au milieu des volutes de fumée, ces étincelles montaient dans l'air à une hauteur de cinq ou six cents pieds. Sur la rive droite, exposée de face à cette conflagration, les arbres et les falaises apparaissaient comme enflammés. Or, il suffisait d'une étincelle, tombant à la surface de l'Angara, pour que l'incendie se propageât au fil des eaux et portât le désastre d'une rive à l'autre. C'était, à bref délai, la destruction du radeau et de tous ceux qu'il entraînait.

Mais, heureusement, les faibles brises de la nuit ne soufflaient pas de ce côté. Elles continuaient à venir de l'est et rabattaient les flammes vers la gauche. Il était donc possible que les fugitifs échappassent à ce nouveau danger.

Et, en effet, la bourgade en flammes fut enfin dépassée. Peu à peu, l'éclat de l'incendie s'affaiblit, ses crépitements diminuèrent, et les dernières lueurs disparurent au delà des hautes falaises, qui se dressaient à un coude brusque de l'Angara.

Il était environ minuit. L'ombre, redevenue épaisse, protégeait de nouveau le radeau. Les Tartares étaient oujours là, qui allaient et venaient sur les deux rives. n ne les voyait pas, mais on les entendait. Les feux es postes avancés brillaient extraordinairement.

Cependant, il devenait nécessaire de manœuvrer avec plus de précision au milieu des glaçons qui se resserraient.

Le vieux marinier se releva, et les moujiks reprirent leurs gaffes. Tous avaient fort à faire, et la conduite du radeau devenait de plus en plus difficile, car le lit du fleuve s'obstruait visiblement.

Michel Strogoff s'était glissé jusqu'à l'avant.

Alcide Jolivet l'avait suivi.

Tous deux écoutaient ce que disaient le vieux marinier et ses hommes.

« Veille sur la droite !

— Voilà les glaçons qui se prennent à gauche !

— Défends ! défends avec ta gaffe !

— Avant une heure, nous serons arrêtés !...

— Si Dieu le veut ! répondit le vieux marinier. Contre sa volonté, il n'y a rien à faire.

— Vous les entendez, dit Alcide Jolivet.

— Oui, répondit Michel Strogoff, mais Dieu est avec nous ! »

Cependant, la situation s'aggravait de plus en plus. Si la dérive du radeau venait à être suspendue, non-seulement les fugitifs n'arriveraient pas à Irkoutsk, mais ils seraient obligés d'abandonner leur appareil flottant, qui, écrasé par les glaçons, ne tarderait pas à manquer sous eux. Les cordes d'osier se briseraient alors, les troncs de sapins, séparés violemment, s'engageraient sous la croûte durcie, et les malheureux n'auraient plus d'autre refuge que les glaçons eux-mêmes. Or, le jour venu, ils seraient aperçus des Tartares et massacrés sans pitié !

Michel Strogoff revint à l'arrière, là où Nadia l'attendait. Il s'approcha de la jeune fille, il lui prit la main et lui posa cette invariable question : « Nadia, es-tu prête ? » à laquelle elle répondit comme toujours :

« Je suis prête ! »

Pendant quelques verstes encore, le radeau continua de dériver au milieu des glaces flottantes. Si l'Angara se resserrait, il se formerait un barrage, et, conséquemment, il y aurait impossibilité de suivre le courant. Déjà la dérive se faisait beaucoup plus lentement. A chaque instant, c'étaient des chocs ou des détours. Ici, un abordage à éviter, là, une passe à prendre. Enfin, retards très-inquiétants.

En effet, il n'y avait plus que quelques heures de nuit. Si les fugitifs n'atteignaient pas Irkoutsk avant cinq heures du matin, ils devaient perdre tout espoir d'y entrer jamais.

Or, à une heure et demie, malgré tous les efforts qui furent tentés, le radeau vint buter contre un épais barrage et s'arrêta définitivement. Les glaçons, qui dérivaient en amont, se jetèrent sur lui, le pressèrent contre l'obstacle et l'immobilisèrent, comme s'il eût été échoué sur un récif.

En cet endroit, l'Angara se resserrait, et son lit était réduit à la moitié de sa largeur normale. De là, accumulation des glaces, qui s'étaient peu à peu soudées les unes aux autres sous la double influence de la pression, qui était considérable, et du froid, dont l'intensité redoublait. Cinq cents pas en aval, le lit du fleuve s'élargissait de nouveau, et les glaçons, se détachant peu à peu du bord inférieur de ce champ, continuaient à dériver vers Irkoutsk. Donc il est probable que, sans ce resserrement des rives, le barrage ne se fût pas formé, et que le radeau aurait pu continuer à descendre le courant. Mais le malheur était irréparable, et les fugitifs devaient renoncer à tout espoir d'atteindre leur but.

S'ils avaient eu à leur disposition les outils qu'emploient ordinairement les baleiniers pour s'ouvrir des canaux à travers les ice-fields, s'ils avaient pu couper ce champ jusqu'à l'endroit où s'élargissait la rivière, peut-être le temps ne leur eût-il pas manqué? Mais pas une scie, pas un pic, rien qui permît d'entamer cette croûte, que l'extrême froid rendait dure comme du granit.

Quel parti prendre ?

En ce moment, des coups de fusil éclatèrent sur la rive droite de l'Angara. Une pluie de balles fut dirigée sur le radeau. Les malheureux avaient-ils donc été aperçus. Evidemment, car d'autres détonations retentirent sur la rive gauche. Les fugitifs, pris entre deux feux, devinrent le point de mire des tireurs tartares. Quelques-uns furent blessés par ces balles, bien que, au milieu de cette obscurité, elles n'arrivassent qu'au hasard.

« Viens, Nadia, » murmura Michel Strogoff à l'oreille de la jeune fille.

Sans faire une seule observation, « prête à tout », Nadia prit la main de Michel Strogoff.

« Il s'agit de traverser le barrage, lui dit-il tout bas. Guide-moi, mais que personne ne nous voie quitter le radeau ! »

Nadia obéit. Michel Strogoff et elle se glissèrent rapidement à la surface du champ, au milieu de cette profonde obscurité que déchiraient cà et là les coups de feu.

Nadia rampait en avant de Michel Strogoff. Les balles tombaient autour d'eux comme une grêle violente et crépitaient sur les glaces. La surface du champ, raboteuse et sillonnée d'arêtes vives, leur mit les mains en sang, mais ils avançaient toujours.

Dix minutes plus tard, le bord inférieur du barrage était atteint. Là, les eaux de l'Angara redevenaient libres. Quelques glaçons, détachés peu à peu du champ, reprenaient le courant et descendaient vers la ville.

Nadia comprit ce que voulait tenter Michel Strogoff. Elle vit un de ces glaçons qui ne tenait plus que par une étroite langue.

« Viens, » dit Nadia.

Et tous deux se couchèrent sur ce morceau de glace, qu'un léger balancement dégagea du barrage.

Le glaçon commença à dériver. Le lit du fleuve s'élargissant, la route était libre.

Michel Strogoff et Nadia écoutaient les coups de feu, les cris de détresse, les hurlements de Tartares qui se faisaient entendre en amont... Puis, peu à peu, ces bruits de profonde angoisse et de joie féroce s'éteignirent dans l'éloignement.

« Pauvres compagnons ! » murmura Nadia.

Pendant une demi-heure, le courant entraîna rapidement le glaçon qui portait Michel Strogoff et Nadia. A tout moment, ils pouvaient craindre qu'il ne s'effondrât sous eux. Pris dans le fil des eaux, il suivait le milieu du fleuve, et il ne serait nécessaire de lui imprimer une direction oblique que lorsqu'il s'agirait d'accoster les quais d'Irkoutsk.

Michel Strogoff, les dents serrées, l'oreille au guet, ne prononçait pas une seule parole. Jamais il n'avait été si près du but. Il sentait qu'il allait l'atteindre !...

Vers deux heures du matin, une double rangée de lumières étoila le sombre horizon dans lequel se confondaient les deux rives de l'Angara.

A droite, c'étaient les lueurs jetées par Irkoutsk. A gauche, les feux du camp tartare.

Michel Strogoff n'était plus qu'à une demi-verste de la ville.

« Enfin ! » murmura-t-il.

Mais, soudain, Nadia poussa un cri.

A ce cri, Michel Strogoff se redressa sur le glaçon, qui vacillait. Sa main se tendit vers le haut de l'Angara. Sa figure, tout éclairée de reflets bleuâtres, devint effrayante à voir, et alors, comme si ses yeux se fussent rouverts à la lumière :

« Ah ! s'écria-t-il, Dieu lui-même est donc contre nous ! »

CHAPITRE XII

IRKOUTSK.

Irkoutsk, capitale de la Sibérie orientale, est une ville peuplée, en temps ordinaire, de trente mille habitants. Une berge assez élevée, qui se dresse sur la rive droite de l'Angara, sert d'assise à ses églises, que domine une haute cathédrale, et à ses maisons, disposées dans un pittoresque désordre.

Vue d'une certaine distance, du haut de la montagne qui se dresse à une vingtaine de verstes sur la grande route sibérienne, avec ses coupoles, ses clochetons, ses flèches élancées comme des minarets, ses dômes ventrus comme des potiches japonaises, elle prend un aspect quelque peu oriental. Mais cette physionomie disparaît aux yeux du voyageur, dès qu'il y a fait son entrée. La ville, moitié byzantine, moitié chinoise, redevient européenne par ses rues macadamisées, bordées de trottoirs, traversées de canaux, plantées de bouleaux gigantesques, par ses maisons de briques et de bois, dont quelques-unes ont plusieurs étages, par les équipages nombreux qui la sillonnent, non-seulement tarentass et télègues, mais coupés et calèches, enfin par toute une catégorie d'habitants très-avancés dans les progrès de la civilisation et auxquels les modes les plus nouvelles de Pars ne sont point étrangères.

A cette époque, Irkoutsk, refuge de Sibériens de la province, était encombrée. Les ressources en toutes choses y abondaient. Irkoutsk, c'est l'entrepôt de ces innombrables marchandises qui s'échangent entre la Chine, l'Asie centrale et l'Europe. On n'avait donc pas craint d'y attirer les paysans de la vallée d'Angara, des Mongols-Khalkas, des Toungouzes, des Bourets, et de laisser s'étendre le désert entre les envahisseurs et la ville.

Irkoutsk est la résidence du gouverneur général de la Sibérie orientale. Au-dessous de lui fonctionnent un gouverneur civil, aux mains duquel se concentre l'administration de la province, un maître de police, fort occupé dans une ville où les exilés abondent, et enfin un maire, chef des marchands, personnage considérable par son immense fortune et par l'influence qu'il exerce sur ses administrés.

La garnison d'Irkoutsk se composait alors d'un régiment de Cosaques à pied, qui comptait environ deux mille hommes, et d'un corps de gendarmes sédentaires, portant le casque et l'uniforme bleu galonné d'argent.

En outre, on le sait, et par suite de circonstances particulières, le frère du czar était enfermé dans la ville depuis le début de l'invasion.

Cette situation veut être précisée.

C'était un voyage d'une importance politique qui avait conduit le grand-duc dans ces lointaines provinces de l'Asie orientale.

Le grand-duc, après avoir parcouru les principales cités sibériennes, voyageant en militaire plutôt qu'en prince, sans aucun apparat, accompagné de ses officiers, escorté d'un détachement de Cosaques, s'était transporté jusqu'aux contrées transbaïkaliennes. Nikolaevsk, la dernière ville russe qui soit située au littoral de la mer d'Okhotsk, avait été honorée de sa visite.

Arrivé aux confins de l'immense empire moscovite, le grand-duc revenait vers Irkoutsk, où il comptait reprendre la route de l'Europe, quand lui arrivèrent les nouvelles de cette invasion aussi menaçante que subite. Il se hâta de rentrer dans la capitale, mais, lorsqu'il y arriva, les communications avec la Russie allaient être interrompues. Il reçut encore quelques télégrammes de Pétersbourg et de Moscou, il put même y répondre. Puis, le fil fut coupé dans les circonstances que l'on connaît.

Irkoutsk était isolée du reste du monde.

Le grand-duc n'avait plus qu'à organiser la résistance, et c'est ce qu'il fit avec cette fermeté et ce sang-froid dont il a donné, en d'autres circonstances, d'incontestables preuves.

Les nouvelles de la prise d'Ichim, d'Omsk, de Tomsk parvinrent successivement à Irkoutsk. Il fallait donc à tout prix sauver de l'occupation cette capitale de la Sibérie. On ne devait pas compter sur des secours prochains. Le peu de troupes disséminées dans les provinces de l'Amour et dans le gouvernement d'Iakoutsk ne pouvaient arriver en assez grand nombre pour arrêter les colonnes tartares. Or, puisqu'Irkoutsk était dans l'impossibilité d'échapper à l'investissement, ce qui importait avant tout, c'était de mettre la ville en état de soutenir un siége de quelque durée.

Ces travaux furent commencés le jour où Tomsk tombait entre les mains des Tartares. En même temps que cette dernière nouvelle, le grand-duc apprenait que l'émir de Boukhara et les khans alliés dirigeaient en personne le mouvement, mais ce qu'il ignorait, c'était que le lieutenant de ces chefs barbares fût Ivan Ogareff, un officier russe qu'il avait lui-même cassé de ses grades et qu'il ne connaissait pas.

Tout d'abord, ainsi qu'on l'a vu, les habitants de la province d'Irkoutsk furent mis en demeure d'abandonner villes et bourgades. Ceux qui ne se réfugièrent pas dans la capitale durent se reporter en arrière, au delà du lac Baïkal, là où très-probablement l'invasion n'étendrait pas ses ravages. Les récoltes en blé et en fourrages furent réquisitionnées pour la ville, et ce dernier rempart de la puissance moscovite dans l'extrême Orient fut mis à même de résister pendant quelque temps.

Irkoutsk, fondée en 1611, est située au confluent de l'Irkout et de l'Angara, sur la rive droite de ce fleuve. Deux ponts en bois, bâtis sur pilotis, disposés de manière à s'ouvrir dans toute la largeur du chenal pour les besoins de la navigation, réunissent la ville à ses faubourgs qui s'étendent sur la rive gauche. De ce côté, la défense était facile. Les faubourgs furent abandonnés, les ponts détruits. Le passage de l'Angara, fort large en cet endroit, n'eût pas été possible sous le feu des assiégés.

Mais le fleuve pouvait être franchi en amont et en

aval de la ville, et, par conséquent, Irkoutsk risquait d'être attaquée par sa partie est, qu'aucun mur d'enceinte ne protégeait.

C'est donc à des travaux de fortification que les bras furent occupés tout d'abord. On travailla jour et nuit. Le grand-duc trouva une population zélée à la besogne, que, plus tard, il devait retrouver courageuse à la défense. Soldats, marchands, exilés, paysans, tous se dévouèrent au salut commun. Huit jours avant que les Tartares parussent sur l'Angara, des murailles en terre avaient été élevées. Un fossé, inondé par les eaux de l'Angara, était creusé entre l'escarpe et la contre-escarpe. La ville ne pouvait plus être enlevée par un coup de main. Il fallait l'investir et l'assiéger.

La troisième colonne tartare — celle qui venait de remonter la vallée de l'Yeniseï — parut le 24 septembre en vue d'Irkoutsk. Elle occupa immédiatement les faubourgs abandonnés, dont les maisons mêmes avaient été détruites, afin de ne point gêner l'action de l'artillerie du grand-duc, malheureusement insuffisante.

Les Tartares s'organisèrent donc en attendant l'arrivée des deux autres colonnes, commandées par l'émir et ses alliés.

La jonction de ces divers corps s'opéra le 25 septembre, au camp de l'Angara, et toute l'armée, sauf les garnisons laissées dans les principales villes conquises, fut concentrée sous la main de Féofar-Khân.

Le passage de l'Angara ayant été regardé par Ivan Ogareff comme impraticable devant Irkoutsk, une forte partie des troupes traversa le fleuve, à quelques verstes en aval, sur des ponts de bateaux qui furent établis à cet effet. Le grand-duc ne tenta pas de s'opposer à ce passage. Il n'eût pu que le gêner, non l'empêcher, n'ayant point d'artillerie de campagne à sa disposition, et c'est avec raison qu'il resta renfermé dans Irkoutsk.

Les Tartares occupèrent donc la rive droite du fleuve; puis, ils remontèrent vers la ville, ils brûlèrent en passant la maison d'été du gouverneur général, située dans les bois qui dominent de haut le cours de l'Angara, et ils vinrent définitivement prendre position pour le siége, après avoir entièrement investi Irkoutsk.

Ivan Ogareff, ingénieur habile, était très-certainement en état de diriger les opérations d'un siége régulier; mais les moyens matériels lui manquaient pour opérer rapidement. Aussi, avait-il espéré surprendre Irkoutsk, le but de tous ses efforts.

On voit que les choses avaient tourné autrement qu'il ne comptait. D'une part, marche de l'armée tartare retardée par la bataille de Tomsk; de l'autre, rapidité imprimée par le grand-duc aux travaux de défense : ces deux raisons avaient suffi à faire échouer ses projets. Il se trouva donc dans la nécessité de faire un siége en règle.

Cependant, sous son inspiration, l'émir essaya deux fois d'enlever la ville au prix d'un grand sacrifice d'hommes. Il jeta ses soldats sur les fortifications en terre qui présentaient quelques points faibles; mais ces deux assauts furent repoussés avec le plus grand courage. Le grand-duc et ses officiers ne se ménagèrent pas en cette occasion. Ils donnèrent de leur personne; ils entraînèrent la population civile aux remparts. Bourgeois et moujiks firent remarquablement leur devoir. Au second assaut, les Tartares étaient parvenus à forcer une des portes de l'enceinte. Un combat eut lieu en tête de cette grande rue de Bolchaïa, longue de deux verstes, qui vient aboutir aux rives de l'Angara. Mais les Cosaques, les gendarmes, les citoyens, leur opposèrent une vive résistance, et les Tartares durent rentrer dans leurs positions.

Ivan Ogareff pensa alors à demander à la trahison ce que la force ne pouvait lui donner. On sait que son projet était de pénétrer dans la ville, d'arriver jusqu'au grand-duc, de capter sa confiance, et, le moment venu, de livrer une des portes aux assiégeants; puis, cela fait, d'assouvir sa vengeance sur le frère du czar.

La tsigane Sangarre, qui l'avait accompagné au camp de l'Angara, le poussa à mettre ce projet à exécution.

En effet, il convenait d'agir sans retard. Les troupes russes du gouvernement d'Iakoutsk marchaient sur Irkoutsk. Elles s'étaient concentrées sur le cours supérieur de la Lena, dont elles remontaient la vallée. Avant six jours, elles devaient être arrivées. Il fallait donc qu'avant six jours Irkoutsk fût livrée par trahison.

Ivan Ogareff n'hésita plus.

Un soir, le 2 octobre, un conseil de guerre fut tenu dans le grand salon du palais du gouverneur général. C'est là que résidait le grand-duc.

Ce palais, élevé à l'extrémité de la rue de Bolchaïa, dominait le cours du fleuve sur un long parcours. A travers les fenêtres de sa principale façade, on apercevait le camp tartare, et une artillerie assiégeante de plus grande portée que celle des Tartares l'eût rendu inhabitable.

Le grand-duc, le général Voranzoff et le gouverneur de la ville, le chef des marchands, auxquels s'étaient réunis un certain nombre d'officiers supérieurs, venaient d'arrêter diverses résolutions.

« Messieurs, dit le grand-duc, vous connaissez exactement notre situation. J'ai le ferme espoir que nous pourrons tenir jusqu'à l'arrivée des troupes d'Iakoutsk. Nous saurons bien alors chasser ces hordes barbares, et il ne dépendra pas de moi qu'ils ne payent chèrement cet envahissement du territoire moscovite.

— Votre Altesse sait qu'elle peut compter sur toute la population d'Irkoutsk, répondit le général Voranzoff.

— Oui, général, répondit le grand-duc, et je rends hommage à son patriotisme. Grâce à Dieu, elle n'a pas encore été soumise aux horreurs de l'épidémie ou de la famine, et j'ai lieu de croire qu'elle y échappera, mais aux remparts, je n'ai pu qu'admirer son courage. Vous entendez mes paroles, monsieur le chef des marchands, et je vous prierai de les rapporter telles.

— Je remercie Votre Altesse au nom de la ville, répondit le chef des marchands. Oserai-je lui demander quel délai extrême elle assigne à l'arrivée de l'armée de secours?

— Six jours au plus, monsieur, répondit le grand-duc. Un émissaire adroit et courageux a pu pénétrer ce matin dans la ville, et il m'a appris que cinquante mille Russes s'avançaient à marche forcée sous les ordres du général Kisselef. Ils étaient, il y a deux jours, sur les rives de la Lena, à Kirensk, et, maintenant, ni le froid ni les neiges ne les empêcheront d'arriver. Cinquante mille hommes de bonnes troupes, prenant en flanc les Tartares, auront bientôt fait de nous dégager.

— J'ajouterai, dit le chef des marchands, que le jour où Votre Altesse ordonnera une sortie, nous serons prêts à exécuter ses ordres.

— Bien, monsieur, répondit le grand-duc. Attendons que nos têtes de colonnes aient paru sur les hauteurs, et nous écraserons les envahisseurs. »

Puis, se retournant vers le général Voranzoff :

« Nous visiterons demain, dit-il, les travaux de la rive droite. L'Angara charrie des glaçons, il ne tardera pas à se prendre, et, dans ce cas, les Tartares pourraient peut-être le passer.

— Que Votre Altesse me permette de lui faire une observation, dit le chef des marchands.

— Faites, monsieur.

— J'ai vu la température tomber plus d'une fois à trente et quarante degrés au-dessous de zéro, et l'Angara a toujours charrié sans se congeler entièrement. Cela tient sans doute à la rapidité de son cours. Si donc les Tartares n'ont d'autre moyen de franchir le fleuve, je puis garantir à Votre Altesse qu'ils n'entreront pas ainsi dans Irkoutsk. »

Le gouverneur général confirma l'assertion du chef des marchands.

« C'est une circonstance heureuse, répondit le

grand-duc. Néanmoins, nous nous tiendrons prêts à tout événement. »

Se retournant alors vers le maître de police :

« Vous n'avez rien à me dire, monsieur? lui demanda-t-il.

— J'ai à faire connaître à Votre Altesse, répondit le maître de police, une supplique qui lui est adressée par mon intermédiaire.

— Adressée par... ?

— Par les exilés de Sibérie, qui, Votre Altesse le sait, sont au nombre de cinq cents dans la ville. »

Les exilés politiques, répartis dans toute la province, avaient été en effet concentrés à Irkoutsk depuis le début de l'invasion. Ils avaient obéi à l'ordre de rallier la ville et d'abandonner les bourgades où ils exerçaient des professions diverses, ceux-ci médecins, ceux-là professeurs, soit au Gymnase, soit à l'École japonaise, soit à l'École de navigation. Dès le début, le grand-duc, se fiant, comme le czar, à leur patriotisme, les avait armés, et il avait trouvé en eux de braves défenseurs.

« Que demandent les exilés? dit le grand-duc.

— Ils demandent à Votre Altesse, répondit le maître de police, l'autorisation de former un corps spécial et d'être placés en tête à la première sortie.

— Oui, répondit le grand duc avec une émotion qu'il

ne chercha point à cacher, ces exilés sont des Russes, et c'est bien leur droit de se battre pour leur pays !

— Je crois pouvoir affirmer à Votre Altesse, dit le gouverneur général, qu'elle n'aura pas de meilleurs soldats.

— Mais il leur faut un chef, répondit le grand-duc. Quel sera-t-il ?

— Ils voudraient faire agréer à Votre Altesse, dit le maître de police, l'un d'eux qui s'est distingué en plusieurs occasions.

— C'est un Russe ?

— Oui, un Russe des provinces baltiques

— Il se nomme... ?

— Wassili Fédor. »

Cet exilé était le père de Nadia.

Wassili Fédor, on le sait, exerçait à Irkoutsk la profession de médecin. C'était un homme instruit et charitable, et aussi un homme du plus grand courage et du plus sincère patriotisme. Tout le temps qu'il ne consacrait pas aux malades, il l'employait à organiser la résistance. C'est lui qui avait réuni ses compagnons d'exil dans une action commune. Les exilés, jusqu'alors mêlés aux rangs de la population, s'étaient comportés de manière à fixer l'attention du grand-duc. Dans plusieurs sorties, ils avaient payé de leur sang leur dette à la sainte Russie, — sainte, en vérité, et adorée de ses enfants! Wassili Fédor s'était conduit héroïquement. Son nom avait été cité à plusieurs reprises, mais il n'avait jamais demandé ni grâces ni faveurs, et lorsque les exilés d'Irkoutsk eurent la pensée de former un corps spécial, il ignorait même qu'ils eussent l'intention de le choisir pour leur chef.

Lorsque le maître de police eut prononcé ce nom devant le grand-duc, celui-ci répondit qu'il ne lui était pas inconnu.

« En effet, répondit le général Voranzoff, Wassili Fédor est un homme de valeur et de courage. Son influence sur ses compagnons a toujours été très-grande.

— Depuis quand est-il à Irkoutsk? demanda le grand-duc.

— Depuis deux ans.

— Et sa conduite...?

— Sa conduite, répondit le maître de police, est celle d'un homme soumis aux lois spéciales qui le régissent.

— Général, répondit le grand-duc, général, veuillez me le présenter immédiatement. »

Les ordres du grand-duc furent exécutés, et une demi-heure ne s'était pas écoulée, que Wassili Fédor était introduit en sa présence.

C'était un homme ayant quarante ans au plus,

grand, la physionomie sévère et triste. On sentait que toute sa vie se résumait dans ce mot : la lutte, et qu'il avait lutté et souffert. Ses traits rappelaient remarquablement ceux de sa fille Nadia Fédor.

Plus que tout autre, l'invasion tartare l'avait frappé dans sa plus chère affection et ruiné la suprême espérance de ce père, exilé à huit mille verstes de sa ville natale. Une lettre lui avait appris la mort de sa femme, et, en même temps, le départ de sa fille, qui avait obtenu du gouvernement l'autorisation de le rejoindre à Irkoutsk.

Nadia avait dû quitter Riga le 10 juillet. L'invasion était du 15 juillet. Si, à cette époque, Nadia avait passé la frontière, qu'était-elle devenue au milieu des envahisseurs ? On conçoit que ce malheureux père fût dévoré d'inquiétudes, puisque, depuis cette époque, il était sans aucune nouvelle de sa fille.

Wassili Fédor, en présence du grand duc, s'inclina et attendit d'être interrogé.

« Wassili Fédor, lui dit le grand-duc, tes compagnons d'exil ont demandé à former un corps d'élite. Ils n'ignorent pas que, dans ces corps, il faut savoir se faire tuer jusqu'au dernier ?

— Ils ne l'ignorent pas, répondit Wassili Fédor.

— Ils te veulent pour chef.

— Moi, Altesse ?

— Consens-tu à te mettre à leur tête?

— Oui, si le bien de la Russie l'exige.

— Commandant Fédor, dit le grand-duc, tu n'es plus exilé.

— Merci, Altesse, mais puis-je commander à ceux qui le sont encore?

— Ils ne le sont plus! »

C'était la grâce de tous ses compagnons d'exil, maintenant ses compagnons d'armes, que lui accor dait le frère du czar!

Wassili Fédor serra avec émotion la main que lui tendit le grand-duc, et il sortit.

Celui-ci, se retournant alors vers ses officiers :

« Le czar ne refusera pas d'accepter la lettre de grâce que je tire sur lui! dit-il en souriant. Il nous faut des héros pour défendre la capitale de la Sibérie, et je viens d'en faire. »

C'était, en effet, un acte de bonne justice et de bonne politique que cette grâce si généreusement accordée aux exilés d'Irkoutsk.

La nuit était arrivée alors. A travers les fenêtres du palais brillaient les feux du camp tartare, qui étincelaient au delà de l'Angara. Le fleuve charriait de nombreux glaçons, dont quelques-uns s'arrêtaient aux premiers pilotis des anciens ponts de bois. Ceux que le courant maintenait dans le chenal dérivaient avec une extrême rapidité. Il était évident, ainsi que l'avait fait observer le chef des marchands, que l'Angara ne pouvait que très-difficilement se congeler sur toute sa surface. Donc, le danger d'être assailli de ce côté n'était pas pour préoccuper les défenseurs d'Irkoutsk.

Dix heures du soir venaient de sonner. Le grand-duc allait congédier ses officiers et se retirer dans ses appartements, quand un certain tumulte se produisit en dehors du palais.

Presque aussitôt, la porte du salon s'ouvrit, un aide de camp parut, et, s'avançant vers le grand-duc :

« Altesse, dit-il, un courrier du czar ! »

CHAPITRE XIII

UN COURRIER DU CZAR.

Un mouvement simultané porta tous les membres du conseil vers la porte entr'ouverte. Un courrier du czar, arrivé à Irkoutsk ! Si ces officiers eussent un instant réfléchi à l'improbabilité de ce fait, ils l'auraient certainement tenu pour impossible.

Le grand-duc avait vivement marché vers son aide de camp.

« Ce courrier ! » dit-il.

Un homme entra. Il avait l'air épuisé de fatigue. Il portait un costume de paysan sibérien, usé, déchiré même, et sur lequel on voyait quelques trous de balle. Un bonnet moscovite lui couvrait la tête.

Une balafre, mal cicatrisée, lui coupait la figure. Cet homme avait évidemment suivi une longue et pénible route. Ses chaussures, en mauvais état, prouvaient même qu'il avait dû faire à pied une partie de son voyage.

« Son Altesse le grand-duc ? » s'écria-t-il en entrant.

Le grand-duc alla à lui :

« Tu es courrier du czar ? demanda-t-il.

— Oui, Altesse.

— Tu viens...?

— De Moscou.

— Tu as quitté Moscou... ?

— Le 15 juillet.

— Tu te nommes... ?

— Michel Strogoff. »

C'était Ivan Ogareff. Il avait pris le nom et la qualité de celui qu'il croyait réduit à l'impuissance. Ni le grand-duc, ni personne ne le connaissait à Irkoutsk, et il n'avait pas même eu besoin de déguiser ses traits. Comme il était en mesure de prouver sa prétendue identité, nul ne pourrait douter de lui. Il venait donc, soutenu par une volonté de fer, précipiter par la trahison et par l'assassinat le dénouement du drame de l'invasion.

Après la réponse d'Ivan Ogareff, le grand-duc fit un signe, et tous ses officiers se retirèrent.

Le faux Michel Strogoff et lui restèrent seuls dans le salon.

Le grand-duc regarda Ivan Ogareff pendant quelques instants, et avec une extrême attention. Puis :

« Tu étais, le 15 juillet, à Moscou ? lui demanda-t-il.

— Oui, Altesse, et, dans la nuit du 14 au 15, j'ai vu Sa Majesté le czar au Palais Neuf.

— Tu as une lettre du czar ?

— La voici. »

Et Ivan Ogareff remit au grand-duc la lettre impériale, réduite à des dimensions presque microscopiques.

« Cette lettre t'a été donnée dans cet état ? demanda le grand-duc.

— Non, Altesse, mais j'ai dû en déchirer l'enveloppe, afin de mieux la dérober aux soldats de l'émir.

— As-tu donc été prisonnier des Tartares ?

— Oui, Altesse, pendant quelques jours, répondit Ivan Ogareff. De là vient que, parti le 15 juillet de Moscou, comme l'indique la date de cette lettre, je ne suis arrivé à Irkoutsk que le 2 octobre, après soixante-dix-neuf jours de voyage. »

Le grand-duc prit la lettre. Il la déplia et reconnut la signature du czar, précédée de la formule sacramentelle, écrite de sa main. Donc, nul doute possible sur l'authenticité de cette lettre, ni même sur l'identité du courrier. Si sa physionomie farouche avait d'abord inspiré une méfiance dont le grand-duc ne laissa rien voir, cette méfiance disparut tout à fait.

Le grand-duc resta quelques instants sans parler. Il lisait lentement la lettre, afin de bien en pénétrer le sens.

Reprenant ensuite la parole :

« Michel Strogoff, tu connais le contenu de cette lettre? demanda-t-il.

— Oui, Altesse. Je pouvais être forcé de la détruire pour qu'elle ne tombât pas entre les mains des Tartares, et, le cas échéant, je voulais en rapporter exactement le texte à Votre Altesse.

— Tu sais que cette lettre nous enjoint de mourir à Irkoutsk plutôt que de rendre la ville ?

— Je le sais.

— Tu sais aussi qu'elle indique les mouvements des troupes qui ont été combinés pour arrêter l'invasion ?

— Oui, Altesse, mais ces mouvements n'ont pas réussi.

— Que veux-tu dire?

— Je veux dire qu'Ichim, Omsk, Tomsk, pour ne parler que des villes importantes des deux Sibéries, ont été successivement occupées par les soldats de Féofar-Khan.

— Mais y a-t-il eu combat? Nos Cosaques se sont-ils rencontrés avec les Tartares?

— Plusieurs fois, Altesse.

— Et ils ont été repoussés?

— Ils n'étaient pas en forces suffisantes.

— Où ont eu lieu les rencontres dont tu parles?

— A Kolyvan, à Tomsk... »

Jusqu'ici, Ivan Ogareff n'avait dit que la vérité; mais, dans le but d'ébranler les défenseurs d'Irkoutsk en exagérant les avantages obtenus par les troupes de l'émir, il ajouta :

« Et une troisième fois en avant de Krasnoiarsk.

— Et ce dernier engagement?... demanda le grand-duc, dont les lèvres serrées laissaient à peine passer les paroles.

— Ce fut plus qu'un engagement, Altesse, répondit Ivan Ogareff, ce fut une bataille.

— Une bataille?

— Vingt mille Russes, venus des provinces de la frontière et du gouvernement de Tobolsk, se sont heurtés contre cent cinquante mille Tartares, et, malgré leur courage, ils ont été anéantis.

— Tu mens! s'écria le grand-duc, qui essaya, mais vainement, de maîtriser sa colère.

— Je dis la vérité, Altesse, répondit froidement Ivan Ogareff. J'étais présent à cette bataille de Krasnoiarsk, et c'est là que j'ai été fait prisonnier! »

Le grand-duc se calma, et, d'un signe, il fit comprendre à Ivan Ogareff qu'il ne doutait pas de sa véracité.

« Quel jour a eu lieu cette bataille de Krasnoïarsk? demanda-t-il.

— Le 2 septembre.

— Et maintenant toutes les troupes tartares sont concentrées autour d'Irkoutsk?

— Toutes.

— Et tu les évalues...?

— A quatre cent mille hommes. »

Nouvelle exagération d'Ivan Ogareff dans l'évaluation des armées tartares, et tendant toujours au même but.

« Et je ne dois attendre aucun secours des provinces de l'ouest? demanda le grand-duc.

— Aucun, Altesse, du moins avant la fin de l'hiver.

— Eh bien, entends ceci, Michel Strogoff. Aucun secours ne dût-il jamais m'arriver ni de l'ouest ni de l'est, et ces barbares fussent-ils six cent mille, je ne rendrai pas Irkoutsk! »

L'œil méchant d'Ivan Ogareff se plissa légèrement. Le traître semblait dire que le frère du czar comptait sans la trahison.

Le grand-duc, d'un tempérament nerveux, avait grand'peine à conserver son calme en apprenant ces désastreuses nouvelles. Il allait et venait dans le salon, sous les yeux d'Ivan Ogareff, qui le couvaient comme une proie réservée à sa vengeance. Il s'arrêtait aux fenêtres, il regardait les feux du camp tartare, il cherchait à percevoir les bruits, dont la plupart provenaient du choc des glaçons entraînés par le courant de l'Angara.

Un quart d'heure se passa sans qu'il fît aucune autre question. Puis, reprenant la lettre, il en relut un passage et dit :

« Tu sais, Michel Strogoff, qu'il est question dans cette lettre d'un traître dont j'aurai à me méfier?

— Oui, Altesse.

— Il doit essayer d'entrer dans Irkoutsk sous un déguisement, de capter ma confiance, puis, l'heure venue, de livrer la ville aux Tartares.

— Je sais tout cela, Altesse, et je sais aussi qu'Ivan Ogareff a juré de se venger personnellement du frère du czar.

— Pourquoi ?

— On dit que cet officier a été condamné par le grand-duc à une dégradation humiliante.

— Oui... je me souviens... Mais il la méritait, ce misérable, qui devait plus tard servir contre son pays et y conduire une invasion de barbares !

— Sa Majesté le czar, répondit Ivan Ogareff, tenait surtout à ce que vous fussiez prévenu des criminels projets d'Ivan Ogareff contre votre personne.

— Oui... la lettre m'en informe...

— Et Sa Majesté me l'a dit elle-même en m'avertissant que, pendant mon voyage à travers la Sibérie, j'eusse surtout à me méfier de ce traître.

— Tu l'as rencontré?

— Oui, Altesse, après la bataille de Krasnoiarsk. S'il avait pu soupçonner que je fusse porteur d'une lettre adressée à Votre Altesse et dans laquelle ses projets étaient dévoilés, il ne m'eût pas fait grâce.

— Oui, tu étais perdu! répondit le grand-duc. Et comment as-tu pu t'échapper?

— En me jetant dans l'Irtyche.

— Et tu es entré à Irkoutsk?...

— A la faveur d'une sortie qui a été faite ce soir même pour repousser un détachement tartare. Je me suis mêlé aux défenseurs de la ville, j'ai pu me faire reconnaître, et l'on m'a aussitôt conduit devant Votre Altesse.

— Bien, Michel Strogoff, répondit le grand-duc. Tu as montré du courage et du zèle pendant cette difficile mission. Je ne t'oublierai pas. — As-tu quelque faveur à me demander?

— Aucune, si ce n'est celle de me battre à côté de Votre Altesse, répondit Ivan Ogareff.

— Soit, Michel Strogoff. Je t'attache dès aujourd'hui à ma personne, et tu seras logé dans ce palais.

— Et si, conformément à l'intention qu'on lui prête, Ivan Ogareff se présente à Votre Altesse sous un faux nom ?...

— Nous le démasquerons, grâce à toi, qui le connais, et je le ferai mourir sous le knout. Va. »

Ivan Ogareff salua militairement le grand duc, n'oubliant pas qu'il était capitaine au corps des courriers du czar, et il se retira.

Ivan Ogareff venait donc de jouer avec succès son indigne rôle. La confiance du grand-duc lui était accordée pleine et entière. Il pourrait en abuser où et quand il lui conviendrait. Il habiterait ce palais même. Il serait dans le secret des opérations de la défense. Il tenait donc la situation dans sa main. Personne dans Irkoutsk ne le connaissait, personne ne pouvait lui arracher son masque. Il résolut donc de se mettre à l'œuvre sans retard.

En effet, le temps pressait. Il fallait que la ville fût rendue avant l'arrivée des Russes du nord et de l'est, et c'était une question de quelques jours. Les Tartares une fois maîtres d'Irkoutsk, il ne serait pas facile de la leur reprendre. En tout cas, s'ils devaient l'abandonner plus tard, ils ne le feraient pas sans l'avoir ruinée de fond en comble, sans que la tête du grand-duc eût roulé aux pieds de Féofar-Khan

Ivan Ogareff, ayant toute facilité de voir, d'observer,

d'agir, s'occupa dès le lendemain de visiter les remparts. Partout il fut accueilli avec de cordiales félicitations par les officiers, les soldats, les citoyens. Ce courrier du czar était pour eux comme un lien qui venait de les rattacher à l'empire. Ivan Ogareff raconta donc, avec un aplomb qui ne se démentit jamais, les fausses péripéties de son voyage. Puis, adroitement, sans trop y insister d'abord, il parla de la gravité de la situation, exagérant, et les succès des Tartares, ainsi qu'il l'avait fait en s'adressant au grand-duc, et les forces dont ces barbares disposaient. A l'entendre, les secours attendus seraient insuffisants, si même ils arrivaient, et il était à craindre qu'une bataille livrée sous les murs d'Irkoutsk ne fût aussi funeste que les batailles de Kolyvan, de Tomsk et de Krasnoiarsk.

Ces fâcheuses insinuations, Ivan Ogareff ne les prodiguait pas. Il mettait une certaine circonspection à les faire pénétrer peu à peu dans l'esprit des défenseurs d'Irkoutsk. Il semblait ne répondre que lorsqu'il était trop pressé de questions, et comme à regret. En tout cas, il ajoutait toujours qu'il fallait se défendre jusqu'au dernier homme et faire plutôt sauter la ville que la rendre !

Le mal n'en eût pas été moins fait, s'il avait pu se faire. Mais la garnison et la population d'Irkoutsk étaient trop patriotes pour se laisser ébranler. De ces soldats, de ces citoyens enfermés dans une ville isolée au bout du monde asiatique, pas un n'eût songé à parler de capitulation. Le mépris du Russe pour ces barbares était sans bornes.

En tout cas, personne non plus ne soupçonna le rôle odieux que jouait Ivan Ogareff, personne ne pouvait deviner que le prétendu courrier du czar ne fût qu'un traître.

Une circonstance toute naturelle fit que, dès son arrivée à Irkoutsk, des rapports fréquents s'établirent entre Ivan Ogareff et l'un des plus braves défenseurs de la ville, Wassili Fédor.

On sait de quelles inquiétudes ce malheureux père était dévoré. Si sa fille, Nadia Fédor, avait quitté la Russie à la date assignée par la dernière lettre qu'il avait reçue de Riga, qu'était-elle devenue? Essayait-elle maintenant encore de traverser les provinces envahies, ou bien était-elle depuis longtemps déjà prisonnière? Wassili Fédor ne trouvait quelque apaisement à sa douleur que lorsqu'il avait quelque occasion de se battre contre les Tartares, — occasions trop rares à son gré.

Or, quand Wassili Fédor apprit cette arrivée si inattendue d'un courrier du czar, il eut comme un pressentiment que ce courrier pourrait lui donner des nouvelles de sa fille. Ce n'était qu'un espoir chimérique, probablement, mais il s'y rattacha. Ce courrier n'avait-il pas été prisonnier, comme Nadia l'était peut-être alors ?

Wassili Fédor alla trouver Ivan Ogareff, qui saisit cette occasion d'entrer en relations quotidiennes avec le commandant. Ce renégat pensait-il donc à exploiter cette circonstance? Jugeait-il tous les hommes d'après lui ? Croyait-il qu'un Russe, même un exilé politique, pût être assez misérable pour trahir son pays?

Quoi qu'il en fût, Ivan Ogareff répondit avec un empressement habilement feint aux avances que lui fit le père de Nadia. Celui-ci, le lendemain même de l'arrivée du prétendu courrier, se rendit au palais du gouverneur général. Là, il fit connaître à Ivan Ogareff les circonstances dans lesquelles sa fille avait dû quitter la Russie européenne et lui dit quelles étaient maintenant ses inquiétudes à son égard.

Ivan Ogareff ne connaissait pas Nadia, bien qu'il l'eût rencontrée au relais d'Ichim le jour où elle s'y trouvait avec Michel Strogoff. Mais alors, il n'avait pas plus fait attention à elle qu'aux deux journalistes qui étaient en même temps dans la maison de poste. Il ne put donc donner aucune nouvelle de sa fille à Wassili Fédor.

« Mais à quelle époque, demanda Ivan Ogareff, votre fille a-t-elle dû sortir du territoire russe?

— A peu près en même temps que vous, répondit Wassili Fédor.

— J'ai quitté Moscou le 15 juillet.

— Nadia a dû, elle aussi, quitter Moscou à cette époque. Sa lettre me le disait formellement.

— Elle était à Moscou le 15 juillet ? demanda Ivan Ogareff.

— Oui, certainement, à cette date.

— Eh bien !... » répondit Ivan Ogareff.

Puis se reprenant :

« Mais non, je me trompe... J'allais confondre les dates... ajouta-t-il. Il est malheureusement trop probable que votre fille a dû franchir la frontière, et vous ne pouvez avoir qu'un seul espoir, c'est qu'elle se soit arrêtée en apprenant les nouvelles de l'invasion tartare ! »

Wassili Fédor baissa la tête ! Il connaissait Nadia, et il savait bien que rien n'avait pu l'empêcher de partir.

Ivan Ogareff venait de commettre là, gratuitement, un acte de cruauté véritable. D'un mot il pouvait rassurer Wassili Fédor. Bien que Nadia eût passé la frontière sibérienne dans les circonstances que l'on sait, Wassili Fédor, en rapprochant la date à laquelle sa fille se trouvait à Nijni-Novgorod et la date de l'arrêté qui interdisait d'en sortir, en eût sans doute conclu ceci : c'est que Nadia n'avait pas pu être exposée aux dangers de l'invasion, et qu'elle était encore, malgré elle, sur le territoire européen de l'empire.

Ivan Ogareff, obéissant à sa nature, en homme que ne savaient plus émouvoir les souffrances des autres, pouvait dire ce mot... Il ne le dit pas.

Wassili Fédor se retira le cœur brisé. Après cet entretien, son dernier espoir venait de s'anéantir.

Pendant les deux jours qui suivirent, 3 et 4 octobre, le grand-duc demanda plusieurs fois le prétendu Michel Strogoff et lui fit répéter tout ce qu'il avait entendu dans le cabinet impérial du Palais-Neuf. Ivan Ogareff, préparé à toutes ces questions, répondit sans jamais hésiter. Il ne cacha pas, à dessein, que le gouvernement du czar avait été absolument surpris par l'invasion, que le soulèvement avait été préparé dans le plus grand secret, que les Tartares étaient déjà maîtres de la ligne de l'Obi, quand les nouvelles arrivèrent à Moscou, et, enfin, que rien n'était prêt dans les provinces russes pour jeter en Sibérie les troupes nécessaires à repousser les envahisseurs.

Puis, Ivan Ogareff, entièrement libre de ses mouvements, commença à étudier Irkoutsk, l'état de ses fortifications, leurs points faibles, afin de profiter ultérieurement de ses observations, au cas où quelque circonstance l'empêcherait de consommer son acte de trahison. Il s'attacha plus particulièrement à examiner la porte de Bolchaïa, qu'il voulait livrer.

Deux fois, le soir, il vint sur les glacis de cette porte. Il s'y promenait, sans crainte de se découvrir aux coups des assiégeants, dont les premiers postes étaient à moins d'une verste des remparts. Il savait bien qu'il n'était pas exposé, et même qu'il était reconnu. Il avait entrevu une ombre qui se glissait jusqu'au pied des terrassements.

Sangarre, risquant sa vie, venait essayer de se mettre en communication avec Ivan Ogareff.

D'ailleurs, les assiégés, depuis deux jours, jouissaient d'une tranquillité à laquelle les Tartares ne les avaient point habitués depuis le début de l'investissement.

C'était par ordre d'Ivan Ogareff. Le lieutenant de Féofar-Khan avait voulu que toutes tentatives pour emporter la ville de vive force fussent suspendues. Aussi, depuis son arrivée à Irkoutsk, l'artillerie se taisait-elle absolument. Peut-être — du moins il l'espérait — la surveillance des assiégés se relâcherait-elle? En tout cas, aux avant-postes, plusieurs milliers de Tartares se tenaient prêts à s'élancer vers la porte dégarnie de ses défenseurs, lorsqu'Ivan Ogareff leur aurait fait connaître l'heure d'agir.

Cela ne pouvait tarder, cependant. Il fallait en finir

avant que les corps russes arrivassent en vue d'Irkoutsk. Le parti d'Ivan Ogareff fut pris, et, ce soir-là, du haut des glacis, un billet tomba entre les mains de Sangarre.

C'était le lendemain, dans la nuit du 5 au 6 octobre, à deux heures du matin, qu'Ivan Ogareff avait résolu de livrer Irkoutsk.

CHAPITRE XIV

LA NUIT DU 5 AU 6 OCTOBRE.

Le plan d'Ivan Ogareff avait été combiné avec le plus grand soin, et, sauf des chances improbables, il devait réussir. Il importait que la porte de Bolchaïa fût libre au moment où il la livrerait. Aussi, à ce moment, était-il indispensable que l'attention des assiégés fût attirée sur un autre point de la ville De là, une diversion convenue avec l'émir.

Cette diversion devait s'opérer du côté du faubourg d'Irkoutsk, en amont et en avant du fleuve, sur sa rive droite. L'attaque sur ces deux points serait très-sérieusement conduite, et, en même temps, une tentative de passage de l'Angara serait feinte sur la rive gauche. La porte de Bolchaïa serait donc probablement abandonnée, d'autant plus que, de ce côté, les avant-postes tartares, reportés en arrière, sembleraient avoir été levés.

On était au 5 octobre. Avant vingt-quatre heures, la capitale de la Sibérie orientale devait être entre les mains de l'émir, et le grand-duc au pouvoir d'Ivan Ogareff.

Pendant cette journée, un mouvement inaccoutumé se produisit au camp de l'Angara. Des fenêtres du palais et des maisons de la rive droite, on voyait distinctement des préparatifs importants se faire sur la berge opposée. De nombreux détachements tartares convergeaient vers le camp et venaient d'heure en heure renforcer les troupes de l'émir. C'était la diversion convenue qui se préparait, et d'une manière très ostensible.

D'ailleurs, Ivan Ogareff ne cacha point au grand-duc qu'il y avait quelque attaque à craindre de ce côté. Il savait, disait-il, qu'un assaut devait être donné, en amont et en aval de la ville, et il conseilla au grand-duc de renforcer ces deux points plus directement menacés.

Les préparatifs observés venant à l'appui des recommandations faites par Ivan Ogareff, il était urgent d'en tenir compte. Aussi, après un conseil de guerre qui se réunit au palais, des ordres furent donnés de concentrer la défense sur la rive droite de l'Angara et aux deux extrémités de la ville, où les terrassements venaient s'appuyer sur le fleuve.

C'était précisément ce que voulait Ivan Ogareff. Il ne comptait évidemment pas que la porte de Bolchaïa resterait sans défenseurs, mais ceux-ci n'y seraient plus qu'en petit nombre. D'ailleurs, Ivan Ogareff allait donner à la diversion une importance telle que le grand-duc serait obligé d'y opposer toutes ses forces disponibles.

En effet, un incident d'une gravité exceptionnelle, imaginé par Ivan Ogareff, devait aider puissamment à l'accomplissement de ses projets. Lors même qu'Irkoutsk n'eût pas été attaquée sur des points éloignés de la porte de Bolchaïa et par la rive droite du fleuve, cet incident aurait suffi à attirer le concours de tous les défenseurs là où Ivan Ogareff voulait précisément les amener. Il devait provoquer en même temps une catastrophe épouvantable.

Toutes les chances étaient donc pour que la porte, libre à l'heure indiquée, fût livrée aux milliers de Tartares qui attendaient sous l'épais couvert des forêts de l'est.

Pendant cette journée, la garnison et la population d'Irkoutsk furent constamment sur le qui-vive. Toutes les mesures que commandait une attaque imminente des points jusqu'alors respectés avaient été prises. Le grand-duc et le général Voranzoff visitèrent les postes, renforcés par leurs ordres. Le corps d'élite de Wassili Fédor occupait le nord de la ville, mais avec injonction de se porter où le danger serait le plus pressant. La rive droite de l'Angara avait été garnie du peu d'artillerie dont on avait pu disposer. Avec ces mesures, prises à temps, grâce aux recommandations faites si à propos par Ivan Ogareff, il y avait lieu d'espérer que l'attaque préparée ne réussirait pas. Dans ce cas, les Tartares, momentanément découragés, remettraient sans doute à quelques jours une nouvelle tentative contre la ville. Or, les troupes attendues par le grand-duc pouvaient arriver d'une heure à l'autre. Le salut ou la perte d'Irkoutsk ne tenait donc qu'à un fil.

Ce jour-là, le soleil, qui s'était levé à six heures vingt minutes, se couchait à cinq heures quarante, après avoir tracé pendant onze heures son arc diurne au-dessus de l'horizon. Le crépuscule devait lutter contre la nuit pendant deux heures encore. Puis, l'espace s'emplirait d'épaisses ténèbres, car de gros nuages s'immobilisaient dans l'air, et la lune, en conjonction, ne devait pas paraître.

Cette profonde obscurité allait favoriser plus complétement les projets d'Ivan Ogareff.

Depuis quelques jours déjà, un froid extrêmement vif préludait aux rigueurs de l'hiver sibérien, et, ce soir-là, il était plus sensible. Les soldats, postés sur la rive droite de l'Angara, forcés de dissimuler leur présence, n'avaient point allumé de feux. Ils souffraient donc cruellement de ce redoutable abaissement de la température. A quelques pieds au-dessous d'eux, passaient les glaçons qui suivaient le courant du fleuve. Pendant toute cette journée, on les avait vus, en rangs pressés, dériver rapidement entre les deux rives. Cette circonstance, observée par le grand-duc et ses officiers, avait été considérée comme heureuse. Il était évident, en effet, que si le lit de l'Angara était obstrué, le passage deviendrait tout à fait impraticable. Les Tartares ne pourraient manœuvrer ni radeaux ni barques. Quant à admettre qu'ils pussent franchir le fleuve sur ces glaçons, au cas où le froid les aurait agrégés, ce n'était pas possible. Le champ, nouvellement cimenté, n'eût pas offert de consistance suffisante au passage d'une colonne d'assaut.

Mais cette circonstance, par cela même qu'elle paraissait être favorable aux défenseurs d'Irkoutsk, Ivan Ogareff aurait dû regretter qu'elle se fût produite. Il n'en fut rien, cependant! C'est que le traître savait bien que les Tartares ne chercheraient pas à passer l'Angara, et que, de ce côté du moins, leur tentative ne serait qu'une feinte.

Toutefois, vers dix heures du soir, l'état du fleuve se modifia sensiblement, à l'extrême surprise des assiégés et maintenant à leur désavantage. Le passage, impraticable jusqu'alors, devint possible tout à coup. Le lit de l'Angara se refit libre. Les glaçons, qui avaient dérivé en grand nombre depuis quelques jours, disparurent en aval, et c'est à peine si cinq ou six occupèrent alors l'espace compris entre les deux rives. Ils ne présentaient même plus la structure de ceux qui se forment dans les conditions ordinaires et sous l'influence d'un froid régulier. Ce n'étaient que de simples morceaux, arrachés à quelque ice-field, dont les brisures, nettement coupées, ne se relevaient pas en bourrelets rugueux.

Les officiers russes, qui constatèrent cette modification dans l'état du fleuve, la firent connaître au grand-duc. Elle s'expliquait, d'ailleurs, par ce motif que, dans quelque portion rétrécie de l'Angara, les glaçons avaient dû s'accumuler de manière à former un barrage.

On sait qu'il en était ainsi.

Le passage de l'Angara était donc ouvert aux assiégeants. De là, nécessité pour les Russes de veiller avec plus d'attention que jamais.

Aucun incident ne se produisit jusqu'à minuit. Du côté de l'est, au delà de la porte de Bolchaïa, calme complet. Pas un feu dans ce massif des forêts qui se confondaient à l'horizon avec les basses nuées du ciel.

Au camp de l'Angara, agitation assez grande, attestée par le fréquent déplacement des lumières.

A une verste en amont et en aval du point où l'escarpe venait s'appuyer aux berges de la rivière, il se faisait un sourd murmure, qui prouvait que les Tartares étaient sur pied, attendant un signal quelconque.

Une heure s'écoula encore. Rien de nouveau.

Deux heures du matin allaient sonner au clocher de la cathédrale d'Irkoutsk, et pas un mouvement n'avait encore trahi chez les assiégeants d'intentions hostiles.

Le grand-duc et ses officiers se demandaient s'ils n'avaient pas été induits en erreur, s'il entrait réellement dans le plan des Tartares d'essayer de surprendre la ville. Les nuits précédentes n'avaient pas été aussi calmes, à beaucoup près. La fusillade éclatait dans la direction des avant-postes, les obus sillonnaient l'air, et, cette fois, rien.

Le grand-duc, le général Voranzoff, leurs aides de camp, attendaient donc, prêts à donner leurs ordres suivant les circonstances.

On sait qu'Ivan Ogareff occupait une chambre du palais. C'était une assez vaste salle, située au rez-de-chaussée et dont les fenêtres s'ouvraient sur une terrasse latérale. Il suffisait de faire quelques pas sur cette terrasse pour dominer le cours de l'Angara.

Une profonde obscurité régnait dans cette salle.

Ivan Ogareff, debout près d'une fenêtre, attendait que l'heure d'agir fût arrivée. Évidemment, le signal ne pouvait venir que de lui. Une fois ce signal donné, lorsque la plupart des défenseurs d'Irkoutsk auraient été appelés aux points attaqués ouvertement, son projet était de quitter le palais et d'aller accomplir son œuvre.

Il attendait donc, dans les ténèbres, comme un fauve prêt à s'élancer sur une proie.

Cependant, quelques minutes avant deux heures, le grand-duc demanda que Michel Strogoff — c'était le seul nom qu'il pût donner à Ivan Ogareff — lui fût amené. Un aide de camp vint jusqu'à sa chambre, dont la porte était fermée. Il l'appela...

Ivan Ogareff, immobile près de la fenêtre et invisible dans l'ombre, se garda bien de répondre.

On rapporta donc au grand-duc que le courrier du czar n'était pas en ce moment au palais.

Deux heures sonnèrent. C'était le moment de provoquer la diversion convenue avec les Tartares, disposés pour l'assaut.

Ivan Ogareff ouvrit la fenêtre de sa chambre, et il alla se poster à l'angle nord de la terrasse latérale.

Au-dessous de lui, dans l'ombre, passaient les eaux de l'Angara, qui mugissaient en se brisant aux arêtes des piliers.

Ivan Ogareff tira une amorce de sa poche, il l'enflamma, et il alluma un peu d'étoupe, imprégnée de pulvérin, qu'il lança dans le fleuve...

C'était par ordre d'Ivan Ogareff que des torrents d'huile minérale avaient été lancés à la surface de l'Angara !

Des sources de naphte étaient exploitées au-dessus d'Irkoutsk, sur la rive droite, entre la bourgade de Poshkavsk et la ville. Ivan Ogareff avait résolu d'employer ce moyen terrible de porter l'incendie dans Irkoutsk. Il s'empara donc des immenses réservoirs qui renfermaient le liquide combustible. Il suffisait de démolir un pan de mur pour en provoquer l'écoulement à grands flots.

C'est ce qui avait été fait dans cette nuit, quelques heures auparavant, et c'est pourquoi le radeau qui portait le vrai courrier du czar, Nadia et les fugitifs, flottait sur un courant d'huile minérale. A travers les brèches de ces réservoirs, contenant des millions de mètres cubes, le naphte s'était précipité comme un torrent, et, suivant les pentes naturelles du sol, il s'était répandu à la surface du fleuve, où sa densité le fit surnager.

Voilà comment Ivan Ogareff entendait la guerre! Allié des Tartares, il agissait comme un Tartare, et contre ses propres compatriotes!

L'étoupe avait été lancée sur les eaux de l'Angara. En un instant, comme si le courant eût été fait d'alcool, tout le fleuve s'enflamma, en amont et en aval, avec une rapidité électrique. Des volutes de flammes bleuâtres couraient entre les deux rives. De grosses vapeurs fuligineuses se tordaient au-dessus. Les quelques glaçons qui s'en allaient en dérive, saisis par le liquide igné, fondaient comme de la cire à la surface d'une fournaise, et l'eau vaporisée s'échappait dans l'air en sifflets assourdissants.

A ce moment même, la fusillade éclata au nord et au sud de la ville. Les batteries du camp de l'Angara tirèrent à toute volée. Plusieurs milliers de Tartares se précipitèrent à l'assaut des terrassements. Les maisons des berges, construites en bois, prirent feu de toutes parts. Une immense clarté dissipa les ombres de la nuit.

« Enfin! » dit Ivan Ogareff.

Et il pouvait s'applaudir à bon droit! La diversion qu'il avait imaginée était terrible. Les défenseurs d'Irkoutsk se voyaient entre l'attaque des Tartares et les désastres de l'incendie. Les cloches sonnèrent, et tout ce qui était valide dans la population se porta aux points attaqués et aux maisons dévorées par le feu, qui menaçait de se communiquer à la ville entière.

La porte de Bolchaïa était presque libre. C'est à peine si l'on y avait laissé quelques défenseurs. Et même, sous l'inspiration du traître, et pour que l'événement accompli pût s'expliquer en dehors de lui et par des haines politiques, ces rares défenseurs avaient-ils été choisis dans le petit corps des exilés.

Ivan Ogareff rentra dans sa chambre, alors brillamment éclairée par les flammes de l'Angara, qui dépassaient la balustrade des terrasses. Puis, il se disposa à sortir.

Mais, à peine avait-il ouvert la porte, qu'une femme se précipitait dans cette chambre, les vêtements trempés, les cheveux en désordre.

« Sangarre ! » s'écria Ivan Ogareff, dans le premier moment de surprise, et n'imaginant pas que ce pût être une autre femme que la tsigane.

Ce n'était pas Sangarre, c'était Nadia.

Au moment où, réfugiée sur le glaçon, la jeune fille avait jeté un cri en voyant l'incendie se propager avec le courant de l'Angara, Michel Strogoff l'avait saisie dans ses bras, et il avait plongé avec elle pour chercher dans les profondeurs mêmes du fleuve un abri contre les flammes. On sait que le glaçon qui les portait ne se trouvait plus alors qu'à une trentaine de brasses du premier quai, en amont d'Irkoutsk.

Après avoir nagé sous les eaux, Michel Strogoff était parvenu à prendre pied sur le quai avec Nadia.

Michel Strogoff touchait enfin au but ! Il était à Irkoutsk !

« Au palais du gouverneur ! » dit-il à Nadia.

Moins de dix minutes après, tous deux arrivaient à l'entrée de ce palais, dont les longues flammes de l'Angara léchaient les assises de pierre, mais que l'incendie ne pouvait atteindre.

Au delà, les maisons de la berge flambaient toutes.

Michel Strogoff et Nadia entrèrent sans difficulté dans ce palais, ouvert à tous. Au milieu de la confusion générale, nul ne les remarqua, bien que leurs vêtements fussent trempés.

Une foule d'officiers venant chercher des ordres, et de soldats courant les exécuter, encombrait la grande salle du rez-de-chaussée. Là, Michel Strogoff et la jeune fille, dans un brusque remous de la multitude affolée, se trouvèrent séparés l'un de l'autre.

Nadia courait, éperdue, à travers les salles basses, appelant son compagnon, demandant à être conduite devant le grand-duc.

Une porte, donnant sur une chambre inondée de lumière, s'ouvrit devant elle. Elle entra, et elle se trouva inopinément en face de celui qu'elle avait vu à Ichim, qu'elle avait vu à Tomsk, en face de celui dont, un instant plus tard, la main scélérate allait livrer la ville !

« Ivan Ogareff ! » s'écria-t-elle.

En entendant prononcer son nom, le misérable frémit. Son vrai nom connu, tous ses plans échouaient. Il n'avait qu'une chose à faire : tuer l'être, quel qu'il fût, qui venait de le prononcer.

Ivan Ogareff se jeta sur Nadia ; mais la jeune fille, un couteau à la main, s'adossa au mur, décidée à se défendre.

« Ivan Ogareff ! cria encore Nadia, sachant bien que ce nom détesté ferait venir à son secours.

— Ah ! tu te tairas ! dit le traître.

— Ivan Ogareff ! » cria une troisième fois l'intrépide jeune fille, et d'une voix dont la haine avait décuplé la force.

Ivre de fureur, Ivan Ogareff tira un poignard de sa ceinture, s'élança sur Nadia et l'accula dans un angle de la salle.

C'en était fait d'elle, lorsque le misérable, soulevé soudain par une force irrésistible, alla rouler à terre.

« Michel ! » s'écria Nadia.

C'était Michel Strogoff.

Michel Strogoff avait entendu l'appel de Nadia.

Guidé par sa voix, il était arrivé jusqu'à la chambre d'Ivan Ogareff et il était entré par la porte demeurée ouverte.

« Ne crains rien, Nadia, dit-il, en se plaçant entre elle et Ivan Ogareff.

— Ah! s'écria la jeune fille, prends garde, frère!... Le traître est armé!... Il voit clair, lui!... »

Ivan Ogareff s'était relevé, et, croyant avoir bon marché de l'aveugle, il se précipita sur Michel Strogoff.

Mais, d'une main, l'aveugle saisit le bras du clairvoyant, et de l'autre, détournant son arme, il le rejeta une seconde fois à terre.

Ivan Ogareff, pâle de fureur et de honte, se souvint qu'il portait une épée. Il la tira du fourreau et revint à la charge.

Il avait reconnu, lui aussi, Michel Strogoff. Un aveugle! Il n'avait, en somme, affaire qu'à un aveugle! La partie était belle pour lui!

Nadia, épouvantée du danger qui menaçait son compagnon dans une lutte si inégale, se jeta sur la porte en appelant au secours!

« Ferme cette porte, Nadia! dit Michel Strogoff. N'appelle personne et laisse-moi faire! Le courrier du czar n'a rien à craindre aujourd'hui de ce misérable! Qu'il vienne à moi, s'il l'ose! Je l'attends. »

Cependant, Ivan Ogareff, ramassé sur lui-même

comme un tigre, ne proférait pas un mot. Le bruit de son pas, de sa respiration même, il eût voulu le soustraire à l'oreille de l'aveugle. Il voulait le frapper avant même qu'il fût averti de son approche, le frapper à coup sûr. Le traître ne songeait pas à se battre, mais à assassiner celui dont il avait volé le nom.

Nadia, épouvantée et confiante à la fois, contemplait avec une sorte d'admiration cette scène terrible. Il semblait que le calme de Michel Strogoff l'eût gagnée subitement. Michel Strogoff n'avait que son couteau sibérien pour toute arme, il ne voyait pas son adversaire, armé d'une épée, c'est vrai. Mais par quelle grâce du ciel semblait-il le dominer, et de si haut? Comment, sans presque bouger, faisait-il face toujours à la pointe même de son épée?

Ivan Ogareff épiait avec une anxiété visible son étrange adversaire. Ce calme surhumain agissait sur lui. En vain, faisant appel à sa raison, se disait-il que, dans l'inégalité d'un tel combat, tout l'avantage était en sa faveur! Cette immobilité de l'aveugle le glaçait. Il avait cherché des yeux la place où il devait frapper sa victime... Il l'avait trouvée!... Qui donc le retenait d'en finir?

Enfin, il fit un bond et porta en pleine poitrine un coup de son épée à Michel Strogoff.

Un mouvement imperceptible du couteau de l'aveugle détourna le coup. Michel Strogoff n'avait pas été touché, et, froidement, il sembla attendre, sans même la défier, une seconde attaque.

Une sueur glacée coulait du front d'Ivan Ogareff. Il recula d'un pas, puis fonça de nouveau. Mais, pas plus que le premier, ce second coup ne porta. Une simple parade du large couteau avait suffi à faire dévier l'inutile épée du traître.

Celui-ci, fou de rage et de terreur en face de cette vivante statue, arrêta ses regards épouvantés sur les yeux tout grands ouverts de l'aveugle. Ces yeux, qui semblaient lire jusqu'au fond de son âme et qui ne voyaient pas, qui ne pouvaient pas voir, ces yeux opéraient sur lui une sorte d'effroyable fascination.

Tout à coup, Ivan Ogareff jeta un cri. Une lumière inattendue s'était faite dans son cerveau.

« Il voit, s'écria-t-il, il voit !... »

Et, comme un fauve essayant de rentrer dans son antre, pas à pas, terrifié, il recula jusqu'au fond de la salle.

Alors, la statue s'anima, l'aveugle marcha droit à Ivan Ogareff, et se plaçant en face de lui :

« Oui, je vois ! dit-il. Je vois le coup de knout dont je t'ai marqué, traître et lâche ! Je vois la place où je vais te frapper ! Défends ta vie ! C'est un duel que je daigne t'offrir ! Mon couteau me suffira contre ton épée !

— Il voit ! se disait Nadia. Dieu secourable, est-ce possible ! »

Ivan Ogareff se sentit perdu. Mais, par un sursaut de sa volonté, reprenant courage, il se précipita l'épée en avant sur son impassible adversaire. Les deux lames se croisèrent, mais au choc du couteau de Michel Strogoff, manié par cette main de chasseur sibérien, l'épée vola en éclats, et le misérable, atteint au cœur, tomba sans vie sur le sol.

A ce moment, la porte de la chambre, repoussée du dehors, s'ouvrit. Le grand-duc, accompagné de quelques officiers, se montra sur le seuil.

Le grand-duc s'avança. Il reconnut à terre le cadavre de celui qu'il croyait être le courrier du czar.

Et alors, d'une voix menaçante :

« Qui a tué cet homme ? demanda-t-il.

— Moi, » répondit Michel Strogoff.

Un des officiers lui posa son revolver sur la tempe, prêt à faire feu.

« Ton nom ? demanda le grand-duc, avant de donner l'ordre de lui fracasser tête.

— Altesse, répondit Michel Strogoff, demandez-moi plutôt le nom de l'homme étendu à vos pieds !

— Cet homme, je le reconnais ! C'est un serviteur de mon frère ! C'est le courrier du czar !

— Cet homme, Altesse, n'est pas un courrier du czar ! C'est Ivan Ogareff !

— Ivan Ogareff ? s'écria le grand-duc.

— Oui, Ivan le traître !

— Mais toi, qui es-tu donc ?

— Michel Strogoff ! »

CHAPITRE XV

CONCLUSION.

Michel Strogoff n'était pas, n'avait jamais été aveugle. Un phénomène purement humain, à la fois moral et physique, avait neutralisé l'action de la lame incandescente que l'exécuteur de Féofar avait fait passer devant ses yeux.

On se rappelle qu'au moment du supplice, Marfa Strogoff était là, tendant les mains vers son fils. Michel Strogoff la regardait comme un fils peut regarder sa mère, quand c'est pour la dernière fois. Remontant à flots de son cœur à ses yeux, des larmes, que sa fierté essayait en vain de retenir, s'étaient amassées sous ses paupières et, en se volatilisant sur la cornée, lui avaient sauvé la vue. La couche de vapeur formée par ses larmes, s'interposant entre le sabre ardent et ses prunelles, avait suffi à annihiler l'action de la chaleur. C'est un effet identique à celui qui se produit, lorsqu'un ouvrier fondeur, après avoir trempé sa main dans l'eau, lui fait impunément traverser un jet de fonte en fusion.

Michel Strogoff avait immédiatement compris le danger qu'il aurait couru à faire connaître son secret à qui que ce fût. Il avait senti le parti qu'il pourrait, au contraire, tirer de cette situation pour l'accomplissement de ses projets. C'est parce qu'on le croirait aveugle, qu'on le laisserait libre. Il fallait donc qu'il fût aveugle, qu'il le fût pour tous, même pour Nadia, qu'il le fût partout en un mot, et que pas un geste, à aucun moment, ne pût faire douter de la sincérité de son rôle. Sa résolution était prise. Sa vie même, il devait la risquer pour donner à tous la preuve de sa cécité, et on sait comment il la risqua.

Seule, sa mère connaissait la vérité, et c'était sur la place même de Tomsk qu'il la lui avait dite à l'oreille, quand, penché dans l'ombre sur elle, il la couvrait de ses baisers.

On comprend, dès lors, que lorsqu'Ivan Ogareff avait, par une cruelle ironie, placé la lettre impériale devant ses yeux qu'il croyait éteints, Michel Strogoff avait pu lire, avait lu cette lettre qui dévoilait les odieux desseins du traître. De là, cette énergie qu'il déploya pendant la seconde partie de son voyage. De là, cette indestructible volonté d'atteindre Irkoutsk et d'en arriver à remplir de vive voix sa mission. Il savait que la ville devait être livrée ! Il savait que la vie du grand-duc était menacée ! Le salut du frère du czar et de la Sibérie était donc encore dans ses mains.

En quelques mots, toute cette histoire fut racontée au grand-duc, et Michel Strogoff dit aussi, et avec quelle émotion ! la part que Nadia avait prise à ces événements.

« Quelle est cette jeune fille ? demanda le grand-duc.

— La fille de l'exilé Wassili Fédor, répondit Michel Strogoff.

— La fille du commandant Fédor, dit le grand-duc, a cessé d'être la fille d'un exilé. Il n'y a plus d'exilés à Irkoutsk ! »

Nadia, moins forte dans la joie qu'elle ne l'avait été dans la douleur, tomba aux genoux du grand-duc, qui la releva d'une main, pendant qu'il tendait l'autre à Michel Strogoff.

Une heure après, Nadia était dans les bras de son père.

Michel Strogoff, Nadia, Wassili Fédor étaient réunis.

Ce fut, de part et d'autre, le plein épanouissement du bonheur.

Les Tartares avaient été repoussés dans leur double attaque contre la ville. Wassili Fédor, avec sa petite troupe, avait écrasé les premiers assaillants qui s'étaient présentés à la porte de Bolchaïa, comptant qu'elle leur serait ouverte, et dont, par un instinctif pressentiment, il s'était obstiné à rester le défenseur.

En même temps que les Tartares étaient refoulés, les assiégés se rendaient maîtres de l'incendie. Le naphte liquide ayant rapidement brûlé à la surface de l'Angara, les flammes, concentrées sur les maisons de la rive, avaient respecté les autres quartiers de la ville.

Avant le jour, les troupes de Féofar-Khan étaient rentrées dans leurs campements, laissant bon nombre de morts sur le revers des remparts.

Au nombre des morts était la tsigane Sangarre, qui avait essayé vainement de rejoindre Ivan Ogareff.

Pendant deux jours, les assiégeants ne tentèrent aucun nouvel assaut. Ils étaient découragés par la mort d'Ivan Ogareff. Cet homme était l'âme de l'invasion, et lui seul, par ses trames depuis longtemps ourdies, avait eu assez d'influence sur les khans et sur leurs hordes pour les entraîner à la conquête de la Russie asiatique.

Cependant, les défenseurs d'Irkoutsk se tinrent sur leurs gardes, et l'investissement durait toujours.

Mais le 7 octobre, dès les premières lueurs du jour, le canon retentit sur les hauteurs qui environnent Irkoutsk.

C'était l'armée de secours qui arrivait sous les ordres du général Kisselef et signalait ainsi sa présence au grand duc.

Les Tartares n'attendirent pas plus longtemps. Ils ne voulaient pas courir la chance d'une bataille livrée sous les murs de la ville, et le camp de l'Angara fut immédiatement levé.

Irkoutsk était enfin délivrée.

Avec les premiers soldats russes, deux amis de Michel Strogoff étaient entrés, eux aussi, dans la ville. C'étaient les inséparables Blount et Jolivet. En gagnant la rive droite de l'Angara par le barrage de glace, ils avaient pu s'échapper, ainsi que les autres fugitifs, avant que les flammes de l'Angara eussent atteint le radeau. Ce qui avait été noté par Alcide Jolivet sur son carnet, et de cette façon :

« Failli finir comme un citron dans un bol de punch ! »

Leur joie fut grande à retrouver sains et saufs Nadia et Michel Strogoff, surtout lorsqu'ils apprirent que leur vaillant compagnon n'était pas aveugle. Ce qui amena Harry Blount à libeller ainsi cette observation :

« Fer rouge peut-être insuffisant pour détruire la sensibilité du nerf optique. A modifier ! »

Puis, les deux correspondants, bien installés à Irkoutsk, s'occupèrent à mettre en ordre leurs impressions de voyage. De là, l'envoi à Londres et à Paris de deux intéressantes chroniques relatives à l'invasion tartare, et qui, chose rare, ne se contredisaient guère que sur les points les moins importants.

La campagne, du reste, fut mauvaise pour l'émir et ses alliés. Cette invasion, inutile comme toutes celles qui s'attaquent au colosse russe, leur fut très funeste. Ils se trouvèrent bientôt coupés par les troupes du czar, qui reprirent successivement toutes les villes conquises. En outre, l'hiver fut terrible, et de ces hordes, décimées par le froid, il ne rentra qu'une faible partie dans les steppes de la Tartarie.

La route d'Irkoutsk aux monts Ourals était donc libre. Le grand-duc avait hâte de retourner à Moscou, mais il retarda son voyage pour assister à une touchante cérémonie, qui eut lieu quelques jours après l'entrée des troupes russes.

Michel Strogoff avait été trouver Nadia, et, devant son père, il lui avait dit :

« Nadia, ma sœur encore, lorsque tu as quitté Riga

pour venir à Irkoutsk, avais-tu laissé derrière toi un autre regret que celui de ta mère?

— Non, répondit Nadia, aucun et d'aucune sorte.

— Ainsi, rien de ton cœur n'est resté là-bas?

— Rien, frère.

— Alors, Nadia, dit Michel Strogoff, je ne crois pas que Dieu, en nous mettant en présence, en nous faisant traverser ensemble de si rudes épreuves, ait voulu nous réunir autrement que pour jamais.

— Ah! » fit Nadia, en tombant dans les bras de Michel Strogoff.

Et se tournant vers Wassili Fédor :

« Mon père! dit-elle toute rougissante.

— Nadia, lui répondit Wassili Fédor, ma joie sera de vous appeler tous les deux mes enfants! »

La cérémonie du mariage se fit à la cathédrale d'Irkoutsk. Elle fut très-simple dans ses détails, très-belle par le concours de toute la population militaire et civile, qui voulut témoigner de sa profonde reconnaissance pour les deux jeunes gens, dont l'odyssée était déjà devenue légendaire.

Alcide Jolivet et Harry Blount assistaient naturellement à ce mariage, dont ils voulaient rendre compte à leurs lecteurs.

« Et cela ne vous donne pas envie de les imiter? demanda Alcide Jolivet à son confrère.

— Peuh! fit Harry Blount. Si, comme vous, j'avais une cousine!...

— Ma cousine n'est plus à marier! répondit en riant Alcide Jolivet.

— Tant mieux, ajouta Harry Blount, car on parle de difficultés qui vont surgir entre Londres et Péking. — Est-ce que vous n'avez pas envie d'aller voir ce qui se passe par là ?

— Eh parbleu, mon cher Blount, s'écria Alcide Jolivet, j'allais vous le proposer! »

Et voilà comment les deux inséparables partirent pour la Chine!

Quelques jours après la cérémonie, Michel et Nadia Strogoff, accompagnés de Wassili Fédor, reprirent la route d'Europe. Ce chemin de douleurs à l'aller fut un chemin de bonheur au retour. Ils voyagèrent avec une extrême vitesse, dans un de ces traîneaux qui glissent comme un express sur les steppes glacées de la Sibérie.

Cependant, arrivés aux rives du Dinka, en avant de Birskoë, ils s'arrêtèrent un jour.

Michel Strogoff retrouva la place où il avait enterré le pauvre Nicolas. Une croix y fut plantée, et Nadia pria une dernière fois sur la tombe de l'humble et héroïque ami que ni l'un ni l'autre ne devaient jamais oublier.

A Omsk, la vieille Marfa les attendait dans la petite maison des Strogoff. Elle pressa dans ses bras et avec passion celle qu'elle avait déjà cent fois dans son cœur nommée sa fille. La courageuse Sibérienne eut, ce jour-là, le droit de reconnaître son fils et de se dire fière de lui.

Après quelques jours passés à Omsk, Michel et Nadia Strogoff rentrèrent en Europe, et, Wassili Fédor s'étant fixé à Saint-Pétersbourg, ni son fils ni sa fille n'eurent d'autre occasion de le quitter que pour aller voir leur vieille mère.

Le jeune courrier avait été reçu par le czar, qui l'attacha spécialement à sa personne et lui remit la croix de Saint-Georges.

Michel Strogoff arriva, par la suite, à une haute situation dans l'empire. Mais ce n'est pas l'histoire de ses succès, c'est l'histoire de ses épreuves qui méritait d'être racontée.

FIN DE LA DEUXIÈME ET DERNIÈRE PARTIE.

UN

DRAME AU MEXIQUE (*)

LES PREMIERS NAVIRES DE LA MARINE MEXICAINE

I

DE L'ÎLE GUAJAN A ACAPULCO.

Le 18 octobre 1825, *l'Asia*, vaisseau espagnol de haut bord, et *la Constanzia*, brick de huit canons, relâchaient à l'île de Guajan, l'une des Mariannes. Depuis six mois que ces navires avaient quitté l'Espagne, leurs équipages, mal nourris, mal payés, harassés de fatigue, agitaient sourdement des projets de révolte. Des symptômes d'indiscipline s'étaient plus spécialement révélés à bord de *la Constanzia*, commandée par le

(*) Cette petite *Nouvelle* fait partie des essais de l'auteur, antérieurs à la publication de *Cinq Semaines en ballon*.

capitaine don Orteva, homme de fer, que rien ne faisait plier. Certaines avaries graves, tellement imprévues qu'on devait les attribuer à la malveillance, avaient arrêté le brick dans sa traversée. *L'Asia*, commandée par don Roque de Guzuarte, avait été forcée de relâcher avec lui. Une nuit, le compas s'était brisé on ne sait comment. Une autre, les haubans de misaine manquèrent comme s'ils avaient été coupés, et le mât tomba avec tout son gréement. Enfin, les drosses du gouvernail s'étaient rompues deux fois pendant une importante manœuvre.

L'île de Guajan dépend, comme toutes les Mariannes, de la capitainerie générale des îles Philippines. Les Espagnols, étant là chez eux, y purent donc promptement réparer leurs avaries.

Pendant ce séjour forcé à terre, don Orteva instruisit don Roque du relâchement de discipline qu'il avait remarqué à son bord, et les deux capitaines s'engagèrent à redoubler de vigilance et de sévérité.

Don Orteva eut à surveiller plus spécialement deux hommes de son équipage, le lieutenant Martinez et le gabier José.

Le lieutenant Martinez, ayant compromis sa dignité d'officier dans les conciliabules du gaillard d'avant, avait dû être plusieurs fois consigné, et, pendant ses arrêts, l'aspirant Pablo l'avait remplacé dans les fonctions de lieutenant de *la Constanzia*. Quant au gabier José, c'était un homme vil et méprisable, qui ne pesait les sentiments qu'au poids de l'or. Il se vit donc serré de près par l'honnête contre-maître Jacopo, en qui don Orteva avait toute confiance.

L'aspirant Pablo était une de ces natures d'élite, franches et courageuses, auxquelles la générosité inspire de grandes choses. Orphelin, recueilli et élevé par le capitaine don Orteva, il se fût fait tuer pour son bienfaiteur. Pendant ses longues conversations avec le contre-maître Jacopo, il se laissait aller, emporté par l'ardeur de sa jeunesse et l'élan de son cœur, à parler de la tendresse filiale qu'il éprouvait pour don Orteva, et le brave Jacopo lui serrait vigoureusement la main, car il comprenait ce que l'aspirant disait si bien. Aussi, don Orteva avait-il là deux hommes dévoués, sur lesquels il pouvait compter absolument. Mais que pouvaient-ils tous trois contre les passions d'un équipage indiscipliné? Pendant qu'ils s'employaient jour et nuit à triompher de l'esprit de discorde, Martinez, José et les autres matelots marchaient plus avant dans la révolte et la trahison.

La veille de l'appareillage, le lieutenant Martinez se trouvait à Guajan dans un cabaret de bas étage, avec quelques contre-maîtres et une vingtaine de marins des deux navires.

« Camarades, disait Martinez, grâce aux avaries survenues si opportunément, le brick et le vaisseau ont dû relâcher aux Mariannes et j'ai pu venir ici m'entretenir secrètement avec vous !

— Bravo ! fit l'assemblée d'une seule voix.

— Parlez, lieutenant, dirent alors plusieurs matelots, et faites-nous connaître votre projet.

— Voici mon plan, répondit Martinez. Dès que nous nous serons emparés des deux navires, nous ferons route vers les côtes du Mexique. Vous savez que la nouvelle Confédération est dépourvue de marine. Elle achètera donc nos vaisseaux, les yeux fermés, et non-seulement notre paye sera ainsi réglée, mais le surplus du prix de vente sera également partagé entre tous.

— C'est convenu !

— Et quel sera le signal pour agir avec ensemble à bord des deux bâtiments ? demanda le gabier José.

— Une fusée s'élancera de *l'Asia*, répondit Martinez. Ce sera le moment ! Nous sommes dix contre un, et les officiers du vaisseau et du brick seront faits prisonniers avant même d'avoir le temps de se reconnaître.

— Où sera donné ce signal ? demanda l'un des contre-maîtres de *la Constanzia*.

— Dans quelques jours, lorsque nous serons arrivés à la hauteur de l'île Mindanao.

— Mais les Mexicains ne recevront-ils pas nos navires à coups de canon? objecta le gabier José. Si je ne me trompe, la Confédération a rendu un décret qui met en surveillance tous les bâtiments espagnols, et au lieu d'or, c'est peut-être du fer et du plomb qu'on nous enverra par le travers!

— Sois tranquille, José! Nous nous ferons reconnaître, et de loin, répliqua Martinez.

— Et comment?

— En hissant à la corne de nos brigantines le pavillon du Mexique. »

Et, ce disant, le lieutenant Martinez déploya aux yeux des révoltés un pavillon vert, blanc et rouge.

Un morne silence accueillit l'apparition de cet emblème de l'indépendance mexicaine.

« Vous regrettez déjà le drapeau de l'Espagne? s'écria le lieutenant d'un ton railleur. Eh bien! que ceux qui éprouvent de tels regrets se séparent de nous et aillent virer, vent devant, sous les ordres du capitaine don Orteva ou du commandant don Roque! Quant à nous, qui ne voulons plus leur obéir, nous saurons bien les réduire à l'impuissance!

— Oui! oui! s'écria toute l'assemblée d'une commune voix.

— Camarades! reprit Martinez, nos officiers comptent, avec les vents alizés, voguer vers les îles de la

Sonde; mais nous leur montrerons qu'on peut, sans eux, courir des bordées contre les moussons de l'océan Pacifique! »

Les marins qui assistaient à ce conciliabule secret se séparèrent alors, et, par divers côtés, ils revinrent à leurs bords respectifs.

Le lendemain, dès l'aube, *l'Asia* et *la Constanzia* levaient l'ancre, et, mettant le cap au sud-ouest, le vaisseau et le brick se dirigeaient à pleines voiles vers la Nouvelle-Hollande. Le lieutenant Martinez avait repris ses fonctions, mais, suivant les ordres du capitaine don Orteva, il était surveillé de près.

Cependant, don Orteva était assailli de sinistres pressentiments. Il comprenait combien était imminente la chute de la marine espagnole, que l'insubordination conduisait à sa perte. En outre, son patriotisme ne pouvait s'accoutumer aux revers successifs qui accablaient son pays, et auxquels la révolution des États mexicains avait mis le comble. Il s'entretenait quelquefois avec l'aspirant Pablo de ces graves questions, surtout en ce qui touchait à l'ancienne suprématie des flottes espagnoles sur toutes les mers.

« Mon enfant! lui dit-il un jour, il n'y a plus de discipline chez nos marins. Les symptômes de révolte sont plus particulièrement visibles à mon bord, et il se peut — j'en ai le pressentiment — que quelque indigne trahison m'arrache la vie! Mais tu me vengerais, n'est-ce pas, pour venger en même temps l'Espagne, qu'on veut atteindre en me frappant?

— Je le jure, capitaine don Orteva! répondit Pablo.

— Ne te fais l'ennemi de personne sur ce brick, mais souviens-toi, le jour venu, mon enfant, qu'en ce temps de malheur, la meilleure façon de servir son pays, c'est de surveiller d'abord et de châtier s'il se peut les misérables qui veulent le trahir!

— Je vous promets de mourir, répondit l'aspirant, oui! de mourir s'il le faut, pour punir les traîtres! »

Il y avait trois jours que les navires avaient quitté les Mariannes. *La Constanzia* marchait grand largue par une jolie brise. Le brick, gracieux, alerte, élancé, ras sur l'eau, sa mâture inclinée à l'arrière, bondissait sur les lames qui couvraient d'écume ses huit caronades de six.

« Douze nœuds, lieutenant, dit un soir l'aspirant Pablo à Martinez. Si nous continuons ainsi à toujours filer, vent sous vergue, la traversée ne sera pas longue!

— Dieu le veuille! car nous avons assez pâti pour que nos souffrances aient enfin un terme »

Le gabier José se trouvait en ce moment près du gaillard d'arrière, et il écoutait les paroles du lieutenant.

« Nous ne devons pas tarder à avoir une terre en vue, dit alors Martinez à voix haute.

— L'île de Mindanao, répondit l'aspirant. Nous sommes, en effet, par cent quarante degrés de longitude ouest et huit de latitude nord, et, si je ne me trompe, cette île est par...

— Cent quarante degrés trente-neuf minutes de longitude, et sept degrés de latitude, » répliqua vivement Martinez.

José releva la tête, et, après avoir fait un imperceptible signe, il se dirigea vers le gaillard d'avant.

« Vous êtes du quart de minuit, Pablo? demanda Martinez.

— Oui, lieutenant.

— Voilà six heures du soir, je ne vous retiens pas. »

Pablo se retira.

Martinez demeura seul sur la dunette et porta ses yeux vers *l'Asia*, qui naviguait sous le vent du brick. Le soir était magnifique et faisait présager une de ces belles nuits qui sont si fraîches et si calmes sous les tropiques.

Le lieutenant chercha dans l'ombre les hommes de quart. Il reconnut José et ceux des marins qu'il avait entretenus à l'île de Guajan.

Un instant, Martinez s'approcha de l'homme qui

était au gouvernail. Il lui dit deux mots à voix basse, et ce fut tout.

Cependant, on aurait pu s'apercevoir que la barre avait été mise un peu plus au vent, si bien que le brick ne tarda pas à s'approcher sensiblement du vaisseau de ligne.

Contrairement aux habitudes du bord, Martinez se promenait sous le vent, afin de mieux observer *l'Asia*. Inquiet, tourmenté, il tordait dans sa main un porte-voix.

Soudain une détonation se fit entendre à bord du vaisseau.

A ce signal, Martinez sauta sur le banc de quart, et d'une voix forte :

« Tout le monde sur le pont ! cria-t-il. — A carguer les basses voiles ! »

En ce moment, don Orteva, suivi de ses officiers, sortit de la dunette, et s'adressant au lieutenant :

« Pourquoi cette manœuvre ? »

Martinez, sans lui répondre, quitta le banc de quart et courut au gaillard d'avant.

« La barre dessous ! commanda-t-il. — Aux bras de bâbord devant ! — Brasse ! — File l'écoute du grand foc ! »

En ce moment, des détonations nouvelles éclataient à bord de *l'Asia*.

L'équipage obéit aux ordres du lieutenant, et le brick, venant vivement au vent, s'arrêta immobile, en panne sous son petit hunier.

Don Orteva, se retournant alors vers les quelques hommes qui s'étaient rangés autour de lui :

« A moi, mes braves! » s'écria-t-il.

Et s'avançant vers Martinez :

« Qu'on s'empare de cet officier! dit-il.

— Mort au commandant! » répondit Martinez.

Pablo et deux officiers mirent l'épée et le pistolet à la main. Quelques matelots, Jacopo en tête, s'élancèrent pour les soutenir; mais, arrêtés aussitôt par les mutins, ils furent désarmés et mis dans l'impuissance d'agir.

Les soldats de marine et l'équipage se rangèrent dans toute la largeur du navire et s'avancèrent contre leurs officiers. Les hommes fidèles, acculés à la dunette, n'avaient plus qu'un parti à prendre : c'était de s'élancer sur les rebelles.

Don Orteva dirigea le canon de son pistolet sur Martinez.

En ce moment, une fusée s'élança du bord de *l'Asia*.

« Vainqueurs! » s'écria Martinez.

La balle de don Orteva alla se perdre dans l'espace.

Cette scène ne fut pas longue. Le capitaine attaqua le lieutenant corps à corps; mais, bientôt accablé par le nombre et grièvement blessé, on se rendit maître de lui. Ses officiers, quelques instants après, eurent partagé son sort.

Des fanaux furent alors hissés dans les manœuvres du brick et répondirent à ceux de *l'Asia*. La révolte avait également éclaté et triomphé à bord du vaisseau.

Le lieutenant Martinez était maître de *la Constanzia*, et ses prisonniers furent jetés pêle-mêle dans la chambre du conseil.

Mais avec la vue du sang s'étaient ravivés les instincts féroces de l'équipage. Ce n'était pas assez d'avoir vaincu, il fallait tuer.

« Égorgeons-les! s'écrièrent plusieurs de ces furieux. A mort! Il n'y a qu'un homme mort qui ne parle pas! »

Le lieutenant Martinez, à la tête de mutins sanguinaires, s'élança vers la chambre du conseil; mais le reste de l'équipage s'opposa à ce massacre, et les officiers furent sauvés.

« Amenez don Orteva sur le pont, » ordonna Martinez.

On obéit.

« Orteva, dit Martinez, je commande ces deux navires. Don Roque est mon prisonnier comme toi. Demain, nous vous abandonnerons tous les deux sur une côte déserte; puis, nous ferons route vers les ports du Mexique, et ces navires seront vendus au gouvernement républicain.

— Traître! répondit don Orteva.

— Faites établir les basses voiles et orientez au plus près! — Qu'on attache cet homme sur la dunette. »

Il désignait don Orteva. On obéit.

« Les autres à fond de cale. Pare à virer vent devant. Envoyez! Hardi! camarades. »

La manœuvre fut promptement exécutée. Le capitaine don Orteva se trouva dès lors sous le vent du navire, masqué par la brigantine, et on l'entendait encore appeler son lieutenant « infâme » et « traître! »

Martinez, hors de lui, s'élança sur la dunette, une hache à la main. On l'empêcha d'arriver près du capitaine; mais, d'un bras vigoureux, il coupa les écoutes de la brigantine. Le gui, violemment entraîné par le vent, heurta don Orteva et lui brisa le crâne.

Un cri d'horreur s'éleva du brick.

« Mort par accident! dit le lieutenant Martinez. Jetez ce cadavre à la mer. »

Et on obéit toujours.

Les deux navires reprirent leur route au plus près, courant vers les plages mexicaines.

Le lendemain, on aperçut un îlot par le travers. Les embarcations de *l'Asia* et de *la Constanzia* furent mises à la mer, et les officiers, à l'exception de l'aspirant

Pablo et du contre-maître Jacopo, qui avaient fait acte de soumission au lieutenant Martinez, furent jetés sur cette côte déserte. Mais, quelques jours plus tard, ils furent heureusement recueillis par un baleinier anglais et transportés à Manille.

D'où venait que Pablo et Jacopo avaient passé au camp des révoltés? Il faut attendre pour les juger.

Quelques semaines après, les deux bâtiments mouillaient dans la baie de Monterey, au nord de la vieille Californie. Martinez fit savoir quelles étaient ses intentions au commandant militaire du port. Il offrait de livrer au Mexique, privé de marine, les deux navires espagnols avec leurs munitions, leur armement de guerre, et de mettre les équipages à la disposition de la Confédération. En retour, celle-ci devait leur payer tout ce qui leur était dû depuis le départ de l'Espagne.

A ces ouvertures, le gouverneur répondit en déclarant qu'il n'avait pas les pouvoirs suffisants pour traiter. Il engagea donc Martinez à se rendre à Mexico, où il pourrait aisément terminer lui-même cette affaire. Le lieutenant suivit ce conseil, et laissant *l'Asia* à Monterey, après un mois livré au plaisir, il reprit la mer avec *la Constanzia*. Pablo, Jacopo et José faisaient partie de l'équipage, et le brick, marchant grand largue, força de voiles pour atteindre au plus vite le port d'Acapulco.

II

D'ACAPULCO A CIGUALAN.

Des quatre ports que le Mexique possède sur l'océan Pacifique, San-Blas, Zacatula, Tehuantepec et Acapulco, ce dernier est celui qui offre le plus de ressources aux navires. La ville est mal construite et malsaine, il est vrai, mais la rade est sûre et pourrait aisément contenir cent vaisseaux. De hautes falaises abritent les bâtiments de toutes parts, et forment un bassin si paisible, qu'un étranger, arrivant par terre, croirait voir un lac enfermé dans un circuit de montagnes.

Acapulco, à cette époque, était protégé par trois bastions qui le flanquaient sur la droite, tandis que le goulet était défendu par une batterie de sept pièces de canon, pouvant, au besoin, sous un angle droit, croiser ses feux avec ceux du fort Santo-Diego. Celui-ci, pourvu de trente pièces d'artillerie, commandait la rade entière, et eût coulé immanquablement tout navire qui aurait tenté de forcer l'entrée du port.

La ville n'avait donc rien à craindre, et, pourtant, une panique générale l'avait saisie, trois mois après les événements ci-dessus racontés.

En effet, un navire venait d'être signalé au large. Très-inquiets sur les intentions de ce bâtiment suspect, les habitants d'Acapulco ne laissaient pas d'être fort peu rassurés. C'est que la nouvelle Confédération craignait encore, non sans raison, le retour de la domination espagnole ! C'est que, nonobstant les traités de commerce signés avec la Grande-Bretagne, et malgré l'arrivée du chargé d'affaires de Londres, qui avait reconnu la république, le gouvernement mexicain n'avait pas un navire à sa disposition pour protéger ses côtes !

Quel qu'il fût, ce bâtiment ne pouvait être qu'un hardi aventurier, et les vents de nord-est, qui soufflent bruyamment dans ces parages depuis l'équinoxe d'automne jusqu'au printemps, devaient rudement prendre la mesure de ses ralingues ! Or, les habitants d'Acapulco ne savaient qu'imaginer et se préparaient à tout hasard à repousser une descente d'étrangers, quand ce bâtiment tant redouté déroula à sa corne le drapeau de l'indépendance mexicaine !

Arrivée à une demi-portée de canon du port, *la Constanzia*, dont le nom pouvait se lire visiblement alors au tableau de l'arrière, mouilla subitement. Ses voiles se relevèrent sur les vergues, et une embarcation déborda, qui eut bientôt accosté le port.

Le lieutenant Martinez, aussitôt débarqué, se rendit chez le gouverneur et le mit au fait des circonstances qui l'amenaient. Celui-ci approuva la résolution qu'avait prise le lieutenant de se rendre à Mexico pour obtenir du général Guadalupe Vittoria, président de la Confédération, la ratification du marché. Cette nouvelle fut à peine connue dans la ville, que les transports de joie éclatèrent. Toute la population vint admirer le premier navire de la marine mexicaine, et vit, dans sa possession, avec une preuve de l'indiscipline espagnole, un moyen de s'opposer plus complétement encore à toute tentative nouvelle de ses anciens maîtres.

Martinez revint à son bord. Quelques heures après, le brick *la Constanzia* avait été affourché dans le port, et son équipage était hébergé chez les habitants d'Acapulco.

Seulement, lorsque Martinez fit l'appel de ses gens, Pablo et Jacopo avaient tous deux disparu.

Le Mexique est caractérisé entre toutes les contrées du globe par l'étendue et la hauteur du plateau qui en occupe le centre. La chaîne des Cordillières, sous le nom général d'Andes, traverse toute l'Amérique méridionale, sillonne le Guatemala, et, à son entrée dans le

Mexique, se divise en deux branches qui accidentent parallèlement les deux côtés du territoire. Or, ces deux branches ne sont que les versants de l'immense plateau d'Anahuac, situé à deux mille cinq cents mètres au-dessus des mers voisines. Cette succession de plaines, beaucoup plus étendues et non moins uniformes que celles du Pérou et de la Nouvelle-Grenade, occupe environ les trois cinquièmes du pays. La Cordillière, en pénétrant dans l'ancienne intendance de Mexico, prend le nom de « Sierra Madre », et, à la hauteur des villes de San-Miguel et de Guanaxato, après s'être divisée en trois branches, elle va se perdre jusqu'au cinquante-septième degré de latitude nord.

Entre le port d'Acapulco et la ville de Mexico, distants l'un de l'autre de quatre-vingts lieues, les mouvements de terrain sont moins brusques et les déclivités moins abruptes qu'entre Mexico et la Vera-Cruz. Après avoir foulé le granit qui se montre dans les branches voisines du grand Océan, et dans lequel est taillé le port d'Acapulco, le voyageur ne rencontre plus que ces roches porphyritiques, auxquelles l'industrie arrache le gypse, le basalte, le calcaire primitif, l'étain, le cuivre, le fer, l'argent et l'or. Or, précisément, la route d'Acapulco à Mexico offrait des points de vue, des systèmes de végétation tout particuliers, auxquels prenaient ou ne prenaient pas garde deux cavaliers qui chevauchaient l'un près de l'autre, quelques jours après l'arrivée au mouillage du brick *la Constanzia*.

C'étaient Martinez et José. Le gabier connaissait parfaitement cette route. Il avait tant de fois arpenté les montagnes de l'Anahuac! Aussi, le guide indien qui leur avait proposé ses services avait-il été refusé, et, montés sur d'excellents chevaux, les deux aventuriers se dirigeaient rapidement vers la capitale du Mexique.

Après deux heures d'un trot rapide qui les avait empêchés de causer, les cavaliers s'arrêtèrent.

« Au pas, lieutenant, fit José tout essoufflé. Santa Maria! j'aimerais mieux chevaucher pendant deux heures sur le grand cacatois, pendant un coup de vent de nord-ouest!

— Hâtons-nous! répondit Martinez. — Tu connais bien la route, José, tu la connais bien?

— Comme vous connaissez celle de Cadix à la Vera-Cruz, et nous n'aurons ni les tempêtes du golfe, ni les barres de Taspan ou de Santander pour nous retarder!... Mais au pas!

— Plus vite, au contraire, reprenait Martinez, en éperonnant son cheval. Je redoute cette disparition de Pablo et de Jacopo! Voudraient-ils profiter seuls du marché et nous voler notre part?

— Par saint Jacques ! Il ne manquerait plus que cela ! répondit cyniquement le gabier. Voler des voleurs comme nous !

— Combien avons-nous de jours de marche à faire avant d'arriver à Mexico ?

— Quatre ou cinq, lieutenant ! Une promenade ! Mais au pas ! Vous voyez bien que le terrain monte sensiblement ! »

En effet, les premières ondulations des montagnes se faisaient sentir sur la longue plaine.

« Nos chevaux ne sont pas ferrés, reprit le gabier en s'arrêtant, et leur corne s'use vite sur ces rocs de granit ! Après tout, ne disons pas de mal du sol !... Il y a de l'or là-dessous, et, parce que nous marchons dessus, lieutenant, ça ne veut pas dire que nous le méprisons ! »

Les deux voyageurs étaient parvenus à une petite éminence, largement ombragée de palmiers à éventail, de nopals et de sauges mexicaines. A leurs pieds s'étalait une vaste plaine cultivée, et toute la luxuriante végétation des terres chaudes s'offrait à leurs yeux. Sur la gauche, une forêt d'acajous coupait le paysage. D'élégants poivriers balançaient leurs branches flexibles aux souffles brûlants de l'océan Pacifique. Des champs de cannes à sucre hérissaient la campagne. De magnifiques récoltes de coton agitaient sans bruit leurs panaches de soie grise. Çà et là poussaient le convolvulus ou jalap médicinal, et le piment coloré, avec les indigotiers, les cacaotiers, les bois de campêche et de gaïac. Tous les produits variés de la flore tropicale, dahlias, mentzelias, hélicantus, irisaient de leurs couleurs ce merveilleux terrain, qui est le plus fertile de l'Intendance mexicaine.

Oui! toute cette belle nature semblait s'animer sous les rayons brûlants que leur versait à flots le soleil; mais aussi, sous cette insupportable chaleur, les malheureux habitants se tordaient dans les étreintes de la fièvre jaune! C'est pourquoi ces campagnes, inanimées et désertes, demeuraient sans mouvement et sans bruit.

« Quel est ce cône qui s'élève devant nous à l'horizon? demanda Martinez à José.

— Le cône de la Brea, et il est à peine plus élevé que la plaine! » répondit dédaigneusement le gabier.

Ce cône était la première saillie importante de l'immense chaîne des Cordillères.

« Pressons le pas, dit Martinez, en prêchant d'exemple. Nos chevaux sont originaires des haciendas du Mexique septentrional, et, dans leurs courses à travers les savanes, ils sont habitués à ces inégalités de terrain. Profitons donc des pentes du chemin, et sortons de ces immenses solitudes, qui ne sont pas faites pour nous égayer!

— Est-ce que le lieutenant Martinez aurait des remords? demanda José en haussant les épaules.

— Des remords!... non!... »

Martinez retomba dans un silence absolu, et tous deux marchèrent au trot rapide de leurs montures.

Ils atteignirent le cône de la Brea, qu'ils franchirent par des sentiers abrupts, le long de précipices qui n'étaient pas encore ces insondables abîmes de la Sierra Madre. Puis, le versant opposé descendu, les deux cavaliers s'arrêtèrent pour faire reposer leurs chevaux.

Le soleil allait disparaître à l'horizon, quand Martinez et son compagnon arrivèrent au village de Cigualan. Ce village ne comptait que quelques huttes habitées par de pauvres Indiens, de ceux qu'on appelle « mansos », c'est-à-dire agriculteurs. Les indigènes sédentaires sont, en général, très-paresseux, car ils n'ont qu'à ramasser les richesses que leur prodigue cette féconde terre. Aussi leur fainéantise les distingue-t-elle essentiellement et des Indiens jetés sur les plateaux supérieurs, que la nécessité a rendus industrieux, et de ces nomades du nord, qui, vivant de déprédations et de rapines, n'ont jamais de demeures fixes.

Les Espagnols ne reçurent dans ce village qu'une médiocre hospitalité. Les Indiens, les reconnaissant pour leurs anciens oppresseurs, se montrèrent peu disposés à leur être utiles.

D'ailleurs, avant eux, deux autres voyageurs venaient de traverser le village et avaient fait main basse sur le peu de nourriture disponible.

Le lieutenant et le gabier ne prirent pas garde à cette particularité, qui, d'ailleurs, n'avait rien de bien extraordinaire.

Martinez et José s'abritèrent donc sous une sorte de masure, et préparèrent pour leur repas une tête de mouton cuite à l'étuvée. Ils creusèrent un trou dans le sol, et, après l'avoir rempli de bois enflammé et de cailloux propres à conserver la chaleur, ils laissèrent se consumer les matières combustibles; puis, sur les cendres brûlantes, ils déposèrent, sans aucune préparation, la viande entourée de feuilles aromatiques, et ils recouvrirent hermétiquement le tout de branchages et de terre pilée. Quelque temps après, leur dîner était à point, et ils le dévorèrent en hommes dont une longue route avait aiguisé l'appétit. Ce repas terminé, ils s'étendirent sur le sol, le poignard à la main. Puis, la fatigue l'emportant sur la dureté de la couche et la morsure incessante des maringouins, ils ne tardèrent pas à s'endormir.

Cependant, Martinez répéta plusieurs fois, dans un rêve agité, les noms de Jacopo et de Pablo, dont la disparition le préoccupait sans cesse.

III

DE CIGUALAN A TASCO.

Le lendemain, les chevaux étaient sellés et bridés au point du jour. Les voyageurs, reprenant les sentiers demi-frayés qui serpentaient devant eux, s'enfoncèrent dans l'est au-devant du soleil. Leur voyage s'annonçait sous de favorables auspices. Sans la marche taciturne du lieutenant, qui contrastait avec la bonne humeur du gabier, on les eût pris pour les plus honnêtes gens de la terre.

Le terrain montait de plus en plus. L'immense plateau de Chilpanzingo, où règne le plus beau climat du Mexique, ne tarda pas à se développer jusqu'aux limites extrêmes de l'horizon. Ce pays, qui appartient aux terres tempérées, est situé à quinze cents mètres au-dessus du niveau de la mer, et il ne connaît ni les chaleurs des terrains inférieurs, ni les froids des zones plus élevées. Mais, laissant cette oasis sur leur droite, les deux Espagnols arrivèrent au petit village de San-Pedro, et, après trois heures d'arrêt, ils reprirent leur route en se dirigeant vers la petite ville de Tutola-del-Rio.

« Où coucherons-nous ce soir? demanda Martinez.

— A Tasco! répondit José. Une grande ville, lieutenant, auprès de ces bourgades!

— On y trouve une bonne auberge?

— Oui, sous un beau ciel et dans un beau climat! Là, le soleil est moins brûlant qu'au bord de la mer. Et c'est ainsi qu'en montant toujours, on arrive graduellement, mais sans trop s'en apercevoir, à geler sur les cimes du Popocatepelt.

— Quand franchirons-nous les montagnes, José?

— Après-demain soir, lieutenant, et de leur sommet, bien loin, il est vrai, nous apercevrons le terme de notre voyage! Une ville d'or que Mexico! Savez-vous à quoi je pense, lieutenant? »

Martinez ne répondit pas.

« Je me demande ce que peuvent être devenus les officiers du vaisseau et du brick que nous avons abandonnés sur l'îlot? »

Martinez tressaillit.

« Je ne sais!... répondit-il sourdement.

— J'aime à croire, continua José, que ces hautains personnages sont tous morts de faim ! Du reste, lorsque nous les avons débarqués, plusieurs sont tombés dans la mer, et il y a dans ces parages une espèce de requin, la tintorea, qui ne pardonne pas ! Santa Maria ! Si le capitaine don Orteva ressuscitait, ce serait le cas de nous cacher dans le ventre d'une baleine ! Mais sa tête s'est heureusement rencontrée à la hauteur du gui, et quand les écoutes ont si singulièrement cassé...

— Te tairas-tu ! » s'écria Martinez.

Le marin demeura bouche close.

« Voilà des scrupules bien placés ! se dit intérieurement José. — Pour lors, reprit-il à voix haute, à mon retour, je me fixerai dans ce charmant pays du Mexique ! On y court des bordées à travers les ananas et les bananes, et l'on échoue sur des écueils d'or et d'argent !

— C'est pour cela que tu as trahi ? demanda Martinez.

— Pourquoi pas, lieutenant ? Affaire de piastres !

— Ah !... fit Martinez avec dégoût.

— Et vous ? reprit José.

— Moi !... Affaire de hiérarchie ! Le lieutenant voulait surtout se venger du capitaine !

— Ah ! .. » fit José avec mépris.

Ces deux hommes se valaient, quels que fussent leurs mobiles.

« Chut!... dit Martinez, s'arrêtant court. Que vois-je là-bas? »

José se dressa sur ses étriers.

« Il n'y a personne, répondit-il.

— J'ai vu un homme disparaître rapidement! répéta Martinez.

— Imagination!

— Je l'ai vu! reprit le lieutenant impatienté.

— Eh bien!... cherchez à votre aise... »

Et José continua sa route.

Martinez s'avança seul vers une touffe de ces mangliers, dont les branches, qui prennent racine dès qu'elles touchent le sol, forment des fourrés impénétrables.

Le lieutenant mit pied à terre. La solitude était complète.

Soudain, il aperçut une sorte de spirale remuer dans l'ombre. C'était un serpent de petite espèce, la tête écrasée sous un quartier de roche, et dont la partie postérieure du corps se tordait encore comme si elle eût été galvanisée.

« Il y avait quelqu'un ici! » s'écria le lieutenant.

Martinez, superstitieux et coupable, regarda de toutes parts. Il se prit à frissonner.

« Qui? qui?... murmura-t-il.

— Eh bien? demanda José, qui avait rejoint son compagnon.

— Ce n'est rien! répondit Martinez. Marchons! »

Les voyageurs côtoyèrent alors les rives de la Mexala, petit affluent du rio Balsas, dont ils remontèrent le cours. Bientôt quelques fumées trahirent la présence d'indigènes, et la petite ville de Tutela-del-Rio apparut. Mais les Espagnols, ayant hâte de gagner Tasco avant la nuit, la quittèrent, après quelques instants de repos.

Le chemin devenait très-abrupt. Aussi le pas était-il l'allure la plus ordinaire de leurs montures. Çà et là, des forêts d'oliviers apparurent sur le flanc des monts. De notables différences se manifestaient alors dans le terrain, dans la température, dans la végétation.

Le soir ne tarda pas à tomber. Martinez suivait à quelques pas son guide José. Celui-ci ne s'orientait pas sans peine au milieu des ténèbres épaisses, et il cherchait les sentiers praticables, maugréant, tantôt contre une souche qui le faisait buter, tantôt contre une branche d'arbre qui lui fouettait la figure et menaçait d'éteindre l'excellent cigare qu'il fumait.

Le lieutenant laissait son cheval suivre celui de son compagnon. De vagues remords s'agitaient en lui, et il ne se rendait pas compte de l'obsession à laquelle il était en proie.

La nuit était tout à fait venue. Les voyageurs pressèrent le pas. Ils traversèrent sans s'arrêter les petits villages de Contepec et d'Iguala, et ils arrivèrent à la ville de Tasco.

José avait dit vrai. C'était une grande cité auprès des minces bourgades qu'ils avaient laissées en arrière. Une sorte d'auberge s'ouvrait sur la plus large rue. Après avoir remis leurs chevaux à un valet d'écurie, ils entrèrent dans la salle principale, où se dressait une longue et étroite table toute servie.

Les Espagnols y prirent place, l'un vis-à-vis de l'autre, et entamèrent un repas qui eût été succulent pour des palais indigènes, mais que la faim seule pouvait rendre supportable à des palais européens. C'étaient des débris de poulets nageant dans une sauce au piment vert, des portions de riz accommodé de piment rouge et de safran, de vieilles volailles farcies d'olives, de raisins secs, d'arachides et d'oignons, des courges sucrées, des carbanzos et des pourpiers, le tout accompagné de « tortillas », sorte de galettes de maïs cuites sur une plaque de fer. Puis on servit à boire, après le repas.

Quoi qu'il en soit, à défaut du goût, la faim fut satisfaite, et la fatigue ne tarda pas à endormir Martinez et José jusqu'à une heure avancée du jour.

IV

DE TASCO A CUERNAVACA.

Le lieutenant fut le premier éveillé.

« José, en route ! » dit-il.

Le gabier étendit les bras.

« Quel chemin prenons-nous? demanda Martinez.

— Ma foi, j'en connais deux, lieutenant.

— Lesquels ?

— L'un qui passe par Zacualican, Tenancingo et Toluca. De Toluca à Mexico, la route est belle, car on a déjà escaladé la Sierra Madre.

— Et l'autre?

— L'autre nous écarte un peu dans l'est, mais aussi, nous arrivons près des belles montagnes du Popocatepelt et de l'Icctacihualt. C'est la route la plus sûre, car c'est la moins fréquentée. Belle promenade d'une quinzaine de lieues sur une pente inclinée !

— Va pour le chemin le plus long, et en route ! dit Martinez. — Où coucherons-nous ce soir ?

— Mais, en filant douze nœuds, à Cuernavaca, » répondit le gabier.

Les deux Espagnols se rendirent à l'écurie, firent seller leurs chevaux, et remplirent leurs « mochillas », sortes de poches qui font partie du harnachement, de galettes de maïs, de grenades et de viandes séchées, car dans les montagnes ils couraient risque de ne pas trouver une nourriture suffisante. La dépense payée, ils enfourchèrent leurs bêtes et appuyèrent sur la droite.

Pour la première fois, ils aperçurent le chêne, arbre de bon augure, au pied duquel s'arrêtent les émanations malsaines des plateaux inférieurs. Dans ces plaines situées à quinze cents mètres au-dessus du niveau de la mer, les productions importées depuis la conquête se mêlaient à la végétation indigène. Des champs de blé s'étalaient dans cette fertile oasis, où poussent toutes les céréales européennes. Les arbres d'Asie et de France y entremêlaient leurs feuillages. Les fleurs de l'Orient émaillaient les tapis de verdure, unies aux violettes, aux bluets, à la verveine, à la pâquerette des zones tempérées. Quelques grimaçants arbustes résineux venaient accidenter çà et là le paysage, et l'odorat était parfumé des douces émanations de la vanille, que protégeait l'ombre des amyris et des liquidembars. Aussi, les deux aventuriers se sentaient-ils à l'aise sous cette température moyenne de vingt à vingt-deux degrés, commune aux zones de

Xalapa et de Chilpanzingo, que l'on a comprises sous la dénomination de « terres tempérées ».

Cependant, Martinez et son compagnon s'élevaient de plus en plus sur le plateau de l'Anahuac, et franchissaient les immenses barrières qui forment la plaine de Mexico.

« Ah! s'écria José, voici le premier des trois torrents que nous devons traverser! »

En effet, une rivière, profondément encaissée, se creusait devant les pas des voyageurs.

« A mon dernier voyage, ce torrent était à sec, dit José. — Suivez-moi, lieutenant. »

Tous deux descendirent par une pente assez douce taillée dans le rocher même, et ils arrivèrent à un gué qui était aisément praticable.

« Et d'un! fit José.

— Les autres sont-ils également franchissables? demanda le lieutenant.

— Également, répondit José. Quand la saison des pluies grossit ces torrents, ils se jettent dans la petite rivière d'Ixtolucca que nous retrouverons dans les grandes montagnes

— Nous n'avons rien à craindre dans ces solitudes?

— Rien, si ce n'est le poignard mexicain!

— C'est vrai, répondit Martinez. Ces Indiens des pays élevés sont fidèles au poignard par tradition.

— Aussi, reprit le gabier en riant, que de mots pour désigner leur arme favorite : estoque, verdugo, puna, anchillo, beldoque, navaja! Le nom leur vient aussi vite à la bouche que le poignard à la main! Eh bien, tant mieux, santa Maria! Au moins nous n'aurons pas à craindre les balles invisibles des longues carabines! Je ne sais rien de plus vexant que d'ignorer quel est le coquin qui vous tue!

— Quels sont les Indiens qui habitent dans ces montagnes? demanda Martinez.

— Eh! lieutenant, qui peut compter les différentes races qui se multiplient dans cet Eldorado du Mexique! Voyez plutôt tous ces croisements que j'ai soigneusement étudiés, avec l'intention de contracter un jour quelque mariage avantageux! On y trouve le mestisa, né d'un Espagnol et d'une Indienne; le castisa, né d'une femme métis et d'un Espagnol; le mulâtre, né d'une Espagnole et d'un nègre; le monisque, né d'une mulâtresse et d'un Espagnol; l'albino, né d'une monisque et d'un Espagnol; le tornatras, né d'un albino et d'une Espagnole; le tintinclaire, né d'un tornatras et d'une Espagnole; le lovo, né d'une Indienne et d'un nègre; le caribujo, né d'une Indienne et d'un lovo; le barsino, né d'un coyote et d'une mulâtresse; le grifo, né d'une négresse et d'un lovo; l'albarazado, né d'un coyote et d'une Indienne; le chanisa, né d'une métis et d'un Indien ; le mechino, né d'une lova et d'un coyote! »

José disait vrai, et la pureté des races, fort problématique dans ces contrées, rend fort incertaines les études anthropologiques. Mais, en dépit des savantes conversations du gabier, Martinez retombait sans cesse dans sa taciturnité première. Il s'écartait même volontiers de son compagnon, dont la présence semblait lui peser.

Deux autres torrents vinrent bientôt couper la route. Là, le lieutenant demeura désappointé en voyant leur lit à sec, car il comptait y faire désaltérer son cheval.

« Nous voici comme en calme plat, sans vivres et sans eau, lieutenant, dit José. Bah ! Suivez-moi ! Cherchons entre ces chênes et ces ormes un arbre qu'on appelle l'« ahuehuelt », et qui remplace avantageusement les bouchons de paille dont on décore les auberges. Sous son ombre, on rencontre toujours une source jaillissante, et, si ce n'est que de l'eau, ma foi, je vous dirai que l'eau, c'est le vin du désert ! »

Les cavaliers tournèrent le massif, et bientôt ils eurent trouvé l'arbre en question. Mais la fontaine promise était tarie, et on voyait même qu'elle l'avait été récemment.

« C'est singulier, dit José.

— N'est-ce pas que c'est singulier ! fit Martinez en pâlissant. — En route, en route ! »

Les voyageurs n'échangèrent plus un mot jusqu'à la bourgade de Cacahuimilchan. Là, ils délestèrent un peu leurs mochillas. Puis, ils se dirigèrent vers Cuernavaca en s'enfonçant dans l'est.

Le pays se présentait alors sous un aspect extrêmement abrupt, et faisait pressentir les pics gigantesques dont les cimes basaltiques arrêtent les nuages venus du grand Océan. Au détour d'un large rocher apparut le fort de Cochicalcho, bâti par les anciens Mexicains, et dont le plateau a neuf mille mètres carrés. Les voyageurs se dirigèrent vers le cône immense qui en forme la base et que couronnent des rochers oscillants et des ruines grimaçantes.

Après avoir mis pied à terre et attaché leurs chevaux au tronc d'un orme, Martinez et José, désireux de vérifier la direction de la route, grimpèrent au sommet du cône à l'aide des aspérités du terrain.

La nuit tombait, et, revêtant les objets de contours indécis, leur prêtait des formes fantastiques. Le vieux fort ne ressemblait pas mal à un énorme bison accroupi, la tête immobile, et le regard inquiet de Martinez croyait voir des ombres s'agiter sur le corps du monstrueux animal. Il se tut néanmoins pour ne pas donner prise aux railleries de l'incrédule José. Celui-ci s'aventurait lentement à travers les sentiers de la montagne, et, quand il avait disparu derrière quelque anfractuosité, il guidait son compagnon au bruit de ses « saint Jacques ! » et de ses « santa Maria ! »

Tout à coup, un énorme oiseau de nuit, jetant un cri rauque, s'éleva pesamment sur ses larges ailes.

Martinez s'arrêta court.

Un énorme quartier de roche oscillait visiblement sur sa base à trente pieds au-dessus de lui. Soudain, ce bloc se détacha, et, brisant tout sur son passage avec la rapidité et le bruit de la foudre, il alla s'engouffrer dans l'abîme.

« Santa Maria ! s'écria le gabier. — Ohé ! lieutenant ?

— José ?

— Par ici ! »

Les deux Espagnols se rejoignirent.

« Quelle avalanche ! Descendons, » dit le gabier.

Martinez le suivit sans mot dire, et tous deux eurent bientôt regagné le plateau inférieur.

Là, un large sillon marquait le passage du rocher.

« Santa Maria ! s'écria José. Voici que nos chevaux ont disparu, écrasés, morts !

— Vrai Dieu ? fit Martinez.

— Voyez ! »

L'arbre auquel les deux animaux étaient attachés, en effet, avait été emporté avec eux.

« Si nous avions été dessus !... » reprit philosophiquement le gabier.

Martinez était en proie à un violent sentiment de terreur.

« Le serpent, la fontaine, l'avalanche ! » murmura-t-il.

Soudain, les yeux hagards, il s'élança sur José.

« Est-ce que tu ne viens pas de parler du capitaine don Orteva ? » s'écria-t-il, les lèvres contractées par la colère.

José recula.

« Ah ! pas de folie, lieutenant ! Un dernier coup de chapeau à nos bêtes, et en route ! Il ne fait pas bon demeurer ici, quand la vieille montagne secoue sa crinière ! »

Les deux Espagnols arpentèrent alors le chemin sans mot dire, et, dans le milieu de la nuit, ils arrivèrent à Cuernavaca ; mais il leur fut impossible de se procurer des chevaux, et le lendemain matin, ce fut à pied qu'ils se dirigèrent vers la montagne du Popocatepelt.

V

DE CUERNAVACA AU POPOCATEPELT.

La température était froide et la végétation nulle. Ces hauteurs inaccessibles appartiennent aux zones glaciales, appelées « terres froides ». Déjà les sapins des régions brumeuses montraient leurs sèches silhouettes entre les derniers chênes de ces climats élevés, et les sources étaient de plus en plus rares dans ces terrains composés en grande partie de trachytes fendillés et d'amygdaloïdes poreuses.

Depuis six grandes heures, le lieutenant et son compagnon se traînaient péniblement, déchirant leurs mains aux vives arêtes du roc et leurs pieds aux cailloux aigus de la route. Bientôt la fatigue les força de s'asseoir. José s'occupa de préparer quelque nourriture.

« Satanée idée, de n'avoir pas pris le chemin ordinaire ! » murmurait-il.

Tous deux espéraient trouver à Aracopistla, village entièrement perdu dans les montagnes, quelque moyen de transport pour terminer leur voyage ; mais quelle fut leur déception de n'y rencontrer que le même dénûment, le manque abolu de tout et la même inhospitalité qu'à Cuernavaca ! Il fallait arriver pourtant.

Alors se dressait devant eux l'immense cône du Popocatepelt, d'une telle altitude que l'œil s'égarait dans les nuages en cherchant le sommet de la montagne. La route était d'une aridité désespérante. De toutes parts, d'insondables précipices se creusaient entre les saillies de terrain, et les sentiers vertigineux semblaient osciller sous les pas des voyageurs. Pour reconnaître le chemin, il leur fallut gravir une partie de cette montagne, haute de cinq mille quatre cents mètres, qui, appelée la « Roche fumante » par les Indiens, porte encore la trace de récentes explosions volcaniques. De sombres crevasses lézardaient ses flancs abrupts. Depuis le dernier voyage du gabier José, de nouveaux cataclysmes avaient bouleversé ces solitudes, qu'il ne pouvait reconnaître. Aussi se perdait-il au milieu des sentiers impraticables, et s'arrêtait-il parfois en prêtant l'oreille, car de sourdes rumeurs couraient çà et là à travers les fentes de l'énorme cône.

Déjà le soleil déclinait sensiblement. De gros nuages, écrasés contre le ciel, rendaient l'atmosphère plus obscure. Il y avait menace de pluie et d'orage, phénomènes fréquents dans ces contrées où l'élévation du terrain accélère l'évaporation de l'eau. Toute espèce de végétation avait disparu sur ces rochers, dont la cime se perd sous les neiges éternelles.

« Je n'en puis plus ! dit enfin José, tombant de fatigue.

— Marchons toujours ! » répondit le lieutenant Martinez avec une fiévreuse impatience.

Quelques coups de tonnerre résonnèrent bientôt dans les crevasses du Popocatepelt.

« Que le diable me confonde si je me retrouve parmi ces sentiers perdus ! s'écria José.

— Relève-toi, et marchons ! » répondit brusquement Martinez.

Il força José de reprendre route en trébuchant.

« Et pas un être humain pour nous guider ! murmurait le gabier.

— Tant mieux ! dit le lieutenant.

— Vous ne savez donc pas que, chaque année, il se commet un millier de meurtres à Mexico, et que les environs n'en sont pas sûrs !

— Tant mieux ! » dit Martinez.

De larges gouttes de pluie étincelaient çà et là sur les quartiers de roche, éclairés des dernières lueurs du ciel.

« Les pics qui nous environnent une fois franchis, que verrons-nous ? demanda le lieutenant.

— Mexico à gauche, Puebla à droite, répondit José, si nous voyons quelque chose ! Mais nous ne distinguerons rien ! Il fait trop noir !... Devant nous sera la montagne d'Icctacihualt, et, dans le ravin, la bonne route ! Mais du diable si nous y parviendrons !

— Marchons ! »

José disait vrai. Le plateau de Mexico est enfermé dans un immense carré de montagnes. C'est un vaste bassin ovale de dix-huit lieues de long, de douze de large et de soixante-sept de circonférence, entouré de hautes saillies, parmi lesquelles se distinguent, au sud-ouest, le Popocatepelt et l'Icctacihualt. Une fois arrivé au sommet de ces barrières, le voyageur n'éprouve plus aucune difficulté pour descendre dans le plateau d'Anahuac, et, en se prolongeant dans le nord, la route est belle jusqu'à Mexico. A travers de longues avenues d'ormes et de peupliers, on admire les cyprès plantés par les rois de la dynastie astèque, et les schinus, semblables aux saules pleureurs de l'Occident. Çà et là, les champs labourés et les jardins en fleur étalent leurs récoltes, tandis que pommiers, grenadiers et cerisiers respirent à l'aise sous ce ciel bleu foncé, que fait l'air sec et raréfié des hauteurs terrestres.

Les éclats de tonnerre se répétaient alors avec une extrême violence dans la montagne. La pluie et le vent, qui se taisaient parfois, rendaient les échos plus sonores.

José jurait à chaque pas. Le lieutenant Martinez, pâle et silencieux, jetait de mauvais regards sur son compagnon, qui se dressait devant lui comme un complice qu'il eût voulu faire disparaître !

Soudain un éclair illumina l'obscurité ! Le gabier et le lieutenant étaient sur le bord d'un abîme !. .

Martinez marcha vivement à José. Il lui mit la main sur l'épaule, et, après les derniers roulements du tonnerre, il lui dit :

« José !... j'ai peur !...

— Peur de l'orage ?

— Je ne crains pas la tempête du ciel, José, mais j'ai peur de l'orage qui se déchaîne en moi !...

— Ah ! vous pensez encore à don Orteva !... Allons, lieutenant, vous me faites rire ! » répondit José, qui ne riait pas, car Martinez avait les yeux hagards, en le regardant.

Un formidable coup de tonnerre retentit.

« Tais-toi, José, tais-toi ! s'écria Martinez, qui ne semblait plus être maître de lui.

— La nuit est bien choisie pour me sermonner ! reprit le gabier. Si vous avez peur, lieutenant, bouchez-vous les yeux et les oreilles !

— Il me semble, s'écria Martinez, que je vois le

capitaine... don Orteva... la tête brisée !... là... là... »

Une ombre noire, illuminée d'un éclair blanchâtre, se dresse à vingt pas du lieutenant et de son compagnon.

Au même instant, José vit près de lui Martinez, pâle, défait, sinistre, le bras armé d'un poignard!

« Qu'est-ce que c'est ?... » s'écria-t-il.

Un éclair les enveloppa tous deux.

« A moi ! » cria José...

Il n'y avait plus qu'un cadavre à cette place. Nouveau Caïn, Martinez fuyait au milieu de la tempête, son arme ensanglantée à la main.

Quelques instants après, deux hommes se penchaient sur le cadavre du gabier, disant :

« Et d'un ! »

Martinez errait comme un fou à travers ces sombres solitudes. Il courait, tête nue, sous la pluie qui tombait à flots.

« A moi ! à moi ! » hurlait-il en trébuchant sur les roches glissantes.

Soudain, un bouillonnement profond se fit entendre.

Martinez regarda et il entendit le fracas d'un torrent.

C'était la petite rivière d'Ixtolucca qui se précipitait à cinq cents pieds au-dessous de lui.

A quelques pas, sur le torrent même, était jeté un pont formé de cordes d'agave. Retenu aux deux rives par quelques pieux enfoncés dans le roc, ce pont oscillait au vent comme un fil tendu dans l'espace.

Martinez, se cramponnant aux lianes, s'avança en rampant sur le pont. A force d'énergie, il parvint à la rive opposée...

Là, une ombre se dressa devant lui.

Martinez recula sans mot dire et se rapprocha de a rive qu'il venait de quitter.

Là, aussi, une autre forme humaine lui apparut.

Martinez revint, à genoux, au milieu du pont, les mains crispées par le désespoir!

« Martinez, je suis Pablo! dit une voix.

— Martinez, je suis Jacopo! dit une autre voix.

— Tu as trahi!... tu vas mourir!

— Tu as tué!... tu vas mourir! »

Deux coups secs se firent entendre. Les pieux, qui retenaient les deux extrémités du pont, tombèrent sous la hache...

Un horrible rugissement éclata, et Martinez, les mains étendues, fut précipité dans l'abîme.

. . . .

Une lieue au-dessous, l'aspirant et le contre-maître se rejoignaient, après avoir passé à gué la rivière d'Ixtolucca.

« J'ai vengé don Orteva ! dit Jacopo.

— Et moi, répondit Pablo, j'ai vengé l'Espagne ! »

Ainsi naquit la marine de la Confédération mexicaine. Les deux navires espagnols, livrés par les traîtres, restèrent à la nouvelle république, et ils devinrent le noyau de la petite flotte qui disputait naguère le Texas et la Californie aux vaisseaux des États-Unis d'Amérique.

FIN D'UN DRAME AU MEXIQUE.

TABLE DES MATIÈRES

DEUXIÈME PARTIE

UN DRAME AU MEXIQUE

FIN DE LA TABLE

Paris. — Imp. Gauthier-Villars, 55, quai des Grands-Augustins.